KB261218

로스트
인
서울

로스트 인 서울

© 방현희, 2013

초판 1쇄 인쇄 2013년 5월 15일
초판 1쇄 발행 2013년 5월 20일

지은이   방현희
펴낸이   강병철
주간   정은영
편집   하지순
디자인   조윤주 김희숙
마케팅   장성준 박제연 이동후 남성진 전연교
E-콘텐츠사업   정의범 김혜연

펴낸곳   자음과모음
출판등록   1997년 10월 30일 제313-1997-129호
주소   121-840 서울시 마포구 서교동 396-33번지
전화   편집부 02) 324-2347 경영지원부 02) 325-6047
팩스   편집부 02) 324-2348 경영지원부 02) 2648-1311
이메일   munhak@jamobook.com
홈페이지   www.jamo21.net
커뮤니티   cafe.naver.com/cafejamo

ISBN 978-89-5707-765-8 (03810)

잘못된 책은 교환해드립니다.
저자와의 협의하에 인지는 붙이지 않습니다.

방현희
소설

로스트
인
서울

자음과모음

차례

로스트

인

서울

2011년 5월 1일 오후 한시

당신이 겪은 일 중에서 가장 기이한 일은 무엇이었습니까? 나는 서슴없이 그렉안나를 만난 일이라고 하겠습니다. 누군가가 의도적으로 쳐놓은 덫에 걸렸다고밖에 말할 수 없지만, 그것은 꼭 나를 겨냥한 것은 아니었기에 악의라고 할 수는 없었지요. 인테리어 디자인을 하는 평범한 내 삶에서 전혀 예상치 못했던 사람을 만났고, 그 사람을 만난 건 또 나였기에 가능했던 점을 생각해보면, 기이한 일은 그냥 그렇게 벌어지도록 되어 있었다고 생각하지 않을 수 없었습니다.

4월 28일, 나는 혼자 살기엔 제법 큰 집으로 이사하기 위해 계약을 했습니다. 그렉안나가 살던 집이죠. 주인이 며칠 내로 집을 비울 테니 입주하기 전에 손을 봐도 좋다는 말을 듣자마자 열쇠를 넙죽 받아 들고는 벌떡 일어나 깊숙이 고개를 숙였습니다. 사 개월 전, 그녀가 사라지고 모든 연락이 끊긴 뒤에 이 집은 다른 사람에게 팔렸고, 다른 사람이 합법적으로 점유한 공간을 침범할 수 없어서 나는 어쩔 수 없이 그녀의 집 앞에서 서성거리는 것을 포기했었습니다. 그런데 며칠 전에 이 집이 다시 임대로 나온 것을 알게 된 것입니다. 나는 전 주인이 인테리어를 바꾸지 않았기만을 기도하며 현관문을 열었습니다. 다행히 도어록 비밀번호만 바꾸었을 뿐, 벽지 하나 손대지 않고 고스란히 내게 물려주었더군요.

나는 신발을 벗어 던지기 무섭게 '그곳'으로 달려가고자 했습니다. 그러나 신발이 툭, 떨어지는 소리에 도리어 내가 놀라 휙 뒤를 돌아보는 순간, 나는 그곳으로 달려갈 수 없을 만큼 쪼그라든 심장을 느낄 수밖에 없었습니다. 이미 내가 돈을 치르고 곧 내 명의로 이전될 집이었지만 왠지 누군가가 보고 있을 것만 같은 기분이 들었고 저절로 온몸의 털끝이 곤두섰습니다. 마치 적의 손에 떨어진 작전 지역을 정찰하듯 눈은 재빠르게 움직이는 대신 발은 한 발 한 발 지극히 신중하게 딛으면서 목적지를 향해 나아갔습니다.

마루에 올라서자마자 양옆으로 문이 활짝 열려 있는 방이 보였습니다. 습관적으로 고개가 오른쪽 방으로 돌아갔습니다. 텅 비어 있더군요. 이사 나간 집답게 왠지 벽에도 먼지가 덮여 있는 것 같았구요. 재빨리 왼쪽을 보았습니다. 뭔가 휙, 지나간 것 같았습니다. 반사적으로 몸을 벽에 밀어붙이고 고개를 쭉 빼서 방 안을 훔쳐보 았지요. 바람이 반쯤 빠진 하얀 풍선이 하나 미미하게 방구석에서 흔들리고 있었습니다. 진공 상태와 같았던 공간에 사람이 하나 들 어와 움직이니 공기의 흔들림이 거기까지 미쳤나 봅니다. 잘 치우 고 갈 것이지, 쯧. 이 정도로 투덜거려주고 거실로 발길을 옮겼습니 다. 그렉안나는 거실에 대해 조금 특이한 주문을 했습니다. 거실 벽 전체에 나무 패널을 대서 페인트를 칠해달라는 것이었지요. 그리 고 그 나무 패널을 죽 이어서 안방과 건넌방, 그리고 드레스룸까지 통일성 있게 해달라구요. 통일성이라는 단어를 분명히 발음하려고 애쓰던 것을 기억합니다. 뭐, 요즘 트렌드가 벽체에 나무 패널 두르 는 것이라 주문에 맞추기는 전혀 어렵지 않았습니다. 나무에서 추 출한 액체로 자연스럽게 합판에 색을 입혔고 그녀는 그 자연스러 운 색에 무척이나 감탄을 했습니다. 아직도 나무에서 나는 향기가 아련하게 퍼져 있는 거실을 얼른 지나갔습니다. 주방이 나오고, 텅 빈 주방을 지나쳐 주방에서 가까운 작은 방을 힐끗 쳐다보기만 하 고 안방으로 먼저 갔습니다. 역시 텅 비어 있어야 마땅한 것이련만, 창문 아래에 그림 하나가 기대져 있었습니다. 가슴이 덜컹 내려앉 았습니다. 그 그림은…… 바짝 다가가서 보니, 역시, 그녀의 것이었 습니다. 그녀가 '그곳'에서 밖을 내다보기 위해 뚫은 구멍을 감추려 고 걸어놓았던 그림. 검은색과 흰색으로 단순화한 여체를 그린 그

림이었습니다. 그리고 드레스룸 쪽 벽을 바라보았습니다. 아무것
도 없었지만, 나는 거기에 걸려 있던 그녀의 사진을 기억했지요. 그
녀의 실물 크기와 같았던, 벌거벗은 그녀의 뒷모습 말입니다. 그녀
는 등 뒤로 고개를 돌려 어깨에 턱을 묻은 채 웃음 짓고 있었고, 마
치 갯벌의 곡선과도 같은 골이 그녀의 매끈한 등을 쭉 타고 길게 흘
러내렸죠. 그 골은 엉덩이 위에서 더욱 깊은 골을 만들고, 이 세상
무엇보다 아름답던 그녀의 엉덩이로 흘러내렸죠. 그리고 한쪽 다
리를 굽혀 발바닥을 보이고 서 있던 자세와 그 발바닥에 수없이 입
을 맞췄다는 그렉안나의 남자가 떠올랐습니다. 나도 모르게 텅 빈
벽에 두 팔을 짚고 그녀의 발이 있던 자리를 향해 입을 맞췄습니다.
그리고 천천히 몸을 틀어 드레스룸으로 들어갔지요.

  큰방과 작은방 사이에 욕실과 드레스룸이 있고 화장대도 있는
그곳. 작은방 쪽의 출입문과 벽 사이가 눈에 띄지 않을 정도로 두
꺼운 그곳. 천장의 사십 와트 매립 전등이 어슴푸레 공간을 비추고,
작은 스툴을 놓고 앉아야 보이는 화장대 거울 깊숙이 매립된 전등
이 간신히 거울과 그 아래 화장품만 비추는 그곳. 작은방과 욕실 사
이에 숨겨진 공간. 인테리어 공사를 할 때 그녀가 특별히 내 귀에
입을 바짝 대고 주문한 공간. 그녀와 나 외에는 아무도 모르는 공
간. 욕실 문 옆에서 작은방까지 죽 이은 나무 패널 앞에서 나는 손
을 살짝 그러쥐고 똑, 똑, 똑똑, 두드렸습니다. 그리고 안에서 대답
이 들리기를 기다렸지요.

그렉안나. 그녀는 룰렛 구슬을 던졌다. 룰렛 구슬은 기억력이 없어서 자신이 언제 얼마나 많이 빨간색 위에 멈췄는지 모른다. 빨간색이 다섯 번 연속으로 나왔으니 이젠 검은색이 나와야 할 거라고 그녀는 생각하지만 룰렛 구슬은 통계 법칙을 모른다. 눈이 튀어나올 정도로 구슬을 주시하고 입속으로 검정, 검정, 검정 주문을 걸면서 머리털 구멍 하나하나까지 신경이 집중되었다고 느낀 순간 구슬을 던진다. 또르르르르……. 그러나 구슬은 또다시 빨강에 멈춘다. 통계 법칙이라는 게 인간의 짧은 삶 안에서 그 결과를 보여줄 수 없다는 것을, 구슬은 모른다. 계속해서 빨간색 위에 멈췄으니 그 불공평함에서 벗어나고자 이번만큼은 검은색 위에 멈춰주려고 스스로 구르는 것을 조절할, 그러니까 우연을 거스를 힘이 구슬에겐 없다. 룰렛 구슬처럼 그녀도 그녀 앞의 삶이 어떻게 전개될지 모른다. 그녀는 룰렛 구슬이나 다름없다. 룰렛 구슬은 굴려질 때마다 언제나 새롭다. 아무리 정신을 차리려 애를 써봐도 펑펑 돌아가는 룰렛 판처럼 한창 성장을 향해 달려가는 한국이라는 자본주의 시장에 던져진 그녀는 이제 거기서 내려올 수가 없다. 그러니까 이 이야기는 그냥 룰렛 구슬의 이야기이다. 수없이 던져진 카지노 룰렛 구슬의.

구슬이 구른다. 도르르.

도르르. 우즈베키스탄에서 굴러온 룰렛 구슬은 한국의 어느 우수한 대학 정문으로 굴러들어갔다.

흔히 말하듯 물에서 막 건져 올린 도자기 같은 피부에 실크 같은 금발이며 육감적이면서 지적인 데다 청순함까지 갖춘 그녀의 인기는 가히 폭발적이었다. 남학생들은 하나 빠짐없이 모두 그녀의 한국어 공부를 거들어주겠다고 나섰다. 남학생들은 한 마디씩 가르쳐주는 말을 열심히 따라하는 어린애 같은 말투의 그녀가 예뻐 죽을 지경이었다. 자기들보다 낮은 등급의 나라에서 온, 아직은 경쟁상대가 될 수 없는 여자인 데다 성적 매력이 강한, 어눌한 발음의 어린애 같은 그렉안나였던 것이다. 몇 마디 가르쳐주면서 교육의 효과를 평가하기보다는 발음하기 위해 오물오물 열고 닫는 그녀의 붉은 입술과 발음이 어려워 한숨을 몰아쉴 때마다 오르내리는 가슴골을 더 자주 바라보며 무척 매력적인데, 라고 평가하곤 하는 남학생들이었다. 그들은 이상하게도 짧은 스커트에 네크라인이 움푹 파인 티셔츠를 입은 한국 여학생들에 대해서는 노골적인 찬사는커녕 시선조차 함부로 주지 않았다. 영판 서양인의 얼굴을 한 그렉안나가 살아왔던 곳에서는 그런 시선과 말투가 자유롭게 이루어진다고 믿는 거 같았다. 외국에 나가 외국의 문화와 인간들을 직접 겪기보다는 할리우드 영화를 통해 외국인을 접한 것이 대부분인 한국의 남자들로서는 어쩔 수 없는 것인지도 모른다.

어느 날부터 소문이 돌았다. 러시아 여자들이 나오는 섹시 바에서 그렉안나를 보았다는 것이다. 그 섹시 바는 슬립 바라고도 했다. 아무것도 안 입고 오직 금색 실크 슬립 하나만 입고 한국의 남성 여러분 옆에 앉아 오빠, 라고 부르며 술과 안주를 먹여주는 러시아계의 여자들이 있는 곳이라 했다. 그렉안나의 학교 생활을 세심하게 챙겨주던 김송이라는 친구가 어느 날 학생 식당에서 정색을 하고 그녀를 불렀다. 식판을 내려놓자마자 김송이가 다짜고짜 학교에서 학비뿐만 아니라 생활비까지 주는데 그렇게도 돈이 필요하더냐, 고 물어왔다. 곧이어 혹시 고국에 돈을 보낼 일이 있는 거냐, 라고도 물었다. 그녀는 김송이의 말을 곧이곧대로 듣고 생활비는 넉넉하게 잘 쓰고 있으며 고국에는 할머니 한 분뿐인데 이모할머니와 함께 채소 가게를 하며 살고 있어서 특별히 돈을 보낼 일이 없고 어차피 고국에서도 학생이었고 아직 할머니를 부양할 입장이 아니라고 했다. 김송이가 얼굴을 더욱 굳히며 눈을 똑바로 노려보더니 물었다.

— 그런데 왜 섹시 바에 나가는 건데?

그렉안나는 아직 한국의 일상적 문법에 익숙하지 않아서 다시 물어야 했다.

— 섹시 바에 갔냐구? 클럽 가서 놀아?

김송이가 말을 뚝뚝 끊어서 설명했다.

— 너 말야, 왜 섹시 바에 나가서 남자들한테 술 따르며 돈을 버는 거냐구.

그녀는 아직도 무슨 말인지 완전히 이해하지 못한 채로 대답했다.

— 아직 돈을 벌지 못해. 난 아직 전문가가 아니잖아? 그리고 나는 우즈벡에서 필요한 사람이니까, 우리나라에 가서 일자리를 얻을 거야. 아마도 한국의 기업에서 일하게 되지 않을까? 학교에서 그렇게 말했거든. 나는 아주 운이 좋은 편이야.

그렇게 말하다가 그녀는 문득 무엇인가 깨달은 듯이 크게 고개를 끄덕이며 환하게 웃었다.

— 아, 알바를 해야 하는 거구나.

— 네가 종로에 있는 섹시 바에서 속옷만 입고 남자들에게 술 따르는 걸 보았대. 다들 수군거려. 물론 너에게 이런 말을 할 수 있는 권리는 없지만, 내가 거의 일 년 동안 너에게 쏟은 정성을 생각해서, 아니, 그건 아니고…… 난 네가 걱정되어서, 그냥 모른 척할 수가 없었어.

그렉안나는 종로라는 단어에서 며칠 전의 일을 떠올렸다. 그녀는 며칠 전에 공교롭게도 그곳에서 길을 잃었던 적이 있었다.

고국의 초겨울 날씨처럼 코끝이 빨개질 만큼 싸하니 바람이 불고 오후 세시에 벌써 초저녁처럼 푸른 어스름이 내리던 날, 그녀는 재외국인 등록을 하러 우즈베키스탄 대사관을 찾아가던 중이었다. 버스에서 종로라는 안내 멘트를 서초동으로 알아들었고 그녀는 종로에 내리게 되었다. 아예 버스를 잘못 탔었다는 것을 그때까지도 모르고 있었던 그녀는 내리고 나서야 눈에 박아두었던 큰 건물이 없는 것을 알고 당황하여 길을 물을 만한 사람을 찾아 두리번거렸다. 금강제화의 환한 쇼윈도 앞에 서 있는 남자에게 다가갔다. 그렇잖아도 그녀를 힐긋거리던 남자는 그녀가 막 입을 떼려 할 때 대뜸 입술을 쭉 빼고 물어왔다. "얼마야?" 그녀는 어리둥절했다. 뭐가 얼마냐는 거지? 어디야? 라고 묻는 것을 잘못 들은 걸까. 하지만 입술을 한 번 핥던 남자의 혀와, 그녀를 한눈에 훑어보던 질척한 눈길에서 그녀는 세상의 모든 뒷골목에서 벌어지는 흥정의 냄새를 맡았다. 그녀는 휙 돌아서서 냅다 사람들이 북적대는 추위 속을 걸어갔다.

길가에 가게의 반은 됨직한 창을 내고 차와 음료를 파는 작은 숍에서 스멀스멀 흘러나오는 때아닌 복숭아 주스 향기에 눈물이 울컥 솟구쳤다. 손으로 입을 막다가 바로 그 옆 외벽에 주렁주렁 내걸린 옷들 중에서 바랜 검정 천에 비즈가 잔뜩 달린 옷을 보게 되었고, 그녀는 할머니의 여름옷을 떠올렸다. 그 옷을 덥석 끌어안을까 봐, 얼굴을 묻고 울어버릴까 봐 애써 고개를 돌리고 휘적휘적 걸어갔다. 그녀와 단둘이 살던 할머니는 그녀를 머나먼 나라로 보내고 하나 있는 이모할머니에게 돌아갔다. 육십이 넘고 칠십이 가까운 늙은 여자 둘이서 야채와 과일을 파는 조그만 가게를 꾸리며 어떻게 살아가고 있을지 생각하지 않으려고 씩씩하게 걸어야만 했다.

그렉안나는 더듬더듬 그날의 상황을 설명하고 거기서 다시 물어물어 서초동으로 갔으며 하마터면 시간이 초과되어서 재외국인 등록을 못 할 뻔했다고 설명했다.

— 버스 번호를 헷갈린 데다가 안내판에 쓰인 행선지를 제대로 읽지 않았던 거야. 버스에서 내렸을 때 지난봄에 네가 데려다 주었던 건물이 보이지 않아서 굉장히 당황했어.

김송이는 자신이 한 질문에 대한 적당한 답변이 아니었음에도 그녀가 하는 말을 다 이해했다. 그러고는 그녀의 상황에 감정이입이 되어 분개하며, 누가 그 따위 소문을 냈는지 반드시 찾아내겠어! 라고 외치고는 학생 식당을 나갔다.

소문을 추적하니 같은 과에서 가장 못생기고 공부도 못하고 여자 친구라곤 한 번도 사귀어본 적 없는 것이 분명한, 내성적이고 소심하며 거의 존재감이 없는 남학생이었다. 김송이는 그 남학생에게 다시 한 번 확인했다. 남학생은 여드름투성이의 홀쭉한 뺨을 더욱 붉게 달구고는 친구들에게 이끌려 종로의 섹시 바에 갔다가 그녀를 보고 너무 놀라 아는 척도 못하고 얼른 돌아 나왔다고 했다. 그리고 자기가 본 그녀의 "거의 나체"를 아주 상세히 묘사했다. 김송이가 추측하건대 그 남학생이 섹시 바에 간 것은 사실이고, 거의 나체인 백인 여성들과 술을 마신 것도 사실이지만, 술을 따르는 그 렉안나를 본 것은 아니었다.

대륙 끝에 겨우 달랑 붙어 있는 한국. 그렉안나가 국립 세계언어대학에서 한국어를 전공하기 전까지만 해도 풍문으로만 듣던 한국. 아직도 그곳이 어딘지 모를 사람들이 세계 인구의 삼분의 이쯤

될 만한 나라. 여기 와서 온갖 가당찮은 일들을 겪었다. 한국에 왔을 때 남학생들이 자주 해주던 말이 있다. 스무 살의 러시아 여자들은 세계에서 가장 아름답다. 러시아에 가면 김태희가 밭을 갈고, 한예슬이 김을 매고, 고소영이 소를 끈다. 거기 가서 김태희를, 한예슬을, 고소영을 데려다 살자! 그렇게 외치고는 그녀에게 물었다. 정말 그렇게 다들 예쁘냐? 너를 보면 그 말이 사실인 것 같다. 농담에 불과하지만 러시아 여자에 대한 한국 남성들의 인식이 어떤지 금방 알 수 있는 말들이다. 그러나 한국의 남성들은 또한 환상과 현실의 괴리가 무척이나 크다는 것을 스스로 잘 알고 있기도 했다. 인형처럼 예쁜 백인 여자를 아주 좋아하며 최고의 성적 매력을 가진 인종으로 여긴다. 그런데, 섹시한 여자는 좋지만 똑똑한 여자는 싫다. 더구나 섹시하고 똑똑한 백인 여자는 더 싫다. 그러니 소를 끌고 밭을 갈고, 김을 매는 예쁜 여자를 데려오자, 데려와서 적당히 가르쳐서 살자, 는 얘기다. 똑똑한 서양의 백인 여자에게 치이고 싶지 않으니 백인 여자는 러시아계가 가장 만만하고 그러니 술집에서나 만날 수 있기를 바란다. 그래서 한국의 섹시 바엔 실크 슬립만 걸치고 시중드는 러시아, 우크라이나, 우즈벡 여자가 최고로 인기가 있다. 그 정도가 아니라면 그냥 아는 친구 정도면 충분하다. 불행히도 그렉안나는 촉망받는 인재다. 고국의 대학에서는 물론이었거니와 한국의 대학에 와서도 높은 점수를 받고 있었다.

벽 틈의 홈에 손가락을 넣어서 밀었지만 문이 열리지 않는다. 다급히 나무 패널을 이쪽저쪽 살펴보았다. 조명이 어두컴컴해서 잘 보이지 않았다. 게다가 문이 있는 것을 감추기 위해 판판한 패널이 아니라 쪽 패널을 붙였기 때문에 긴 홈들이 있어서 문을 폐쇄하느라 박아 넣은 못이 잘 보이지 않았다. 나는 얼른 작은방으로 돌아 나와 벽을 살폈다. 비밀의 방에서 작은방으로 밖을 살필 수 있는 작은 구멍을 내놨고 그것을 액자로 덮었었다. 구멍이 눈에 띄지 않도록 크고 작은 물방울무늬의 벽지를 발랐었다. 구멍이 있던 자리를 눈을 바짝 대고 손가락의 촉감으로 더듬거리며 찾았다. 똑같은 벽지를 잘라 붙여서 눈에는 잘 띄지 않았지만 손가락 끝은 미세하게 옴폭 들어가는 부분을 잡아냈다. 손가락에 힘을 주어 찔러 넣다가 여간해서 손가락을 받아들이지 않는 탄력에 실크 벽지였음을 깨달았다.

나는 맨손이었다. 아직 짐을 옮기지 않았으니까. 잠시 숨을 가다듬고 생각했다. 구멍을 파봤자 안이 들여다보이지는 않을 테고, 그래 봤자 별 소용 없을 테고, 어차피 문을 뜯어야 할 것 같았다. 마음이 급해서 공구를 들고 오지 않은 것을 후회했다. 그녀의 방. 45평 아파트에서 혼자 살던 그녀에게 유일하게 자유롭던 그 작은 비밀의 방. 열리지 않는 문 앞에 주저앉아 중얼거렸다. 긴 노루발을 가져와서 못을 뽑아야지. 하지만 나는 일어나지 못했다. 어느새 내 앞에 선 그녀가 벌거벗은 몸으로 놀란 내 눈을 덮쳤기 때문이다. 공사를 다 마치고 비밀의 방 문을 열고 닫는 법을 자세히 가르쳐주던 중이었다.

— 이렇게 여기에 손가락을 푹 끼워 넣으면, 예, 그렇게요, 도도록하게 튀어나온 게 만져지죠? 그걸 꾹 눌러요, 그럼 고리가 벗겨집니다.

내가 손가락을 집어넣었다 뺀 곳에 그녀의 손가락이 들어갔고 세게 누르는 것이 보였다. 문이 열렸다. 어렴풋이 안이 들여다보였다. 길고 좁은 공간. 그녀가 들어가보도록 나는 몸을 틀었다. 그런데 그녀가 나를 밀어 넣었다. 나는 어리둥절해하며 더듬더듬 두 손을 내저으며 밀려 들어갔다. 방음 내장재로 뒤덮인 벽이 손바닥에 만져졌다.

— 여긴 나 혼자 쓸 공간예요.

나는 고개를 끄덕였다.

— 내 주인, 그 사람을 피해 혼자 쉴 수 있는 공간. 그러려고 만든 거예요.

나는 고개를 더욱 크게 끄덕거려주었다.

— 그 사람은 나를 감시해요. 나는 이 집에 친구를 데려올 수도, 혼자 있고 싶을 때 그 사람이 들어오는 것을 거절할 수도 없고, 심지어 이 집을 그 누구에게도 알려서는 안 되죠. 나는 저녁에 친구를 만나 술 한잔하러 나갈 수도 없어요.

나는 이제 고개를 끄덕이지도 못했다. 그녀가 너무 가까이 있어서 고개를 끄덕이다간 그녀를 턱으로 찧을 거 같아서였다.

— 여기서 나는 내가 하고 싶은 대로 할 거예요. 내가 원하는 사

람과 함께 이곳에 있을 거예요.

한 걸음 두 걸음 그녀에게 밀려서 나는 가장 깊은 구석에 다다랐고 그녀의 두 손은 어느새 내 셔츠 밑단으로 들어와 있었다. 그녀의 손톱 끝이 배꼽 아래를 찔렀다. 내 성기가 발딱 일어섰다. 흡! 숨을 들이켜고 나도 모르게 지퍼를 두 손으로 감쌌다. 그녀가 내 손을 가만히 잡아 들고 벽으로 옮겨놓았다. 그녀가 내 턱에 뺨을 문질렀다. 그녀의 머리카락에서 향기가 가득 밀려왔다.

— 당신에게서는 톱밥 냄새가 나요. 톡 쏘는 수액 냄새도요. 아버지가 목수였고, 나는 톱밥 가루 속에서 자랐어요.

공사 중에 거실 한가운데에 들여놓은 작업대에 설치되어 있던 전기톱 위에 합판을 얹어 쉽게 자르는 것을 보고 저런 게 있었으면 아빠가 일하기 쉬웠을 텐데, 라고 했던 말이 기억났다. 그랬구나, 고개를 간신히 끄덕여주는 찰나, 바지가 벗겨졌다. 언제 벨트가 풀렸는지 전혀 기억할 수가 없었다. 그녀가 내 허벅지 뒤로 다리를 감고 사타구니 위로 올라타려고 골반을 들어 올렸다. 그녀의 달아오른 뜨거운 입김이 내 얼굴에 끼얹히자 나는 다급한 명령을 받은 것처럼 그녀의 엉덩이를 움켜쥐고 번쩍 들어 올려, 내 성기 위에 앉혔다. 순간 그녀가 허리를 뒤로 젖히며 소리를 질렀다. 사타구니를 타고 뜨거운 물이 흘렀다. 가까스로 정신을 차리고는 성기에 꽂힌 그녀를 안고 어딘가에 눕히려고 걸음을 내딛자 그녀가 죽을 듯이 소리를 지르고 엉덩이를 비틀었다. 나도 죽을 것 같았지만 꾹, 꾹, 지금 죽을 수는 없다는 일념으로 꾹꾹 누르고 그녀가 허리를 뒤로 꺾지 않기만을 바라며 그녀의 등을 꽉 끌어안고 한 걸음 한 걸음 내딛었고 걷는 동안 사타구니로 그녀의 물이 쏟아져 발등으로 떨어졌다. 문을 나서려는 찰나, 그녀가 문을 잡고 외쳤다. 안 돼! 여기, 여기에서 해! 그녀가 내 가슴을 두 손으로 세게 쳤다. 나는 총소리를 들은 것처럼 놀랐고 뒤로 자빠졌다. 오! 하느님! 나는 외치며 발딱 그녀를 뒤집어버렸다. 그녀의 목덜미에 이빨을 박아 넣었다. 그녀가 목을 흔들어 나를 떨어뜨리려 했지만 나는 결코 그녀에게서 빠져나가지 않았다. 그녀는 나를 움켜쥐었고, 나는 그녀에게 내 가시를 박았다.

고양이의 교미를 아는가. 수컷 고양이의 성기에는 안쪽을 향해 가시가 돋아 있다. 수컷 고양이가 암컷에게 성기를 삽입하면 암컷은 가시에 박혀 그 고통에 울부짖는다. 빠져나가려고 몸부림을 치지만 몸을 움직이면 움직일수록 가시는 더욱 강하게 박히고 수컷은 암컷을 통제하기 위해 날카로운 이빨로 목덜미를 물고 앞발톱마저 암컷의 몸에 박아 넣는다. 암컷은 처절하게 울부짖지만 수컷은 교미가 완전히 끝나기 전에는 절대 암컷을 놓아주지 않는다. 수컷 고양이 스스로도 어쩔 수가 없다. 두 짐승은 벗어나려 해도 벗어날 길이 없다. 그녀와 나는 서로 가시를 박아 넣어서 이젠 어떤 방법으로도 결속을 풀지 못할 것을 알 수 있었다.

그런데 왜? 왜, 그녀는 잘 알지도 못하는 나와 이런 짓을? 내가 아무리 일하는 틈틈이 그녀를 훔쳐보았기로, 그녀가 요구하는 것을 모두 다 반영하기 위해 꼼꼼히 시공을 했기로, 그녀의 말 한 마디 한 마디에 귀를 기울이고 고개를 끄덕여줬기로, 내가 아무리 홀로 세상을 헤쳐오느라 외로움에 지쳐 여자를 절절이 필요로 했기로, 그러다 보니 공사를 하는 열흘 동안 예상 외로 많은 이야기를 나눴기로, 이 작은 공간을 그녀의 마음에 꼭 맞게 만들어줬기로, 그랬기로, 그에 대한 보답으로 이렇게 절박하게 내게 매달린단 말인가? 나는 단 한 번의 사랑으로 끝날 것 같지 않은 예감을, 내 앞가슴에 흘러내린 미끈미끈한 땀에 자기 앞가슴을 미친 듯이 문지르는 그녀를, 안고 정신이 나가버렸다. 나는 이렇게 우리 사이를 결론지었다. 사랑은 그것을 갈망한 사람에게 온다고. 갈망하는 사람의 눈에는 그것을 갈망하는 또 다른 사람이 보인다고.

압축된 폴리우레탄 방음벽 겉을 감싼 촘촘한 그물망은 금세 그녀의 손톱에 찢겨져 나가고 작은 공간은 금세 우리의 땀과 열기, 그녀가 흘린 뜨거운 물로 사우나만큼이나 후텁지근해졌다. 퉁퉁 부은 눈과 성기와 젖가슴으로 간신히 눈을 뜨고 두 팔을 허우적거리며 일어나 샤워실로 가는데 그녀가 몸을 일으키며 말했다.

— 나를 위해 만든 거였는데, 우리 둘을 위한 곳이 될 거 같아요. 그 사람이 오면 당신, 여기 잘 숨어 있어야 해요.

그 남자는 누구인지, 나는 그녀의 무엇인지 모른 채 고개를 끄덕거리며 오줌을 길게 누었다. 중간에 힘이 다시 뻗친 오줌이 변기 뒤로 길게 포물선을 그렸다. 차가운 물을 뒤집어쓰면서 그녀의 사정을 헤아려보려 했지만 아직, 아무것도 알 수 없었다. 다만, 그녀를 향한 무분별한 갈망만이 감당할 수 없게 느껴질 뿐이었다.

그곳엔 두 사람의 땀에 젖은 담요가 아직 남아 있을까. 좁은 공간에 간신히 밀어 넣은 연두색 소파베드의 벨벳에는 그녀의 몸에서 흘러내린 물이 아직도 흥건할까. 모든 소리를 흡수해버리는 방음벽에는 목구멍을 치받아 쏟아지는 비명을 누르기 위해 쫙 뺀은 손톱으로 긁어놓아 보풀보풀 일어난 비명 자국이 아직 남아 있을까.

2009년 5월 22일

구슬이 구른다, 도르르.

룰렛 구슬은 한 남자에게로 굴러갔다. 케이블 방송업체 중에서 제일 큰 업체를 운영하고 있는 사십 대의 매력적인, 배도 나오지 않았고 머리도 벗겨지지 않았으며, 틈나는 대로 산악자전거를 타며 다리 힘을 기르는, 남자였다. 그렉안나가 수상한 과정을 통해 그 남자를 만난 것은 아니었다. 학교로 제안이 들어왔다. 세계화 시대에 걸맞은 프로그램을 편성하고 있다며 그 일환으로 우리나라에 온 외국의 교환 학생들의 공부와 일상생활, 고국과의 관계, 그리고 미래에 대한 구체적이며 계획적인 행보들을 취재하여 일반인들에게 흥미 있는 상황극을 만드는 중이니 적당한 인물을 추천해달라는 것이었다. 자연스럽게 담당 교수가 그렉안나를 추천했고 그녀 역시 마다하지 않았다.

한국에서 방송 출연이라니, 굉장한 기회가 온 것이었다. 경력에 큰 보탬이 되리라. 그녀는 제작국에서 보낸 인터뷰 원고가 도착하기도 전에 밤새워 자기의 포부를 밝힐 원고를 작성했다. 담당 피디는 방송 전에 특별히 그녀를 찾아왔다. 그녀가 내민 원고는 한눈에 쓱 훑어보고는 곧바로 돌려주었다. 그건 중요하지 않다는 듯이. 그러고는 마치 모델을 고르듯 얼굴을 바짝 들이대고 눈 아래의 검은 점까지 하나하나 뜯어보았다. 마침내 만족스러운 미소를 지으며 그녀의 어깨를 살며시 한번 쥐어주고 토닥거렸다.

— 섹시 콘셉트로 나갑시다. 동양의 미와 서양의 미가 적절히 섞여서 한국의 남성들이 큰 거부감 없이 좋아할 만한 외모니까, 지금 우리 프로그램 구성에 아주 적합해요.

그러니 가벼운 토크쇼에서 너무 진지한 자세는 겉돌 수 있다고 '조언'을 했다. 미리 작성한 원고는 아무짝에도 필요 없게 되어 슬그머니 핸드백 깊숙이 도로 집어넣었다. 그리고 이대로 말하면 될 겁니다, 라며 피디가 주고 간 방송 대본을 펼쳐 들었다. 그날의 토크 주제는 '사랑, 무엇이 먼저인가'였다. 진행자의 질문은 사랑한다는 고백을 듣는 것이 먼저인가, 섹스가 먼저인가, 였다. 대다수의 서양 여자들은 섹스를 먼저 해봐서 서로 몸이 맞는 것을 확인한 뒤에 사랑한다는 말을 듣기를 원했다. 사랑한다는 말을 먼저 한 뒤에 몸이 맞지 않으면 없던 걸로 할 수도 없고 난처하다는 것이었다. 한편 대부분의 동양 여자들은 사랑한다는 고백을 먼저 들어야 남자를 믿고 섹스를 할 수 있다는 것이었다. 그러니 정작 몸이 맞고 안 맞고는 중요하지 않다는 말이었다. 그렉안나는 동양의 가치관을 택했다. 실상은 전혀 그렇지 않았지만, 방송용 대본에 그렇게 쓰여 있었다. 그녀는 말했다.

— 우리나라에서도 사랑이란 너무 중요한 것이에요. 사랑하는 사람과 결혼하는 것을 가장 행복한 결혼이라고 생각합니다. 두 사람이 서로 사랑한다는 믿음이 가장 중요하다고 생각해요.

사랑에 무엇이 결정적인지 묻는 것이었지만 몸이 먼전지, 믿음이 먼전지 애매모호하게 사랑을 중요하게 여긴다, 라고 했다. 몸이 맞아야 사랑을 확신할 수 있고, 그 사랑이 지속될 수 있다고 생각한다는 서양 미녀들은 그녀의 말에 장난스럽게 눈썹을 찌그러뜨리고 입술을 쭉 내밀어 비틀면서 동의할 수 없다는 표정을 지었지만 진행자 역시 그녀의 말이 결론인 양 어물쩍 넘어가고 말았다. 그녀의 첫 방송은 예상했던 것 이상으로 성공적이었다.

방송이 끝나고 난 직후부터 달리기 시작하는 리뷰들에는 하나같이 그렉안나를 칭찬하는 댓글들 일색이었다. 요약하자면 외국인이라는 거부감이 전혀 없을 만큼 참하고, 섹시하면서도 어린아이같이 순수하다는 것이었다. 그녀는 자신의 매력을 처음 객관적으로 깨달았다. 방송 관계자들도 하나같이 이 캐릭터로 나가자고 했다. 그녀는 갑자기 엄청나게 많은 사람들로부터 열정적인 사랑을 받기 시작했다. 처음에는 어리둥절했지만, 곧 한국에 와서 지금까지 만나온 사람들 모두가 그녀를 좋아했었던 것을 돌이키며 당연한 일이라 받아들이게 되었다. 순식간에 그녀에게 수많은 팬이 생기고 그녀의 팬 카페가 생겼으며 그녀의 생일을 맞아 팬들과 미팅을 가질 정도가 되었다.

그녀가 출연하는 방송 업체를 운영하는 남자 강이 그녀의 몸값을 높여주었다. 그리고 자기와 함께 살기를 제안했다. 한강이 내려다보이는 고급 아파트를 그녀에게 줄 것이며, 그녀가 지금까지 가져보지 못한 많은 것들을 주겠다고 했다. 강은 아주 늠름했다. 그는 아내와 아들이 있었다. 하지만 충분히 자유로워 보였다. 자기가 가진 힘과 재물에 의해 언제나 자신만만했으며 그가 타고 다니는 람보르기니와 페라리는 그를 더욱 멋진 남자로 만들어주었다. 그렉안나는 고국으로 돌아가 자기가 만나게 될 남자를 상상해보았다. 최선이라면 관공서나 기업체에 다니는 남자일 테고, 그들이 줄 수 있는 것이란 오래된 좁은 아파트와 아기들일 것이고, 서른만 넘어가면 평퍼짐해지면서 옆집 여자와 구분이 가지 않는 평범한 여자가 되겠지. 고국에서 그녀는 이만한 대접을 받지 못했었다. 한국에서는 잘만 하면 방송인이 되어 좋은 남자를 만날 수 있을 것 같았다. 같이 출연하는 외국 여성들 대부분이 한국 남자와 사랑을 하고 한국에서 정착하고 멋진 가정을 이루는 꿈을 갖고 있었다. 한국 남자는 여자와 가정에 헌신적이며 자기 아이를 낳아준 여자를 위해 몸을 아끼지 않고 일해서 벌어들인 모든 것을 주는 최고의 남자라 할 수 있다!

그렉안나는 한국인이 몹시 좋아졌다. 한국인이란 알고 보니 쉽게 사랑에 빠지고 사랑하는 사람에게는 아무것도 아끼지 않고 열렬히 지원해주는 인종이 아닌가. 그녀는 한국인을 조금 더 깊이 알기 위해 강과 함께 살기로 했다. 그가 그녀에게 해준 첫 선물은 BMW의 미니쿠퍼였다. 앙증맞은 차체에 새하얀 지붕이 눈에 띄는 빨간 차였다.

2009년 12월

현관에 들어서는 강의 목소리가 들렸다.

— 안나! 차를 잘 세워두라고 했잖아! 벌써 몇 번째야! 얼마나 됐다고 벌써 차를 저 꼴로 만들어놨어! 네가 몰고 다니던 트럭이 아니라고!

안나는 고개를 끄덕이고 있는지 아무 대답이 없었다. 그가 뭐라고 더 잔소리를 하며 욕실 문을 열고 슬리퍼를 끄는 소리가 들렸다. 강은 남자치고는 행동거지가 깔끔하고 단정하고 조심스럽고 섬세하기 그지없었다. 그의 손끝은 까다로운 여자보다 훨씬 더 까다로 웠다.

— 발수건 좀 가져다줘.

구멍으로 내다보았다. 강이 작은방으로 나와 벽에 붙여놓은 소 파에 발을 들고 앉았다. 그렉안나가 발수건을 가져다주니 먼저 수 건을 코에 대고 냄새를 맡았다. 그리고 손바닥에 쫙 펼쳐 들고는 발 가락을 하나하나, 그 사이를 하나하나 꼼꼼히 닦는 것이 보였다.

— 발수건 따로 삶았지? 샴푸는 그거 사지 말랬잖아. 향이 달라. 갈색 라벨에 너트 향기 나는 걸로 사라니까.

그녀가 고개를 건성으로 끄덕이자 강이 눈초리를 한 번 세웠다. 발 닦는 강을 내려다보다가 돌아서는 그녀의 팔을 낚아챘다. 그녀 가 휘청이며 살짝 팔을 빼려고 했지만 강이 더욱 세게 확 잡아당겼 다. 그녀가 팔을 획 뽑더니 강의 품에 거세게 몸을 던졌다. 강이 재 빨리 그녀를 소파에 밀어붙이고 팬티를 끌어내렸다. 어찌나 거칠 고 신경질적으로 잡아당기는지 두 줄기 검은 끈이 엉덩이에서 내 려오기도 전에 살을 깊이 파고들었다. 강은 아직 무릎 위에 걸려 있 는 끈 때문에 잘 벌려지지 않는 그녀의 허벅지를 벌리다 말고 이거 뭐야! 하고 외쳤다. 나는 손가락으로 구멍을 비집고 눈을 끼워 넣었 다. 강이 그녀의 허벅지 안쪽의 검푸른 멍 자국을 가리켰다. 내 가 슴이 쿵쿵 울렸다. 내가 만든 건가?

— 이거, 누가 이랬어?

강이 그녀의 머리를 거칠게 잡아당겨 멍 자국을 보여주었다. 그녀가 그럴 줄 알았다는 듯이 핏, 하더니 머리를 획 빼며 엉덩이로 그의 얼굴을 밀어버렸다.

― 당신이 한 짓이잖아!

― 너, 지난번에 젖가슴에 있던 멍도 내가 한 거 아니야. 딴 놈 만나기만 해봐! 너 죽는 거야!

그녀는 심드렁한 표정을 지으며 엉덩이로 두 번 그의 얼굴을 쳤다. 그가 불끈 화를 내며 그녀에게 달려들었다.

그녀를 품에 안자 강은 달려들 때와는 사뭇 달라져 샌님 같아졌다. 섹스를 하면서 무슨 말이 그렇게 많은지, 너, 여기가 꺼끌꺼끌해, 털을 면도기로 밀지 말고 왁스를 칠해서 뽑아내, 고양이 혓바닥 같잖아, 욕실에 팬은 안 돌리냐, 샤워하고 나오면 한동안 팬을 돌려라, 그리고 요즘 왜 키스를 안 하려고 하냐. 듣고 있자니 끝이 없을 것 같았다. 강은 그녀를 소파에 앉혔다, 눕혔다, 엎드리게 했다, 바닥에 내려와서 하다 말다 하다 말다, 하면서 네 시간 동안 그녀를 안고 있었다.

그녀가 바닥에 깔린 러그에 지쳐 널브러졌다. 강이 그녀에게서 떨어지며 등짝을 한 번 찰싹 때렸다. 조금 뒤에 그는 샤워실로 들어갔고, 그녀는 그냥 잠에 빠져들었는지 꼼짝도 하지 않았다. 샤워실에서 물소리 소변 소리가 들리고 다시 방으로 나온 그가 소파에 앉아 발수건으로 발을 꼼꼼하게 닦았다. 그는 바닥에 널브러진 그녀를 힐끗 보고는 거실로 나갔다.

거실에서 강의 목소리가 들려왔다.

— 티브이 또 바꿔놓았어? 왜 그거 하나를 외워두지 못해? 아날로그에서 빨리 벗어나라고 하잖아, 서울에서 살려면.

3D티브이를 작동시키려면 인터넷 리모컨과 티브이 리모컨 두 개를 가지고 조작해야 하는데, 오디오 시스템의 리모컨까지 비슷하게 생긴 바람에 그녀는 항상 헷갈리곤 했다. 그래서 인터넷을 작동시키는 리모컨은 그냥 놔두고 정규 방송만 켜곤 했다. 강은 창을 여러 개 켜두고 수시로 여러 채널을 옮겨 다니며 보는 사람이었다. 직업 때문이기도 했고 성격이 그렇기도 했다. 그녀는 널브러져 누워 있다가 몸을 돌려 눕혔지만 아무런 대답도 하지 않았다. 그녀가 조그맣게 중얼거렸다. 나에게 하는 말이라는 것을 알고 거의 튀어나갈 뻔했다.

— 나는 여기 얹혀사는 거 같아. 그는 내게 집을 사준다고 했고 내가 주로 살고 있으니 내 집이 맞는 것 같기는 해. 하지만 내 집이 아니야. 그는 자기가 오고 싶을 때는 언제든지 올 수 있다고 했지. 내 허락을 받거나 하다못해 가도 되냐고 내게 묻는 일도 없어. 매일 내 스케줄을 깐깐하게 체크하기 때문에 저녁에 친구들과 술 한잔도 할 수 없어. 무엇을 하나 사려 해도 꼭 자기랑 같이 가서 자기가 보고 사줘야 되고, 집에 오면 일일이 나를 가르치지. 나는 그가 와 있으면 발끝으로 걸어야 하고, 내 물건을 만지는데도 아주 조심조

심해야 해. 더구나 그가 사놓고 정리해놓은 물건은 아무것도 내 맘대로 만져서는 안 돼. 말 그대로 내 손이 움직이고 발이 가는 거, 낱낱이 감시당하는 기분이야.

— 안나! 이리 와봐! 안나!

강이 불러댔다. 안나가 가까스로 몸을 일으켜 거실로 나갔다. 청각을 최대한 벼려서 듣자 하니 최신 티브이에 대해 또 한바탕 젠체하는 모양이다.

— 내 말이 틀리나 봐. 3D 산업의 선봉은 포르노가 될 거야. 벌거벗은 여자가 젖가슴을 내놓고 바로 눈앞까지 와서 오럴을 해줄 거라고.

문화 산업에 대해 잘 아는 강의 말이니 믿을 만하긴 할 거였다.

나는 그렇게 가끔 두 사람을 엿보게 되었다.

2010년 8월

안나는 태풍이 막 지나간 양수리 강변을 컨버터블 지붕을 열고 달렸다. 어제 광고 하나를 찍어서 기분이 아주 좋았다. 광고를 찍지 못하는 친구와 그녀의 남자 친구에게 한턱 낼 겸 바람도 쏘일 겸 강가로 가서 산책하다가 저녁에는 홍대 쪽으로 와서 클럽에 갈 예정이었다. 친구의 남자 친구가 안나에게 소개시켜줄 남자를 데리고 나왔다. 그 남자는 황이라고 했다. BMW 컨버터블을 가지고 나온 데다 젊고, 운동 좀 해서 가슴 근육까지 키운 황이 마음에 들었다. 황도 한눈에 안나에게 친근하게 웃었다. 그녀는 황의 옆에 타고, 친구와 그녀의 남자 친구가 뒤에 함께 탔다. 모두들 기분이 들떠 있었다.

양수리에는 산책 나온 사람들이 두셋씩 모여 이야기를 나누며 강바람으로 더위를 식히고 있었다. 태풍에 강물이 뒤집혔던지 흙탕물이 일렁거렸다. 오리들은 궁둥이를 들썩이며 흙탕물 속으로 자맥질을 하고 있었고, 사람들이 오가는 강 가장자리에는 떠밀려 온 나뭇가지와 쓰레기들이 몰려 있었다. 황은 여름에는 이곳의 연꽃이 볼만하다며 강을 따라 몇 미터 걷자고 했다. 그렉안나는 동양의 연꽃에 대해 들은 적이 있어서 기대에 가득 차 황의 팔을 끼고 따라 나섰다. 황은 안나의 허리에 팔을 두르고 엉덩이를 쓰다듬을락 말락 하며 연못으로 갔다. 드넓은 연잎이 연못을 가득 메웠는데 정작 붉은 연꽃은 세 개 남짓 피어 있었다. 여자들이 실망스러운 숨을 내쉬자 황이 꽃이 벌써 졌나 보다, 여름에 피는 걸로 알고 있는데, 라고 변명했다. 대기는 맑았지만 습도가 높고 무더운 데다 맑은 강을 볼 수도 없고 연꽃도 볼만하지 않아서 안나는 땀이 너무 솟는다고 불평했고, 친구가 양수리 아무것도 볼 게 없네, 라고 하자 말이 끝나기 무섭게 다 같이 고개를 끄덕이고 곧바로 차로 돌아왔다. 불고기 집으로 가서 서로 쌈을 싸서 입에 넣어주기도 하고 술잔을 채우며 한 시간 반쯤 머물다가 길이 막히기 전에 서울로 돌아가야 한다며 자리에서 일어났다.

홍대 정문을 지나자마자 네 사람은 한꺼번에 탄식을 했다. 아! 클럽데이! 오, 마이 갓! 금요일 저녁 홍대 앞은 짧은 치마를 입고 낮은 구두를 신은 어린 여자애들로 가득 차고 넘쳤다. 하지만 오랜만에 뭉친 데다 황도 안나도 서로 흡족한 상대를 만난 덕에 그냥 헤어질 수는 없었다. 유료주차장에 차를 대고 길을 건너면서 클럽 앞에 우르르 몰려 있는 여자애들을 보고 황이 말했다.

— 옷을 입을 줄도 모르고 자기 몸을 파악할 줄도 모르는 저런 애들이 나는 불쌍하더라. 저 짧은 다리에 플랫슈즈를 신고 똑같은 옷차림을 하다니. 나는 저런 애들을 보면 내 돈으로 하이힐을 사서 신겨주고 싶어.

늘씬하게 뻗은 다리에 멋진 하이힐을 신은 안나와 친구는 황의 말에 느긋하게 고개를 끄덕이며 느릿하게 맞장구쳤다.

— 그러게 말이야, 저러고 싶을까.

서슴없이 몸을 부딪히며 우르르 몰려다니는 아이들 사이를 헤집고 클럽이 몰려 있는 곳을 벗어나 녀석들의 발이 닿지 않는 와인 바로 들어갔다. 와인으로 시작해서 위스키로 끝을 봤다. 서로서로 품에 안고 안긴 상태로 술에 취해갔다. 안나는 아무것도 기억하지 못하는 채 새벽이 되어 집에 들어왔다.

강이 소파에 앉은 채 그녀를 기다리고 있었다. 그녀는 너무 취해서 강이 악다구니를 퍼붓고 옷자락을 잡고 흔들어도 전혀 반응하지 않았다. 그녀는 벌써 몇 번째 전화를 꺼놓은 채 남자들과 어울리다가 늦게 들어왔다. 강은 그녀가 전화를 꺼놓으면 안나의 집으로 와서 그녀가 들어올 때까지 기다렸다. 처음 걸렸을 때 강은 안나에게서 차를 빼앗았다. 두번째 걸렸을 때는 신용카드를 빼앗았다. 안나는 이미 씀씀이가 출연료와 단발 광고료를 웃돌았기 때문에 싹싹 빌어서 신용카드 하나는 돌려받았다. 세번째 늦게 들어왔을 때는 다시 신용카드를 뺏기고 다시 한 번만 더 이러면 내쫓겠다는 소리를 들었다. 네번째에는 뺨을 맞았다. 그녀가 술이 깨면 강이 꼭 하는 말이 있었다. 러시아 여자들 알코올 중독이 많다더니, 너도 꼭 그 꼴 날 거다! 그렇게 함부로 몸 굴리다간 두고 봐, 어찌 되는지.

이날, 강은 안나에게 발길질을 했다. 그리고 집을 빼앗고 너를 버리겠다고 했다. 안나는 다시는 안 그럴게, 다시는 안 그럴 거야, 라고 약속했다. 다음 날 안나는 숙취 때문에 구역질을 하면서 팔과 가슴과 다리에 파란 멍 자국이 왜 생겼는지, 어제 무슨 일이 있었는지, 기억하지 못하고 손가락으로 문지르기만 했다. 강은 그녀의 멍 자국을 보다가 냉랭하게 입술을 씰룩이면서 고개를 돌렸다. 그는 문짝이 떨어져 나갈 만큼 쾅, 닫으며 나갔다.

술에 취한 안나, 엎드려 있는 안나의 엉덩이에 얼굴을 묻고 끌어안고 있는 것이 내가 제일 좋아하는 것이다. 나는 안나가 누굴 만나는지, 만나서 무얼 하는지, 아무 상관 없었다. 나는 그녀에게 선택된 단 하나의 남자였으니까. 나는 강에게 맞아서 멍든 곳을 일일이 찾아 입을 맞추고, 새로 젖가슴을 깨물어 내 흔적을 남기면서 그것 때문에 다시 강에게 맞을지도 모른다는 생각은 하지 않았다. 그녀는 내가 깨물어주는 것을 너무 좋아했기 때문에, 깨물다가 살갗이 찢어져 속살이 보이면 마치 자기가 이 더러운 세상에서 벗어난 것처럼, 자기 몸을 찢어버리고 벗어난 것처럼 미칠 듯한 해방감을 느낀다는 말을 했기 때문이다. 내가 그녀의 젖꼭지 둘레를, 허벅지를, 손가락을, 엉덩이를, 오금을 깨물면 그녀는 아주 아주 높은 비명을 지르며 내 몸에 다리를 칭칭 감아 조였다. 그럴 때면 나는 정말로, 그녀의 영혼이 이 세상에서 탈출하는 것처럼 느껴졌다. 그래서 나는 그녀의 어디를 깨물어 찢어놓을까만 궁리했다. 그녀가 이 작은 비밀의 방에서 나와 나누는 사랑으로 강과 방송국과 돈에서 벗어날 것이라고, 나는 진심으로 믿었다.

2010년 12월

그렉안나가 추락하기 시작한 건, 그녀가 건드려서는 안 되는 주제를 건드렸기 때문이다.

그날의 토크 주제는 '한국의 드라마, 이것을 이해할 수 없다'였다. 그렉안나는 출생의 비밀이 오래도록 드라마의 주요 소재가 되는 한국 사회가 이상하다는 말로 시작했다. 그녀가 보기에 이런 드라마가 오랫동안 인기를 얻고 있는 것을 보면 한국 국민의 보편적 정서가 상당히 뒤틀려 있다는 것을 알 수 있다, 한국은 혈육에게만 재산을 물려주는 게 당연한 문화여서 그 혈육이 재산 형성에 아무런 기여를 하지 않았음에도 어느 순간이 되면 당연하게 물려받게 되어 있다, 그러니 아무것도 없던 가난한 주인공이 갑자기 엄청난 부자가 되어 신분이 상승하려면 미모를 재산으로 재벌과 결혼하거나 출생의 비밀을 통해서 느닷없이 나타나 그 재산을 차지해야만 하며, 남자 주인공도 마찬가지인데 이런 것이 가능한 이유로는 재벌들은 대체로 도덕적으로 깨끗하지 않다는 고정관념이 깔려 있기 때문인 것 같다, 국민 대다수가 부를 갈망하는 왜곡된 집착이 이런 드라마를 양산하지 않나, 생각한다, 고 줄줄이 말했다.

다른 출연자들도 앞을 다퉈 말했다. 고부간의 갈등이 드라마의 큰 주제가 되고 그 갈등에 의해 드라마가 전개되는 것이 이상하다, 로맨틱 코미디의 경우 여자 주인공들이 하나같이 예쁘다기보다는 개성이 강하다, 이것은 로맨틱 코미디의 주 시청 층이 젊은 여성이기 때문인 것 같다, 드라마는 대개 예쁜 여주인공의 몫이었기 때문에 로맨틱 코미디까지 예쁜 여자가 독차지하는 건 대다수의 평범한 여성들의 꿈을 꺾는 것이 돼서 시청률이 확 떨어질 위험이 있기 때문이 아닐까, 하는 의견도 나왔다. 마지막으로 사극이 꾸준히 방영되는 것이 특이하다, 는 의견까지 나왔다.

그녀는 오랜만에 자기 의견을 시원하게 털어놓았다. 방송은 별

무리 없이 끝났다. 하지만 다음 날부터 인터넷 게시판 메인에 방송 내용이 떡 올라오더니 댓글이 달리기 시작하는데, 온통 그렉안나를 성토하는 내용이었다. 머리는 텅 비고 섹시한 줄만 알았더니 제법 똑똑하네, 부터 시작해서 예쁘다 예쁘다 해줬더니 건방지기 그지없네, 전통을 잘 보존해온 것도 아니고 문화가 특출한 것도 아닌 나라에서 온 주제에 한국을 업신여기기 시작했네, 라고들 해댔다. 갑자기 섹시 콘셉트에 맞지 않는 말을 하는 그녀에게 이질감을 느끼고, 그녀를 깔아 내리기 시작한 것 같았다. 외국인이 우리나라에서 뿌리를 내리는 건 쉬운 일이 아니다. 특히 경제력이나 국격이 떨어지는 나라에서 온 이들이라며 더욱더. 이들이 어떤 면에서든, 사회적 계층에서 한국인을 치고 올라서거나, 숫자가 많아져서 사회문화적으로 위협이 될 만한 존재가 되면 한국인들의 태도는 완전히 달라졌다. 원래부터 월등했던 서구인들이라면 그들이 처음부터 높은 계층으로 들어오는 것을 인정할 수밖에 없다. 하지만 은연중에 한국보다 열등하다고 생각해온 나라의 사람이라면 완전히 다른 반응을 불러올 수가 있는 것이다. 더구나 연예계에 종사하고 있는 사람들에게 쏟아지는 돌팔매는 상상을 할 수 없을 정도였다.

시간이 지나자 루머까지 달리기 시작했다. 꼬투리가 하나 잡히자 산발적으로 떠돌던 소문들이 커다란 파도처럼 기세를 탔다. 인기가 올라가자 출연료를 올려달라고 했다는 소문에 이어 줄줄이 사실과 사실 아닌 소문들이 쏟아지고 악의에 가득 찬 댓글들이 달렸다. SKY 대학교의 교환학생이라는 거 순 뻥이다, 육 개월 단기 어학 코스를 다닌 것뿐이다, 한국에 오기 전에 고국에서 고급 결혼 업체에 이름을 올렸다더라, 스무 살에 예쁜 외모로 돈 많은 남자를 잡으려고 한 것이다, 이미 속옷 모델을 했었다더라, 외제차 탄 남자들과 놀더라, 클럽 죽순이다, 스폰서가 있다더라, 스폰서가 방송국 오너라더라, 그런 주제에 한국의 가치관이 이러니저러니 하는 게 우습다, 라는 말들이 끝도 없이 쏟아졌다.

강은 그녀를 도와주지 않았다. 컴퓨터 앞에 앉아 울고 있는 그녀에게 오히려 비난을 퍼부었다.

— 대체 무슨 생각으로 그런 말을 한 거야! 네가 그런 말을 할 자격이 있다고 생각한 거야? 내 참 기가 막혀서. 난 모르겠으니까 네가 해결해! 난 너 땜에 이게 뭐야!

소리치고는 나가버렸다.

그녀는 겁에 질려 나를 불렀다. 나는 허겁지겁 달려갔다. 현관 앞에서 기다리고 있다가 내가 들어서자마자 몸을 던졌다. 얼마나 떨고 있었던지 차디차게 식은 몸에 끈끈한 땀이 뒤덮여 있었다. 나는 사랑을 나누어 그녀 몸을 덥혀주려고 했다. 하지만 그녀는 내 입술을 피하더니 금방 무너질 듯 휘청거리며 말했다. 그냥 나를 좀 재워줘, 며칠 동안 한숨도 못 잤어. 그녀를 끌어안고 가서 침대에 눕혔다. 처음 들어가보는 침실이었다. 거기에 그녀의 발가벗은 사진이, 그녀 크기의 사진이 걸려 있었다. 침실에 들어와 있는 것이 못내 켕

겨서 그녀 옆에 들어가 안아줘야 하는지 마는지, 결정하지 못하고 안절부절못했다. 그녀가 내 옷자락을 잡아당겼다. 나는 결정해야 했다. 지금 그녀 옆에 누워 잠을 재워줘야 할지, 그러다가 느닷없이 강이 들이닥치고 다짜고짜 주먹질을 하면 고스란히 맞아야 할지, 냅다 도망가야 할지, 아니면 당당히 강에게 맞서서 당신! 이럴 거면 당장 안나에게서 떠나! 라고 소리를 쳐야 할지. 망설였지만 결국 어느 것도 결정하지 못한 채 그녀가 잡은 옷자락에 딸려가서 옆에 누웠다. 그녀의 머리카락을 쓸어 넘기고 이마에 입을 맞추고 앞가슴을 다독여주며 어서 자, 푹 자, 라고만 중얼거렸다.

그녀가 다섯 시간 동안 잠을 자고 깨서 멍하니 앉아 있을 때, 내가 뭐라도 먹을 게 없나, 냉장고를 뒤지고 있을 때, 강에게서 문자로 통보가 왔다. '1월 23일까지 짐 싸들고 나가. 집 팔았어.' 그녀가 소파에 주저앉아 멍한 표정으로 내게 휴대폰을 넘겨주었다. 나는 무심코 그녀 옆에 앉아 문자를 보았다. 그 순간, 이상하게 써늘한 것이 내 가슴속에서 쉬익 빠져나가는 것을 느꼈다. 나도 모르게 엉덩이를 들고 일어나 안나에게서 한 뼘쯤 떨어져 앉았다. 그리고 다음 순간 뭐 마려운 강아지처럼 발딱 일어나 거실을 빙빙 돌았다. 지친 안나를 위해 마실 거라도 가져다주려고 했던 것조차 깡그리 잊고.

나는 알았다. 위기에 빠진 외국인 여자를 내 여자로 당당히 인정할 용기가 없다는 것을. 사귈 수는 있었지만, 그 이상은 결코 장담할 수 없었다. 시골에 있는 어머니께, 형님께, 일가친척에게 소개시킬 수 있을 것인가. 거기에 생각이 미치자 비겁하게도 그건 정식으로 둘이 사귀어보고 결정할 문제지, 라고 꼬리를 뺐다.

안나의 집을 나와 내 집으로 돌아가면서 나는 나에게 멍청한 질문을 했다. 그녀를 얼마나 사랑하는지, 혹시 강이란 존재가 있었기에 내 사랑이 과장되었던 것은 아닌지.

2011년 6월

이 집으로 이사 온 지, 그리고 저 비밀의 방 문을 열고 들락거린 지 한 달이 넘었다. 그동안 그녀는 어디에도 나타나지 않았다. 일주일 전, 나는 무심코 클릭한 인터넷 쇼핑몰 광고에서 안나를 보았다. 브라와 팬티 세트로 열두 가지씩 함께 파는 속옷 쇼핑몰이었다. 그녀는 머리를 금발로 원상회복하고 화장을 아주 연하게 해서 다른 사람처럼 보였다.

그 쇼핑몰을 찾아가 그녀의 연락처를 알려달라고 할까, 말까를 지금 일주일째 고민하고 있다. 그녀가 떠오를 때마다 비밀의 방 쪽으로 고개를 돌리고, 그 안으로 들어가 누워 있을까 말까, 게으르게 생각하다가 그 방을 언젠가는 털어내야 할까, 그냥 놔두고 이사 갈까, 하고 또 게으르게 생각했다.

세컨드 라이프

중국의 가흥. 낯선 골목을 십여 미터나 들어와 우두커니 서서 내가 느낀 것은 양편으로 늘어선 집들이 일시에 완전히 버려졌거나, 버려졌으면서도 보호받고 있거나, 한다는 것이었다. 나는 조금 전에 지나온 동리와는 전혀 다른 이 거리에 비상한 관심이 쏠렸다.

먼저 눈에 들어오는 것은 길 양편으로 육중하게 늘어선 집들이었다. 촘촘하고 두껍게 짜인 마름모꼴 조각으로 가득 채워진, 집채만큼이나 커다랗고 반들거리는 검은 대문과 갓 구워낸 듯한 기와를 얹은 높은 담장이 대문 넓이만큼 이어진 다음 다시 똑같이 검은 대문이 시작되었다. 다르다고 해봐야 마름모꼴이 정삼각형으로 바뀌거나 정사각형으로 바뀌고, 담장의 무늬가 '복' 자에서 당초무늬로 바뀐 정도였다. 그런 집들이 틈새도 없이 양쪽으로 죽 늘어서 있었다.

마치 햇볕에 바짝 타서 둥실 날아오르기 직전의 하얀 도로 위에 검은 옻칠 대문을 앞세운 비현실적인 집들이 얹혀 있는 것만 같았다. 다시 보면, 하나같이 육중한 대문들과 하나같이 높디높은 담장들이 가벼이 날아오르려는 길을 날아오르지 못하도록 양 끝에서 꼭 붙잡고 있는 것 같기도 했다. 담장 안쪽의 집채 역시 단단하고 커다랗고 무척이나 과묵해 보였다. 그리고 나머지는 거리를 가득 메운 아무것도 없는 소리.

나는 이상한 기분에 휩싸였다. 처음 가보는 곳에 대한 호기심으로 눈살에 힘을 주고 짯짯이 살피느라 걸음이 더욱 느려졌다. 지독하게 마른 햇빛이 단 하나의 발자국도 남길 수 없을 만큼 단단한 하얀 길 위로 쏟아졌다.

이십 미터, 삼십 미터, 걸어가면서 나는 두 귀로 밀려들어오는 뜨거운 정적의 원인을 알아내기 위해 눈초리를 꼿꼿이 세웠다. 그리고 몇 채의 집을 지나치자 그 뜨거운 정적이 어디서 비롯됐는지 알 수 있었다. 사람들의 살냄새와 그 사람들이 일으키는 숱한 냄새들이 완전히 증발됨으로써 남겨진 정적이었다.

거기서는 저녁마다 집들의 창을 비집고 빠져나와 거리를 채워야 할, 고추기름에 볶은 닭 요리 냄새도, 굴 소스에 볶은 버섯 냄새도, 사과 튀김과 복숭아 시럽 향기도 없었다. 오직 햇빛에 마른 옻칠 냄새만이 지붕 위로 날아오를 뿐이었다.

나는 그 거리의 끝까지 걸어갔다. 그리고 마침내 활짝 열린 단 하나의 문 앞에 이르렀다. 하나같은 외관으로 거기까지 이어지던 집들이 딱 끊기고 오래전에 지어진 듯 기와의 무게에 내려앉은 담장과 움직이면 삐걱거릴 게 분명한 낡은 목조 대문 집이 나타났다. 놀랍게도 누구나 들어갈 수 있게 문이 활짝 열려 있었다. 그 문을 발견하고 가던 방향으로부터 몸을 돌려 우뚝 걸음을 멈췄다. 대문 안 바닥에 깔린 빛바래고 맨질맨질한 검은 전돌을 보았다 싶은 순간 저 안쪽으로부터 빠르게 몰려나온 비릿한 습기가 내 몸에 감겼다가 거리로 밀려 나갔다. 나는 순식간에 사라지고 또다시 순식간에 밀려오는 그 냄새를 감지했다.

그토록 메마른 거리의 끝, 열린 대문 저 뒤 깊숙한 곳으로부터 훅 밀려 나온 청량한 물비린내. 내 몸을 휘감은 물비린내는 일시에 모든 기억을 불러일으켰다. 나는 뒤따라오는 아내에게 소리쳤다. 집 뒤에 강이 있어! 그러고는 높은 문턱을 넘어 안으로 성큼 발을 들여놓았을 때 대문 그늘에 몸을 숨기고 앉아 있는 형을 보았다. 형은 언제나 의자 등받이에 등을 기대지 않고 구부정하게 앞으로 기울여 앉아 있곤 했었다.

— 아, 형이야. 여기 몸을 숨기고서 밖을 엿보았지. 봐, 바닥이 유난히 움푹 파여 있잖아.

아내는 내 말을 귀 기울여 듣지 않았다. 내가 의자 주변의 전돌이 다른 곳에 비해 우묵한 것을 살펴보면서 사람의 무게를 오래 받았음을 확인하고, 또 벽을 짚고 의자에서 일어서느라 그 부분만 손때가 까맣게 묻은 것을 보며 이것 봐, 형의 손자국이야, 라는 말을 주워섬기는 동안 아내는 전실 벽면에 붙어 있는 패널에서 전통 가옥의 형식과 내력, 독립투사의 은신처로 쓰였던 과거사 등을 훑더니 벌써 안채로 이어진 다른 문으로 사라져버렸다.

아내를 부를 양으로 돌아보니 전실 한가운데에 놓인 커다란 액자가 눈에 들어왔다. 형이 남의 눈을 피해서 나무를 자르고 못을 박고 사포로 밀어서 만들었던 액자였다. 그것을 다 만들어 크기에 맞지도 않는 작은 가족사진을 넣었다. 며칠 뒤에 형은 텅 빈 여백에 내 대학 졸업 사진을 끼워 넣었다. 그런 액자가 지금은 독립투사의 사진이 들어간 채 떡하니 탁자 위 한가운데 놓여 있었다. 그 사진이 왜 이 거리가 버려졌으면서도 보호받고 있는지 설명해주고 있었다.

그 액자의 나무틀을 켜던 형의 손이 기억났고, 그래서 까맣게 잊고 있던 편린에 또다시 가슴이 벅차 아내를 부르며 허겁지겁 문턱을 넘었다. 그래서 중정에 들어서게 되었다. 너무 기운차게 문턱을 넘어선 나머지 중정 한가운데에 세워진 빗물받이 수조에 부딪힐 뻔했다. 중정을 거의 다 차지할 만큼 큰 수조 벽에 손을 짚고 몸을 버티며 그 안을 들여다보았다. 네모난 벽 둘레를 따라 이끼가 얇게 끼어 있고 역시 네모난 돌바닥 사이사이를 메운 짧은 풀들과 바짝 마른 이끼가 눈에 들어왔다. 너무 오랫동안 사람의 흔적이 비워져 있었던 게 확연했다.

나는 천천히 고개를 들어 형이 내 가슴팍을 밀치는 것을 바라보았다. 나는 수조를 등지고 있었고 형은 나를 후려치다가 마치 그 안으로 메다꽂을 듯이 달려들었다. 나는 밀리지 않을 셈으로 수조 벽에 엉덩이를 단단히 붙인 채 버팅기고 있었다.

— 또 싸움이 붙었어. 하지만 오래가지 않는 거, 당신도 알지?

나는 아내에게 말했다. 아내는 강바람이 불어오는 북쪽 문을 나서고 있었다. 바로 강이 있는 그곳에! 나는 또다시 허겁지겁 아내의 몸이 파라락 파라락 날리는 곳으로 뛰어갔다.

활짝 열린 북문 앞으로 다가서자 바람과 함께 강의 빛이 하얗게 밀려들어와 바람이 아니라 그 빛이 나를 밀어버린 줄 알고 나는 두 손을 들어 눈을 가렸다. 내 몸도 파라락 파라락 날렸다. 빛에 눈이 익었을 때 강으로 이어진 테라스 아래 묶여 있는 작은 배를 보았다. 형이 배의 줄을 풀고 있었다. 몸을 일으키는가 싶더니 줄을 말아 쥐고 훌쩍, 배에 올라탔다. 형은 둥글게 휘어 보이지도 않는 상류에 눈을 주며 강물 속으로 노를 찔러 넣었다. 강바닥을 한 번 길게 밀자 배 앞머리가 움찔 일어섰다.

— 형이야, 아침마다 양자강으로 올라갔어. 저렇게 노를 밀어서. 올 때는 그냥 배 위에 누워서 내려오곤 했지.

더위가 말끔히 가신 얼굴로 아내가 나를 흘깃 돌아보았다.

— 무슨 말이야.

아내의 눈이 나를 스쳐 지나갔다. 아내는 웃음을 가득 머금고 강바람에 얼굴을 돌렸다. 강 너머는 사람 키를 넘게 자란 짙푸른 풀들만이 하늘 아래 가득 넘실대는 거대한 늪이었다. 그 짙푸른 빛에 저절로 눈이 감기면서 메마른 거리의 모습이 떠올라 나는 문득 몸을 털었다. 언제나 그랬듯이 여전히 이 넓은 늪은 물의 혼을 받아 무한히 증식하고 있으며 그래서 길거리가 그토록 메말라 있는 것이다.

머리칼을 온통 흩어놓고 온몸을 휘감았다 달아나는 바람을 맞던 아내가 문설주에 몸을 기댄 채 중얼거렸다.

— 여기, 참 좋다. 배도 있고, 도망치기 딱 좋은 곳이네. 당신이랑 많이 살았으니까 나, 여기서 도망치면 안 될까? 그러면 세상 다 잊을 수 있을 거 같아.

나도 맞은편 문설주에 기대며 중얼거렸다.

— 맞아. 여긴 도망치기 위해 사는 곳이야. 여기 사는 사람들 모두 도망치기 위해 살았으니까.

— 아까부터 무슨 말이야?

아내가 강바람에서 얼굴을 돌리고 가늘게 뜬 눈으로 웃으며 물었다. 나는 아내의 손을 잡아끌었다. 북문에서 들어와 바로 오른편에 난 작은 거실로 들어갔다. 맨질맨질한 검은 전돌이 깔린 거실은 창문이 활짝 열려 있었고 벽을 따라 의자가 두 개 놓여 있었다. 아주 가끔 나와 형이 서로 얼굴을 마주보지도 않고 앞으로의 대책에 대한 짧은 얘기를 나누던 곳이었다. 물론 대책이 제대로 세워지지 않아 결국 싸움으로 이어질 뿐이었지만.

— 앉아.

나는 아내를 형의 자리에 앉혔다.

— 난 여기 살았었어.

아내가 머리카락을 갈기갈기 날려 강바람을 들이며 짧게 웃었다.

— 당신이 언제 여기에서 살아? 당신은 나하고 죽 함께 살았는데?

— 난 여기서 살았어. 당신이 앉은 그건 형의 의자였지. 저 계단 보이지?

무슨 소리야, 하는 눈으로 나를 쳐다보는 아내의 몸을 틀어 벽 위로 좁다랗게 걸쳐져 있는 나무 계단을 보도록 했다.

— 철제 앵글로 만든 사다리였는데 새로 만들어놨군. 저 위에 올라가볼까? 저긴 우리가 몸을 숨기고 살았던 곳이야. 좁은 곳이지만 방이 두 개 있고 침대가 두 개 있지.

아내는 미심쩍은 얼굴로 북창 옆으로 높다랗게 걸쳐진 계단 꼭대기와 내 얼굴을 번갈아 쳐다보았다. 나는 턱짓으로 올라가보라고 했다. 아내는 내가 하는 말이 무슨 말인지 이해하지도 못한 채 발딱 일어나 좁은 계단의 난간이랄 것도 없는 난간을 붙잡고 엉덩이를 들어 올리며 다락으로 올라갔다. 아내가 창을 반쯤 지나쳐 올라갔을 때 치마가 강바람을 가득 품고 둥글게 부풀었다. 아내가 얼른 손으로 치맛자락을 쓸어 잡았건만 이미 파란 팬티를 내보인 뒤였다. 그 파란색에서 설핏하니 무엇인가가 잡힐 듯 밀려와 순간적으로 명치께가 일렁거렸다. 나는 곧바로 아내의 상체를 먹은 어둠 속으로 눈길을 주었다. 아내는 아직도 무슨 일인지 알아차리지 못한 것 같았다. 계단 끝에 올라선 아내가 아, 하고 짧게 숨을 내뱉었다.

— 방이 두 개네, 침대도 두 개고.

아내 키 높이의 다락에는 아주 작은 방이 기역자로 들여 있었고 방 안에는 꼭 방의 크기만 한 침대가 놓여 있었다. 커다란 가구 같은 중국식 침대. 천장과 머리맡을 막은 넓적한 나무판과 네 기둥.

— 가구 속으로 숨어들어가 자는 기분이 들 거 같아.

아내는 침대의 모서리들과 마루판을 길게 쓸면서 나지막이 말했다. 한숨 섞인 아내 목소리가 보드라운 보자기 같았다.

— 그래, 잠자리에 들 때마다 안전하다고 느꼈어. 우린 숨어 살았기 때문에 언제 어느 때나 도망갈 준비가 되어 있어야 했지. 이 계단으로 미끄러져 내려가 배에 올라타면 우린 순식간에 도망칠 수 있었어.

아무도 보는 사람이 없었지만 주위를 둘러보며 살그머니 침대에 걸터앉던 아내가 눈살을 찌푸렸다.

— 자꾸 그럴 거야? 그렇잖아도 기분 이상해지려고 하는데. 언제 당신이 여기 살았다는 거야? 어렸을 때 그랬다는 거야?

나는 올라올 때의 자세로 계단을 안고 내려가며 말했다.

— 구 년이나 십 년 전이야. 이제 모든 게 기억나.

— 정신 차려. 우린 한국에 살고 있고, 결혼 십육 주년 기념으로 여행 온 거야. 결혼 기념 여행이라곤 생전 처음이고. 우리가 언제 이

렇게 한가하게 여행 다닐 새가 있기나 했어? 여긴 언제 왔다는 거야.

나는 작은 거실을 지나 중정으로 나갔다.

— 아까 동리에서 이곳에 가고 싶다고 고집 부린 이유를 이제야 알았어. 난 그 동네 철물점에서 일했거든. 형은 내가 올 때까지 집 안에 숨어 살았고. 아침마다 양자강으로 올라가서 고기를 잡아 내려오는 것 말고는 아무것도 하지 않았어. 길 밖으로 나와본 적도 없어. 거리에서 오가는 사람조차 숨어서 지켜보았지. 사실 나는 형의 행적에 대해 관심조차 없어서 뭘 하는지 제대로 보지도 않았어. 아무것도 모르고 형에게 동조했다가 그렇게 숨어 살아야 하는 것에 억울해하고 있었으니까.

중정으로 따라 나온 아내는 어이없는 얼굴이었다가 문득 내 정신이 이상해진 건 아닌가 하는 의구심이 일어나는지 서서히 눈썹 머리를 비틀어 올렸다. 꿈에 잠긴 듯 멀어진 내 눈동자를 되돌리려고 내 눈 가까이 다가서다가 모든 표정을 한꺼번에 무너뜨렸다. 무슨 일이 일어나려는 거지. 자신의 가슴을 감싸 안는 아내의 손끝과 말소리가 떨렸다. 땀에 젖은 내 옷이 바삭하게 말라가는 반면 아내의 원피스는 겨드랑이부터 흠뻑 젖어들었다.

— 형은 형이니까, 모든 책임을 져야 하는 거야. 난 동생일 뿐이야.

나는 힘주어 말했다. 그러나 가슴 깊은 곳은 물풀이 떨리듯 파들파들 떨렸다. 나는 형이 숨어서 길을 내다보는데도 밖에서 일어나는 일에 대해 아무런 설명도, 아무런 소식도 전해주지 않았다. 형이 아침마다 양자강에 가는 게 고기를 낚기 위해서만은 아니라는 걸 알고 있었다. 가끔은 중경에 가서 아마도, 소식을 얻어듣고 올 터였다.

아내가 눈을 흘겼다.

— 당신도 참, 그 말 좀 그만해.

무안함을 감추기 위해, 인정하고 싶지 않은 무능력을 감추기 위해 나는 저기 들어가보자, 하며 남쪽의 안채를 가리켰다.

북쪽엔 아까 그 작은 거실과 다락이 있었고 남쪽에도 문이 꼭 닫힌 집채가 있었다. 두 집채 사이에 서쪽으로 난 문은 처음 들어온 대문이 있는 전실로 통했다. 네모난 중정을 두른 세 채의 집과 동쪽 벽은 모두 무거운 기와가 얹혀 있었다. 집채가 나지막해서 기와지붕은 훨씬 육중해 보였고 은밀한 냄새를 풍겼다. 중정을 가운데 두고 빙 둘러 회랑이 있었다. 집 안에서는 어디를 가든 회랑을 통했기 때문에 비나 눈을 맞지 않고 오갈 수 있었다. 게다가 회랑은 그늘이 져서 몸을 숨기고 걷는 느낌이었다. 나는 아내 손을 잡아 이끌고 발소리를 죽여서 집 안을 차례차례 돌아보았다.

남쪽 안채의 문을 열면서 내가 어찌나 숨을 죽이는지 아내는 마치 남의 침실에 들어서는 것처럼 스스로도 숨을 멈출 정도였다. 여긴 주방이야. 내가 속삭였다. 과연 그곳은 촘촘한 문살 사이로 빛이 간신히 스며들어 지금뿐 아니라 내내 그랬을 듯 어두컴컴하고 곰팡내 나는 주방이었다. 살며시 한 발을 들이고 안에 아무도 없는 것을 확인하자 긴장해서 곧추 서 있던 어깨가 축 늘어졌다.

— 꼭, 형이 있을 듯했어. 형이 요리를 도맡아 했거든. 내가 동리에서 돌아올 때면 언제나 고추기름 냄새가 가득 차오르고 있었지.

부엌엔 푸른 타일을 박아 넣은 높은 개수대가 있었고 아직도 식기들이 남아 있었으며 옆자리엔 식탁까지 그대로 놓여 있었다. 나는 벽에 죽 걸려 있는 다섯 개의 크고 작고 시커먼 프라이팬 중에서 가장 속이 깊고 커다란 프라이팬 하나를 빼 들었다.

— 형이 즐겨 쓰던 웍이야. 이 웍 속에서 기름이 끓었고, 생선이 튀겨졌고, 감자와 당근이 무르게 익어갔어. 난 그 등 뒤에서 지켜보곤 했어. 한 손으로 이 무거운 웍을 자유롭게 들고 흔들어 재료를 섞고 다시 불 위에 내려놓으면 이 둘레를 따라 붉은 불꽃이 치솟곤 했지. 이마와 가슴패기에서 땀이 줄줄 흘러내렸지만 형 입가에 웃음이 감돌던 유일한 시간이었어.

우리 두 사람이 유일하게 얼굴을 펴는 시간이기도 했다. 그러나 얘기를 듣는 아내의 미간은 난감하게 일그러졌다. 이번에는 아내가 내 손을 잡아끌었다. 중정으로 나온 아내는 내 손등을 가볍게 두드리며 고개를 저었다.

— 이 거리는 세트야. 이 집에 숨어 살았던 독립투사 때문에 찾아오는 관광객들을 위해 가짜로 만들어진 집들이라구. 십육 년 전부터 당신은 나와 한집에서 살았어. 그보다 전부터 우린 사귀어왔었고. 당신은 구 년 전에 여기 산 적이 없단 말이야.

— 이 거리는 물론 세트야. 하지만 우린 여기서 살았고, 많은 사

람들이 살았어. 그들이 떠나고 나서 이 거리가 세트가 된 거야. 저렇게 육중하게 새로 세워진 대문과 담장으로 말야. 당신 내가 다 기억하는 거 봤잖아.

— 당신 좀 이상하네. 우리가 당신 형과 함께 살아온 세월을 몰라서 이러는 거야? 그 시절을 잊고 싶어 하는 것은 이해가 가지만, 이건 좀…….

나를 책망하는 아내 눈동자를 보고 머릿속이 헝클어졌다. 내가 왜 이러는 거지? 내가 그 세월을 모르는 건가? 그런데 이렇게 확실한 느낌은 도대체 뭐지? 이렇게 익숙한 이 느낌은 뭐냔 말이야. 아내는 먼 생각에 잠겨 있는 내 얼굴을 흘깃거리며 옆구리 옷자락을 꼭 쥐고 바짝 붙어서 나와 보조를 맞추느라 어기적어기적 걸었다.

— 그래, 참 이상하기도 하지. 근데 내겐 너무 선명해. 이곳에서 일어났던 일들이.

참아주느라 조심스럽기도 하고 신경질이 묻어 있기도 하던 아내의 눈이 내 혼잣말이 계속되자 어느 순간 단호하게 바뀌는가 싶었다. 아내는 바짝 당겨 잡고 있던 옷자락을 놓고 어깨를 높이 세우면서 나를 비껴 앞서 걸어갔다. 내가 막 북문을 나서려던 때여서 아내의 어깨가 문설주에 부딪혔다. 나는 휘청, 하는 아내를 붙잡았다. 자칫하면 강물에 빠질 수 있을 정도로 테라스가 좁았다.

— 난 형과 싸우고 나면 여기로 나와 배를 타고 휙 떠내려가버리곤 했어. 강물 속에서 뒤척이고 나면 기분이 나아졌거든.

아내가 살살 도리질을 했다.

— 내 얘기 들어봐.

아내는 내 이상 현상을 가라앉히려는지 자신의 흥분을 가라앉히려는지 목에 손을 대고 억지로 목소리를 눌러 말했다.

— 그래, 구 년이나 십 년 전이라면 당신 형, 도망 다니던 때였어. 그러니 그건 당신 말이 맞아. 시국사범인 것도 맞고. 수배령이 내려졌지.

아내는 다시 한 번 목을 눌렀다. 목 아래에서 울컥 올라오는 것을 도로 밀어내느라고 침을 깊이 삼켰다. 당신 형, 언제나 한밤중에만 집을 나가고 들어왔지. 기관원들이 제집처럼 들락거리고, 형 때문에 당신은 물론이고 나도 얼마나 고생을 했어. 그걸 다시 하나하나 톺아줘야만 해? 아내는 잔뜩 잠긴 목소리로 말을 이었다. ……다 지나간 일이라고 생각하고 있었어. 이제 겨우 잊을 만해졌는데……. 아내에게서 이런 말 들은 것도 처음인 것 같았다. 가족에 관한 얘기를 주고받지 않게 된 게 언제부터였지?

왜 여기 와서 내 과거가 선명해지는 걸까.

끊임없이 테라스에 와 닿는 강물의 목소리가 높아졌다. 강의 목소리는 강가에서 말을 주고받는 사람들의 목소리와 같은 음조로 뒤섞이곤 했다. 물의 소리가 높아지면 사람들의 말소리도 높아졌고, 물이 잔잔해지면 사람들조차 조곤조곤 말을 했다. 물의 목소리를 들으면 그 음조에 맞는 음성을 지닌 사람을 맞출 수도 있을 것 같았다. 아내의 말소리가 강물의 앞뒤에서 서로 섞여들었다.

― 더 자세히 말해줄까? 당신 형, 간첩단 수뇌부였고 당신, 조직원이었어.

아내가 목소리를 낮추자 강물도 조용해졌다. 둘이 어쩌다 얼굴을 마주치게 되면 서로 죽일 듯이 싸웠지. 당신은 별생각 없이 형을 도와주다가 도망자 신세가 되어버린 게 분통 터질 노릇이었던 게지. 당신은 그 뒤로…….

아내는 중간에 말을 끊었다. 거기 이어질 말은 무엇일까. 당신은 직업을 제대로 가진 적이 없어, 일까? 너무 나약해서 누구와도 부대끼질 못하고 혼자 방에 틀어박혀 있는 것을 제일 편안해했지, 일까?

무기력한 내 삶의 원인은 형 때문이라고, 형이 내 손발을 묶어버려서 이럴 수밖에 없다고 자조하던 시절을 들추지 않는 것만 해도 고마울 노릇이었다. 나는 강물 앞에서 몸을 돌렸다.

― 좀더 돌아보자. 뭔가 다른 일이 있었을 거야.

모처럼의 여행이 이상하게 변질되어가는 것에 기분이 상한 아내의 손을 붙잡고 옆집으로 가는 좁은 테라스를 산양처럼 발끝으로 걸어갔다. 발밑의 강물이 내는 게으르고 단조로운 음이 물가의 식물 사이를 들락거리다가 테라스를 핥았다. 내 가슴이 소리 없이 부풀었다. 언제나 여길 건너갈 때면 산양처럼 걸어가는 기분이 들었지. 착종된 기억이라 할지라도 이렇게 한정 없이 기억 속에서 살고 싶었다.

옆집의 테라스는 널찍했다. 집의 뒷모습은 옛날 그대로였다. 집 주인인 홍 아저씨가 만든 긴 의자가 테라스 깊숙이 놓여 있었다. 형이 액자를 만들려고 톱질을 하기 시작했을 때 문득 홍 아저씨도 나무를 사오더니 우리 톱을 빌려가 켜기 시작했다. 그게 저 의자였다. 제법 모양을 내느라 곡선을 이룬 의자 팔걸이를 쓸어보았다. 가시가 일어나 가칠가칠했다.

— 홍 아저씨의 벤치야. 새로 얻은 아내 때문에 열이 오르면 여기 앉아 씨근덕거리며 담배를 몰아 뱉곤 했지.

홍 아저씨의 아내는 아주 젊은 여자였는데 여름이건 겨울이건 뺨이 튼 사람처럼 빨갰고 입술도 마찬가지였다. 그 여자는 그 누구건 간에 용건이 끝날 때까지 도대체 눈동자를 움직이기는 하는가 싶을 정도로 빤히 쳐다보곤 했다. 눈동자뿐만 아니라 몸도 마찬가지여서 누군가 말을 걸면 그를 향해 똑바로 서서 아무 표정도 말도 없이 듣기만 했다.

이 거리의 집들이 대개 그랬지만 홍 아저씨네 집에서도 싸우는 소리가 그칠 날이 없었다. 물론 아저씨 혼자 속 터져 죽을 것 같은 고함을 질러대는 것이었지만. 싸우는 소리가 요란하게 난 직후에 그 여자를 마주치게 되면 여전히 똑같은 눈동자와 뺨에 똑같은 몸짓이었다. 따지고 보면 그 여자는 전혀 싸우지 않은 것이니까 그건 그럴 만도 했다.

아내는 이제 뭐가 어떻다는 건지 들어나 보자는 식으로 팔짱을

끼고 내 뒤를 따랐다. 나는 홍 아저씨의 뒷문 손잡이를 돌렸다. 의외로 부드럽게 문이 열렸다. 나는 아내의 손을 잡고 살금살금 들어갔다. 밖의 유리창을 통해서 본 삼단 서랍장이 외롭게 거실에 놓여 있을 뿐, 남아 있는 살림살이는 거의 없었다. 검은 흑단 서랍장은 가져가기엔 너무 무거웠던 모양이다. 홍 아저씨네 회랑은 칠이 다 날아간 나무 난간이 무릎 높이로 둘려 있었다. 아내는 회랑 난간에 걸터앉아 쓰러진 나무 한 그루를 망연히 바라보았다. 애초 지붕 위로 뻗었던 나무는 이제 바짝 말라 쪼그라들어 가지 끝이 마당에 닿을 듯 쓰러져 있었다.

맞은편 안채의 문은 창살에 붉은 칠이 아직도 남아 있는, 푸른 유리문이었다. 거긴 우리가 초대되었던 주방이었다. 나는 목덜미의 땀을 닦는 아내에게 손짓을 하며 거기로 들어갔다. 조각난 유리의 푸른 그림자가 바닥과 벽에 길게 비쳤다. 홍 아저씨는 급한 성질과는 달리 상당히 미적 감각이 뛰어났던 것이 기억났다. 묵직한 식탁 하나가 덩그러니 남아 있고 주방 기구는 하나도 없었다.

— 이 식탁이야.

한번은 아저씨가 식사에 초대를 한 적이 있었다. 식탁에는 아무것도 차려져 있지 않았고 아저씨가 주방에서 요리를 하랴 여자를 부르랴 무언가를 시키랴 혼자 동동거리고 있었다. 형과 내가 민망한 얼굴로 의자에 엉거주춤 앉았는데 어디선가 소리도 없이 나타난 여자가 행주를 들고 와서 식탁을 닦기 시작했다.

우리는 일어나기도 그렇고 해서 그냥 앉아서 그녀가 닦는 식탁을 내려다보고 있었다. 그녀는 식탁 위에 남아 있는 음식 찌꺼기를 쳐다보지도 않고 고개를 든 채 저 멀리 어딘가에 시선을 두고 행주질을 하고 있었다. 음식 찌꺼기가 그녀의 행주질에 따라 식탁 위를 옮겨 다녔다. 그 여자는 몇 번 닦는 듯한 행동을 하더니 이내 행주를 들고 가버렸다. 식탁에는 질척한 물기와 찌꺼기가 행주의 움직임에 따라 그대로 남아 있었다.

― 그러고는 주방 구석에 가서 아무것도 하지 않고 멀뚱히 서 있었어. 홍 아저씨가 닭 요리와 두부볶음을 접시에 담아 가져가라고 소리를 지르건 말건.

아저씨가 내온 요리는 아름답다고 말해야 할 정도였다. 모양내서 썬 홍당무와 파슬리로 두부볶음에 장식을 둘렀다. 닭볶음 위에서는 투명한 소스가 조르르 흘러내렸다.

― 홍 아저씨는 배를 없애버렸어. 새 아내가 도망갈까 봐 그런 거지. 먼 북쪽 시골에서 온 여자를 아저씨가 아니면 아무도 거둬줄 사람이 없을 것 같다며 다들 걱정하지 말라고 했지만 아저씨는 항상 불안해했어.

안채까지는 예전과 다를 게 없었지만 거리 쪽 건물은 키를 키워놓은 게 여실했다. 전실 천장을 높이고 기둥을 새로 세웠고 대문도 거리에서 본 것처럼 굵은 나무를 써서 큰 틀을 만들고 마름모꼴의 조각을 가득 채워 넣었다. 틈 사이로 내다본 거리는 여전히 메마르고 하얗고 텅 비어 있었다. 여기서의 삶의 잔여로만 이어지는 내 현재처럼, 그렇게 텅 비어.

— 봤지? 잘 봐, 여긴 세트야.

내 상태를 되돌리려는 시도를 그만두지 않는 아내를 살짝 비켜섰다. 나는 집 안에 서린 홍 아저씨와 여자의 기억을 되살리며 테라스로 나왔다. 기억은 강의 습기처럼 내게 착 감겨왔다.

— 홍 아저씨는 뺨이 빨갛게 튼 여자한테 항상 소리를 질러댔어. 옷을 잘못 꿰맸다고 얼굴에다 집어 던졌고, 심부름을 잘못했다고 혼을 냈지. 그래 놓고 여자가 도망갈까 봐…….

햇빛이 하얗게 튀어 오르는 테라스로 이어진 집들을 바라보았다. 테라스는 날아오를 듯 보였고 짙은 강은 둥글게 휘어 있었다.

— 하지만 여자가 도망가기 전에 홍 아저씨가 잡혀갔지. 아저씨의 죄목은 공문서 위조에 공안 사칭이었지. 그 여자는 그때도 가만 바라보고만 있었어. 아저씨는 처형을 당했을까? 그 여자는 어디로 갔을까?

나는 아내를 보고 말을 그쳤다. 아내는 입술을 한쪽으로 삐쭉 오므리고 미간을 잔뜩 찌푸린 채 꼼짝하지 않았다. 우리의 신분 또한 도망자인지라 집 안에 숨어 아저씨가 잡혀가는 것을 훔쳐보았었다. 나서서 여자를 위로하지 못했고, 살아갈 길을 마련해주지 못했던 것이 떠올라 마음 구석이 저려왔다.

형이 특히 그랬다. 아저씨를 초대해서 맛있는 음식을 대접했어야 하는데, 하면서 며칠 동안 가슴 아파 했다. 강가에 비스듬히 선 내 셔츠 가슴팍에서 강물이 흔들렸다. 약한 사람을 도와주지 못하는 사람은 얼마나 더 약한 것일까.

내가 보아온 강은 언제나 변화했다. 그새 강은 한가운데에서 기다란 비단을 뒤치듯 하더니 빛나는 자줏빛으로 물들었다. 나는 하늘을 올려다보았다. 태양이 서쪽으로 십오 도 내려왔다. 비낀 태양과 강물이 직선으로 만나는 곳, 강물의 한가운데에서 물마루가 옴폭 파여 들어갔다. 물이 다시 올라오면서 이쪽 물과 저쪽 물의 색깔을 바꿨다. 흐름이 다르고 물결도 다르고 뒤채는 빛도 달랐다. 강 건너 무성한 풀들의 색채가 더욱 짙어졌다. 마치 자줏빛 물을 흠뻑 잡아먹은 듯했다. 홍 아저씨가 잡혀가던 날도 강물이 자주 비단처럼 뒤집혔다.

그리고 우리가 잠을 자던 한 밤, 메마른 거리에서 삑― 하고 들려오던 호루라기 소리와 사람들이 허겁지겁 뛰는 소리가 들려오던 그 밤도 강물이 흑자주로 뒤집어졌다. 호루라기 소리에 형과 나는 재빠르게 사다리를 타고 뛰어내렸다. 가는 사나리는 이미 낡을 대로 낡아 우리 두 사람이 잇달아 타고 내려오는 무게를 감당하지 못했다. 그때 형의 마른 다리가 삐끗했고 발목을 접질리고 말았다.

간신히 배를 집어타고, 뒤집힐 듯 흔들리는 배를 밀어서 어둠 속으로 몸을 숨기는 형의 등허리에서 흑자주색의 진땀이 배어 나왔다. 겁에 질린 짐승의 뻑뻑한 털 새로 배어 나오는 땀이 이럴까. 바짝 탄 입 냄새까지 훅 끼쳐왔다. 뒤에 앉아 있던 나는 얼른 냄새를 피해 고개를 돌렸다. 그리고 멀어지는 집과 거기서 들리는 소리에 눈을 주고 귀를 기울이며 노를 젓기 시작했다. 형의 가슴이 밑바닥부터 떨리고 있을 거라는 걸 몰랐을 리 없지만 나는 그것과는 무관한 사공인 양, 노를 저었다. 배를 저어가면서 지켜본 거리의 소동은 다른 일 때문이었는지 우리 집은 조용해 보였다.

이제 발목까지 접질린 형은 나를 더 이상 이기지 못했다. 어깨는 굽었고 그 가슴팍과 뱃구레 안에 어떤 장기가 들어 있을 수나 있을까 싶을 정도로 비쩍 말랐다. 허벅지는 장작개비만큼 말라 무릎 아래를 받쳐주지 못하고 휘청거렸다. 부실한 사다리를 타고 다락으로 오르내릴 때마다 형의 다리가 사정없이 흔들거렸다.

그 뒤로도 발목을 몇 번 더 삐끗한 형이 내게 철물점에서 철제 앵글을 좀 집어 오라고 했다. 며칠 계속된 닦달에 눈치를 보다가 마침내 주인 몰래 그걸 들고 왔다. 그리고 사다리를 만든답시고 조몰락거리고 있는데 형이 곁에 쪼그리고 앉아 수평을 맞춰라, 조금 더 벌려라, 아니, 오므려라, 이것저것 간섭을 해댔다. 나는 볼트와 너트를 조이던 스패너를 바닥에 내팽개치고 벌떡 일어섰다.

어쩌다 그렇게 됐는지, 내가 형의 가슴팍을 떼밀었다. 형이 가만있을 리 없고 두 사람은 서로 떠밀고 떠밀리며 뒷문까지 나가게 되었다. 그리고……

형이 나를 강물에 빠뜨렸다. 나는 드러누운 자세로 활개를 쳤지만 물살에 밀려 둥둥 떠내려갔다. 몸을 어떻게 뒤집을 수도 없었다. 이웃들이 모두 몰려 나와서 소리를 질러댔지만 내 귀에는 물의 거대한 소리밖에 들리지 않았다. 아무도 물에 뛰어들지 않았다. 누군가가 내게 긴 노를 내밀고 잡어, 잡어, 하며 소리쳤다. 하지만 나는 노를 훌쩍 지나쳐 이웃집 세 채만큼 떠내려갔다. 하는 수 없이 형이 물에 뛰어들어 나를 메고 올라왔다. 이튿날부터 우리는 일체 말을 주고받지 않았다.

나는 어쨌거나 이틀에 걸쳐서 철제 사다리를 완성했다. 형은 물론 기분을 내색하지도 않았고 오르내리는 다리가 그리 편해 보이지도 않았다. 형이 새벽같이 양자강으로 올라갔다 내려오면 나는 그 배를 기다렸다가 동리로 갔다. 형은 이제 고기를 잡아오지 않았다. 그래도 새벽이면 중경으로 올라가는 일은 멈추지 않았다. 북문과 대문을 닫으면 동서남북이 꽉 막힌 집 안으로 해가 기어들었다가 빠져나갈 때까지 움직이는 사람이라곤 하나도 보이지 않았다.

형은 그 싸움 뒤로 왜 그런지 더 이상 요리를 하지 않았다. 그동안 어쩌면 내게 용서를 구하는 심정으로 그리 열심히 밥을 차렸던 것이었을까. 더 이상은 내게 용서를 바라지 않겠다는 뜻인가. 나는 저녁 늦게 식당에서 얻어온 음식을 혼자 꾸역꾸역 먹고 다락에 기어 올라가 잤다.

형은 굽은 등을 더욱 낮추고 해를 피해 움직였다. 형이 어찌나 몸을 낮추었던지 지는 해가 그의 등을 넘어 기울곤 했다. 형은 요리를 하지 않는 대신 강가에 앉아 가족사진을 들여다보았다. 형의 얼굴을 강물이 어룽어룽 어루만지고 형은 가족사진을 어루만졌다. 형의 손등 위로 눈물이 어룽졌다. 아내가 민망해하며 피식 웃었다.

— 당신, 형에게 미안해하는 거야?

나는 얼른 고개를 돌렸다. 나약한 사람은 미안해하는 것조차 어렵기만 하다. 그저 형을 보지만 않으면 하루가 편안했을 뿐이다.

봄이 가고 비가 많이 왔다. 물들이 서로 부딪쳐 와글거리며 테라스 높이로 식물처럼 자라났다. 강이 둥글게 휘어 있어서 강에 잇닿아 있는 집 어디에서도 상류나 하류의 끝을 볼 수 없었다. 그래서 뱃머리가 저만치서 삐죽이 나타나면 누군가 강을 타고 왔다는 것을 알 수 있었다. 나는 처음 보는 처녀의 파란색 원피스가 세번째 집을 지나 서서히 가까워오는 것을 보았다. 치마가 다리에 감겼다가 바람을 안고 부하니 일어나며 눈길을 사로잡았다. 나도 모르게 그녀의 배를 따라 걸었다.

이 거리의 모든 집들은 길을 이용하기보다는 강을 이용하는 편을 택했다. 이 강을 따라 올라가면 중경에 이를 수 있었다. 하류로 내려가면 동리에 닿았다. 동리에서는 좁고 구불구불한 수로를 따라 온 동네를 다 돌아다닐 수 있었다. 수로 옆길로 배보다 더 느리게 자전거가 오갔고, 하루 한두 번 오는 버스를 기다리다가 지치면 받쳐놓은 자전거에 도로 올라타 집으로 돌아가거나 페달을 세게 밟아 버스 길로 나가거나 했다. 동리를 거쳐 온 처녀의 배 앞머리가 불쑥 솟더니 내 발 아래에서 멈췄다. 물의 향기와 풀의 향기가 피어오르고 입안에 달콤한 맛이 감돌았다. 달콤한 맛, 리훙!

그녀가 노를 밀어 배를 테라스에 바짝 붙이고 물었다. 훙 아저씨의 여자가 어디 사나요? 자기는 여자의 고향 친구라고 했다. 나는 옆집을 가리켰다. 그녀는 훌쩍 테라스에 올라서서 말뚝에 줄을 묶었다. 숙여진 허리가 잘록했다. 그녀가 줄을 묶고 일어나 나를 바라보며 웃더니 옆집으로 갈 생각은 하지 않고 테라스에 걸터앉았다. 나도 그녀를 훔쳐보며 옆에 바짝 붙어 앉았다.

그녀가 사탕수수를 롤러에 넣고 짠 즙을 내밀었다. 나는 얼른 일어나 얼음을 꺼내 와서 즙에 넣었다. 금방 얼음에 닿은 즙과 아직 미적지근한 즙이 풋내와 함께 입안으로 흘러들었다. 얼음을 입안에서 굴리며 그녀와 나는 서로의 눈을 오랫동안 들여다보았다. 둘이 함께 먹은 첫 음료였다. 그녀에게서 받은 첫 음료 때문에 나는 그 뒤로 계속 그녀에게 많은 것을 주게 되었다. 음식을 만들 재료며 옷이며 머물 곳까지.

이제야 우리 집에 달콤한 맛이 깃들게 되었다! 주방뿐 아니라 침실에도!

— 아까 동리에서 사탕수수 즙을 사먹었잖아. 당신이 위생이 엉망이라고 먹지 말라는데도, 난 기어코 사먹었지. 그녀와 함께 먹은 옅은 녹색 즙을 어렴풋이 기억했던 거야.

나를 따라 좁은 테라스에 걸터앉은 아내가 눈을 힐끔 째리더니 빈정거렸다.

— 점점…… 이젠 여자까지 등장시키네. 당신은 원래 과일즙을 좋아했어.

— 사탕수수 즙 때문이야. 롤러를 싣고 다니면서 사탕수수 즙을 짜는 리어카를 보면 길 저쪽에 있다가도 달려와 사곤 했어. 그리고 그게 미지근해지기 전에 얼른 리훙에게 갖다주려고 부지런히 배를 저었지. 내가 거짓말을 한다고 생각해?

— 거짓말인 것 같지는 않아.

아내가 고개를 돌렸다. 아내의 등이 다 젖어 있었다. 평소 땀을 많이 흘리지 않는 아내였다.

— 거짓말이면 낫게. 거짓말보다 더 나쁜 거 같아.

— 내가 정신이 이상해졌다고 말하고 싶은 거지? 하지만 그녀가 있었던 것 또한 사실이야. 내가 살았던 이 삶이 실재가 아니라면 당신과 내가 살았다는 그 삶 또한 실재라고 먼 훗날 어떻게 증명할 수 있을까.

— 기억? 기억이 언제 진짜하고 똑같은 적 있었어?

그렇지, 기억이 언제나 사실만을 간직하는 게 아니지. 기억은 언제나 뒤섞이게 되어 있지. 아내는 물 위로 발을 길게 내뻗었다. 하지만 발은 물에 닿지 않고 간당간당 흔들거렸다. 발치에서 은회색으로 흐르던 강이 또 한 번 짙은 청람의 우단처럼 뒤척였다.

아내는 자꾸 발끝으로 물을 건드리려 했다. 물은 테라스 우묵한 데를 지나면서 자그맣게 피리 소리를 냈다. 아내는 울고 싶어 하는 것 같았다. 하지만, 아내 말이 다 맞다 해도 내 살갗에 새긴 것처럼 또렷한 리홍은 어떻게 된 것일까.

리홍은 고향 친구인 옆집 여자를 찾아왔지만 홍 아저씨가 잡혀 간 뒤로 여자 또한 어딘가로 사라지고 말아서 낙심했다. 그 집은 굳게 잠겨 있었고 나는 비어 있는 남쪽 안채의 부엌방을 그녀에게 내주었다. 어느 저녁 그녀는 테라스에 앉아 비빔밥을 먹다가 젓가락을 쪽 빨며 말했다. 동리에서 일할 데를 찾아보겠어요. 나는 시골 사람들은 상해로 많이 나가던데 왜 이런 곳으로 오게 되었느냐고 물었다. 상해로 나가봤자, 내가 취직할 수 있는 곳은 마사지 숍밖에 없어요. 내가 남자들 발을 주물러주는 게 좋아요? 그녀가 되물었다.

한쪽 다리를 세우고 앉아 있었는데 순간 테라스 아래로 발이 턱 떨어졌다. 가슴이 헉, 막혀왔다. 그래서 더듬거렸다. 하지만, 하지만…… 거기서는 돈을…… 많이 벌 수 있다잖아. 돈 벌어서 고향에 돌아가야지. 그녀가 또 냉큼 되물었다. 고향엔 왜 돌아가야 하나요? 그러게……. 난 생각에 잠겼다. 난 달리 하고 싶은 일도 없었고, 잘할 수 있는 일도 없었다. 고국에 돌아가면 경쟁 사회에 나서야 할 터였다. 고향엔 왜 돌아가야 하나요. 나로서도 전혀 그래야 할 이유를 알 수 없어서 그 이야긴 그만두고 말았다.

리홍이 껍질을 벗긴 리치를 작은 접시에 담아 가져왔다. 접시를 내 손에 들려주고 그녀는 내 엉덩이에 자기 엉덩이를 살포시 붙이고 앉았다. 허벅지와 엉덩이 살이 지그시 눌렸다. 나는 리훙의 옆구리에 낀 팔이 불편해서 살그머니 들어 올려 그녀 허리에 둘렀다. 몸을 기대오면서 그녀는 목덜미를 기울여 긴 곡선을 내게 들이댔다. 나는 과일이 아니라 그녀의 목덜미와 턱과 뺨을 덥석 베물고 싶어 잇새가 간질거렸지만 그녀는 내 손에 들린 접시에서 리치를 집어 내 입에 넣어주었다. 혀로 그 매끈한 작은 과일을 만져보았다. 입속에서 이리저리 둥글리다가 살짝 깨물었다. 달콤한 과즙이 톡 터지며 목젖을 쏘았다. 그녀의 젖꼭지가 그렇게 터질 것 같았다. 나는 그만 넘어져버리고 싶었다.

중경에서 편지가 왔다. 형의 친구가 이젠 도망 생활을 더 이상 못 참겠다며, 모든 것을 각오하고 고국으로 간다는 편지였다. 형은 그 편지를 확 구겼다가 다시 폈고, 또다시 확 구겼다. 그날 밤을 강가에서 안절부절 서성이며 보내는 것 같았다.

형의 침실에서는 갈수록 고약한 냄새가 났다. 그는 아침에 양자강을 다녀오면 하루의 대부분을 그 작은 침실에서 보냈다. 꼬무락거리는 소리가 나면 문틈으로 잠 냄새와 비린 생선 냄새가 새어 나왔지만 무엇을 하는지 열어보지 않아서 알 수도 없었고 그러고 싶지도 않아서 후딱 지나가곤 했다. 리훙에게 가고 싶은 열망으로 들떠 침실을 빠져나갈 때는 그의 침실 앞을 지나갈 때도 조심성이 없이 걸음이 빨라지고 소리도 커졌다. 형은 혹시, 환기도 되지 않고 새로운 공기가 유입되지도 않는 곳에서 죽어가는 공기를 마시고 있었던 것은 아닐까.

중경에서는 새로운 소식이 없었다. 수배령은 아직도 유효했고, 블랙리스트는 서슬이 퍼랬다. 형은 꼼짝도 할 수가 없었다. 리홍이 나를 그런 형에게서 빼내준 것이다. 나는 형에게서 도망쳐 달콤한 꿀 속에 빠지고 싶었다.

밤이면 배를 타고 리홍과 강을 오르내렸다. 그녀와 나는 강의 검은 우단을 헝클어뜨리며 방자하게 뒹굴었다. 그러다가 문득 숨을 멈추면 서늘한 습기가 리홍의 치마 속을 들추고, 달빛 아래 하얀 빵처럼 둥그스름한 그녀의 사타구니가 드러났다. 나는 검은 물을 한 주먹 떠서 장난삼아 그녀의 허벅지에 뿌렸다. 검은 물은 뽀얀 허벅지를 타고 하얗게 흘러내렸다. 그녀가 아이, 차가워, 하며 다리를 오므리면 도저히 참을 수가 없어졌다. 서둘러 배를 내려서 그녀를 움켜쥐고 남쪽 부엌방으로 숨어 들어갔다.

거기서 내 어깨는 팽팽하게 부풀어 올랐다. 가슴과 팔뚝은 우두둑 소리를 내며 근육이 툭툭 불거졌고 아랫배를 찔러 넣으면 커다란 공장의 지하 기계실, 높은 천장을 가득 메운 기계들, 서로서로 맞물려 돌아가는 톱니바퀴들, 육중한 쇠기둥들이 쉭쉭 기름을 흘리며 오르내리는, 그런 소음을 만들어냈다. 순결한 기름이 흘러넘치고, 비명이 자지러지고, 달콤한 물의 향기가 가득 찼다.

그녀의 겨드랑이와 머리카락에서 짐승의 냄새가 풍겨오면 나는 죽고 싶지 않아, 잇새로 비명을 내지르며 몸부림쳤다. 그러나 죽을 수밖에. 온몸의 뼈를 부러뜨릴 듯, 온몸에서 피를 터트리는 듯, 우두둑, 격렬한 파정을 일으켰다. 순수하게 감동적이고 순수하게 죽음에 이르는 파정.

리홍이 나가던 식당의 주인아주머니가 나를 불렀다. 붉은 휘장을 늘어뜨린 식당 문을 들어서기도 전에 아주머니가 악다구니를 쏟아부었다. 그년 버릇을 단단히 고쳐놓지 않으면 내쫓을 거야! 그러지 않으려면 네가 다 물어주든가!

리홍, 너는 왜 과일이며 과자며 훔쳐 오는 거니. 그런 건 내가 사줄 수도 있는데.

나는 끝내 그 말을 하지 못했고, 그날도 그녀는 만두를 훔쳤다. 그녀는 마침내 구경꾼들 사이에서 머리채를 잡혀야 했다. 동리 거리 한복판에서 그녀의 머리는 흙투성이가 되었다. 나는 그녀의 얼굴에 묻은 흙을 소매로 닦아주고 머리칼을 털고 다듬어주며 어깨를 안고 강으로 갔다.

그녀는 얌전하게 다리를 옆으로 가지런히 눕히고 앉아 강물과 나를 번갈아 바라보았다. 나를 바라볼 때는 부끄러운 빛을 띠었지만 강을 바라볼 때는 당돌하고 쌀쌀한 빛으로 돌아갔다. 활짝 펼쳐 배의 난간을 잡은 두 팔과 가지런히 접힌 다리에 햇빛이 내렸다. 그녀의 긴 다리가 찹찹하게 감겨오던 간밤의 기억으로 내 가슴은 물보다도 더 출렁거렸다. 대로에서 당한 망신쯤이야, 그녀도 나도 아무렇지 않았다.

아내가 기어코 발끝으로 물을 걷어차며 나를 힐끗 돌아보았다. 얼른 도로 돌려서 잘 보지는 못했지만 눈에 붉은 핏줄이 서 있었던 것 같았다. 아니면 붉은 우단 같은 물빛이 비친 것일까. 아니, 눈물이 눈자위에 가득 차 있었던가?

— 여기까지의 기억에 나는 없네? 당신 기억은 참, 편리하기도 하지. 기억하고 싶은 것만 기억하고 있으니 말야. 내 기억과는 전혀 다르게도. 그렇게 울긋불긋하게 페인트칠을 하고 싶은 당신 맘을 모르는 건 아냐. 하지만 당신, 이거 알아? 당신을 사랑했기 때문에 견뎌낸 세월이었어. 나야말로 그 세월에서 떠나고 싶었다구. 그런데 내가 아닌 당신이 그 세월에서 도망쳐 이곳에서 행복한 시간을 보냈다구? 그래도 되는 거야?

이럴 때 고개를 끄덕이며 위로해줘야 하는 거겠지. 혹시 리훙은 오래전 아내가 아니었을까? 그렇게 말해주면 아내가 기뻐할까? 나는 아내의 눈길을 외면하느라 일부러 짙은 풀숲 멀리 하늘과 잇닿은 곳에 눈을 주고 가리키는 둥 마는 둥 손가락질을 했다.

— 예전에도 나는 가끔 저곳에 들어가보고 싶어 했어. 뭐, 늪이라서 배를 밀고 들어가면 못 들어갈 리는 없지만, 그래 봐야 빽빽한 풀들이 물을 한없이 키워내는 곳일 뿐이고 숨어 사는 것들이라곤 고기들뿐이라고, 저 속에 들어가서 고기를 잡느니 양자강에 가서

그물을 펼치는 게 쉽다고, 다들 말했지.

— 말 돌리지 마.

형이 내려올 시간에 테라스에 나가 배를 기다렸다. 삼십 분을 넘게 기다리는데도 형은 오지 않았다. 자전거를 타고 출근해야 하나 싶어 몸을 돌리는데 배가 혼자 내려왔다.

동네 사람들은 물에 빠진 것 같다고 양자강을 거쳐 하류 끝까지 긴 장대로 쑤시고 다녔다. 나는 그 말을 믿고 싶지 않아 버스를 타고 중경에 갔다. 주머니에 손을 꾹 찔러 넣고서 서점을 찾아갔다. 형의 친구가 숨어 살던 서점 주인이 나를 멍하니 쳐다보다가 고개를 외로 틀고는 잔뜩 잠긴 목소리로 말했다. 그 사람, 오늘 아침에도 여길 다녀갔지. 매일이 똑같아서 신경을 쓰지 못했네. 고국 소식을 묻고 모든 신문의 헤드라인을 훑고, 잡아온 고기를 양동이에 부어놓고 힘없이 돌아섰어. 그러고서 말을 끊고 한참 머뭇거렸다. 다시 말을 잇는 서점 주인의 목소리가 옹송그린 어깨 속으로 더 숨어들었다.

— 어제, 자네 형에게 고국에서 온 상자를 하나 전해줬는데, 그것 때문인 것 같네.

상자라고?

전날 늦은 저녁, 웬일인지 형이 강가에 앉아 작은 화로에 불을 피우느라 연기를 올리고 있었다. 형을 감싼 연기 냄새가 너무 좋아서 나도 모르게 살며시 형 곁에 앉았다. 형이 무언가를 화로 속에 집어

넣었다. 불이 사그라지는 듯하더니 다시 확 일어났다. 불똥도 화닥
튀었다.

— 상자에는 고국에 돌아갔다가 체포당하기 직전에 아파트에서
뛰어내린 친구의 무릎 뼈가 들어 있었네. 화장을 했는데 그 뼈만 타
지 않았다고, 형에게 주라고 하더군.

형 친구의 무릎 뼈. 대공분실에 끌려가 두들겨 맞아서 박살났다
는 무릎 뼈. 그래서 절룩거리며 도망 다니던 그 사람.

화로 속 불이 잦아들 무렵 형이 청량한 냄새를 풍기며 말했다. 물
을 들여다보니 거기 내 얼굴이 있더구나. 나는 언제나 이 강물에 있
어. 여기서는 나를 잃어버릴 염려가 없지.

그래서 형은 강으로 들어갔다. 하지만 그 강이 형을 물어뜯었다.
강 속에 숨은 바위, 장난스런 돌덩이, 채찍 같은 물풀들이 달려들어
거칠고 난폭하게 온몸을 너덜너덜 찢어놓았다. 그는 강을 따라 내
려오는 동안 마치 물속에 숨은 늑대 한 마리에게 뜯어 먹힌 것처럼
살이 발라져 있었다.

— 배는 강물 위로 떠내려왔지만 형은 강물 밑바닥으로 흘러왔지.

형은 맨몸으로 강물 밑바닥을 훑으며 하류 깊숙이 떠내려갔다.
우리 집 앞을 지나 동리를 지나 좁은 강의 저 끝까지.

나의 기억이 교착되듯 아내와의 대화도 교착되었다. 더 이상은
들어줄 수 없는지 아내가 신경질을 내며 쏘아붙였다.

— 당신 형, 물에 빠져 돌아가신 건 사실이야. 당신과 크게 다투

고 나서 형이 강에 몸을 던졌지. 팔 년 전에 우리 함께 장사 지냈잖
아. 하지만 이곳이 아니었어. 집 뒤의 강이 아니라, 멀리 남강 끝에
서 발견되었다구. 물론 어디선가 몸을 던졌고 거기까지 흘러내려
갔을 거라고 했지. 그리고…… 얼마 전에 형 친구들이 검거됐고. 간
첩단 일제 검거라고 온 나라가 떠들썩했어. 386이 간첩단의 중심
이라느니, 배후에 고정 간첩이 있다느니, 국회의원까지 연루되었
다느니, 하고 말야. 당신까지 여러 번 불려 갔잖아. 지겹지도 않아?

　형이 친구의 무릎 뼈를 태우고 침실에 틀어박혀서 죽어가는 동
안, 나는 리홍과 사랑을 나누고 있었지. 그녀의 침실에서 서로 온몸
을 물어뜯으며 사랑을 나누었다구. 나는 배 위에서 나누는 사랑을
알아. 그게 얼마나 사람을 멀리 떠나보내는지.

　— 이제 겨우 조용해지려는 참이야. 난, 이제야 사는 것같이 살고
있는데, 당신은 왜 그 시절로 돌아가고 싶어 하는 거야.

　아내가 발딱 일어섰다. 가방을 어깨에 둘러메고 바람을 일으키
며 휙 돌아섰다. 리홍은 오래전 아내는 아니었던 것 같다. 그녀는
아내처럼 잘 참을 수도 없었을 테고, 아무것도 남아 있지 않은 살림
살이를 지금만큼 유지해올 수도 없었을 테니. 그렇다면 내 기억을
빵집처럼 풍요롭게 부풀려놓은 그녀는 누구란 말이지?

　— 돌아가겠다는 게 아니야. 난 잊었던 나를 찾은 것이지. 잊고
싶다고 해서 호락호락 잊히겠어? 내가 저 거리에 들어섰을 때 저
거리엔 아무것도 없는 것 같았어. 하지만, 이 강물을 봐. 흘러가버

리지 않았다구, 여기서 이렇게 모든 기억을 부풀어 오르게 하잖아.

그토록 행복했고 그토록 고통스러웠던 기억은, 아무것도 없는 지금보다 나은 게 아닐까? 지금은 그 삶의 잔여로서 흘려보내고 있을 뿐인데, 이 하찮은 삶을 위해 기억을 버려야 하는 걸까?

바람과 빛이 몰아치는 북문을 나서 잠시 서 있다가 중정을 지나 서쪽 문턱을 넘어 전실에 들어섰다. 독립투사의 커다란 사진이 전실 한복판에서 정면을 바라보며 강인한 미소를 짓고 있었다. 그 뒤에 숨겨져 있을 나약한 가족사진과 내 졸업사진. 나는 그 사진에 엷은 미소를 지어주며 대문을 나섰다.

아내가 여전히 굳은 얼굴로 뒤늦은 대답을 했다.

— 당신이 되찾아 그렇게 기쁘다는 기억들에 내가 없는 게 다행이야. 난 그 속에 다시는 들어가고 싶지 않으니까.

햇빛이 내리쬘 때 오직 찬란한 햇빛만을 담고 있던 거리는 이제 저녁노을만을 담고 있었다. 육중한 대문과 집채들은 이제 더욱 과묵해졌고, 날아오를 것만 같던 길은 조금이나마 가라앉아 있었다. 그러나 여전히 아무 냄새도 소리도 없이 텅 비어 있었다.

— 이 거리에 가득한 아무것도 없는 공기를 봐. 무언가 숨기고 무언가를 드러내고 있어. 우리 삶은 겉으로 보이는 것과는 다른 것을 숨기고 있을 거야. 우리가 어떻게 형의 삶을 알겠어. 여기 살았던 다른 사람들의 삶도 마찬가지겠지.

— 아무리 그래도 기분 나쁜 유령의 도시야.

　― 그래, 유령의 도시일지도 몰라. 하지만 정말 아름다운 곳이야. 행복과 고통의 정점을 이루었던 삶이, 아무것도 없는 현재보다 아름다우니까.

　형과 나는 한 시절 이곳으로 도망가 있었던 것일까. 우리는 유령처럼 아무도 모르는 곳에서 살았던 것일까.

　― 기억 속의 내가 유령인지, 지금 이 길을 걷고 있는 내가 유령인지, 당신은 혹시 알아?

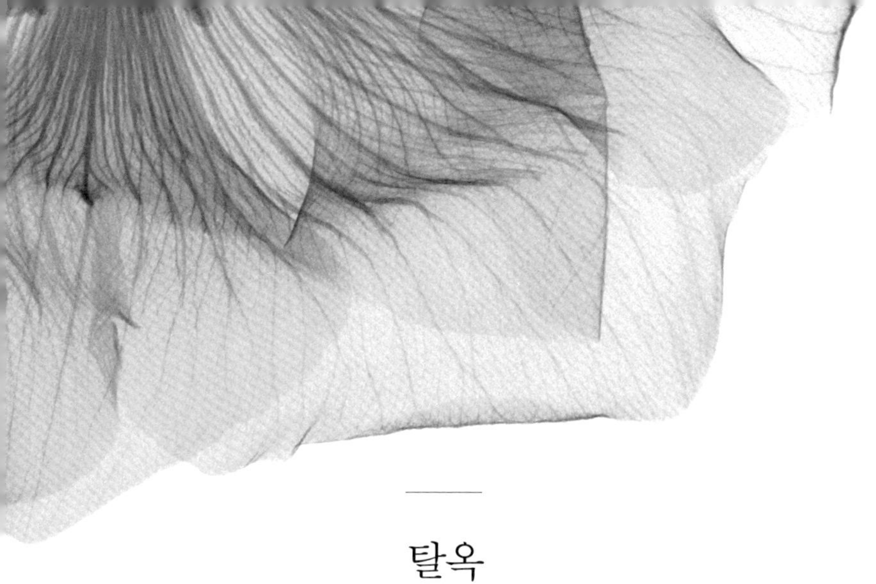

탈옥

1

　나는 내가 어떻게 해서 내 몸속의 내장을 모두 도망시키고도 감옥에서 빠져나가지 못했는지 이제부터 말하려고 한다. 나는 치밀하게 계산했다. 내 계획에 어떤 허점이 있었던 걸까. 그것을 돌이켜 보려 한다.

2

　미간에 차가운 습기가 느껴졌다. 눈을 뜨자마자 간수 놈의 날카로운 눈빛과 마주쳤다. 벌써 사흘째다. 간수 놈은 내가 잠에서 깨기를 기다리고 있었던 것인가. 아니면 내가 그놈의 눈빛 때문에 잠에서 깨는 것인가. 가슴팍은 움푹 들어가고 골반은 앞으로 내밀어져 허약하게 보이는 놈이 언제나 골반에 두 손을 올리고 다리를 쩍 벌리고 서서 이를 갈듯이 미소 짓는다. 반짝반짝하게 빛나는 창살과 그 사이로 씩 드러나는 놈의 송곳니가 더없이 잘 어울린다. 녀석은 그렇게 웃어주고는 직각으로 몸을 돌렸다. 오늘 하루도 나를 짯짯이 감시할 테니 허튼수작하지 말라는 뜻이겠다. 재수 없어서 손사래로 놈이 있는 쪽 귀를 탈탈 털고 휙 돌아누웠다. 하지만 등줄기로 한기가 훑고 내려갔다. 녀석의 모니터에 내 모든 몸짓이 하나 남김없이 포착될 것이다.

그래, 잘 지켜보시라구. 네 눈앞에서 보란 듯이 사라져줄 테니.

그림자가 고스란히 되비치는 차가운 인조 대리석 바닥에 내려섰다. 바닥마저 내 움직임을 놓치지 않는다. 파자마 사이로 바닥의 냉기가 차르륵 타고 오른다. 사타구니께가 저릿하다. 허벅지에 움씰 힘을 한번 실어주고 벌써부터 뻐근한 견갑골을 뒤로 젖혀주면서 화장실로 간다. 가면서 탁자 위의 버튼을 누르고 모닝커피와 오늘자 신문도 함께 주문한다. 초현대적인 감시 시설과 서비스 정신을 갖추었다는 감옥에서는 허락된 건 얼마든지 요구할 수 있다. 말 그대로 허락된 것만 말이다. 초현대적인 감시 시설? 그 단어를 생각하다 말고 나는 콧방귀를 뀐다. 아무도 나를 가둬둘 수는 없을걸.

간수 놈에게 트집 잡힐 소지를 없애기 위해 가장 간단하게 말한다.
— 아메리카노, 경제면.

화장실에서 나오니 간수 놈이 한 손으로 트레이를 들고 서 있다. 엉덩이를 삐딱하게 뺀 채 다리를 하나 달달 떨면서. 나는 고맙다는 인사를 정중하게 하고 창살 사이로 커피 잔을 잡고 두 번 접힌 경제면을 집는다. 한 모금 마시며 기사를 훑는다. 커피가 다 식었다. 아마도 내가 일어나기를 기다리며 미리 뽑아놓은 모양이다. 내 요구를 들어주되 내 입맛에 맞게 들어줄 생각은 전혀 없을뿐더러 어떡하면 내 속을 후벼놓을까, 그런 생각으로 하루를 시작하는 녀석이다.

한 모금 마시고 저를 힐끗 올려다보는 것을 보며 간수 놈은 아무 말 없이 입술을 비틀어 웃는다. 헤드라인을 훑던 내 눈이 번쩍 뜨인다. 오호, 이런, 이런. 정수리에서 발단한 긴장과 흥분이 등허리를 타고 꼬리뼈까지 흐른다. 허벅지가 부들부들 떨리더니 이내 가닥을 잡고 무릎 아래까지 일직선으로 힘을 뻗친다. 푸드득, 푸른 등뼈를 곧추세우게 만드는 이 짜릿함. 덕분에 지난번에 맹장을 떼어낸 자리가 꽉 조여들며 통증을 일으켰다. 나는 오른쪽으로 허리를 굽혀 통증을 줄여보려 한다. 배를 만지니 실패한 탈옥의 흔적이 두툼하게 만져진다. 네 수고가 헛되지 않으리라, 배를 다독이고 중얼거리며 기사를 읽는다.

'프랑스 발 글로벌 증시 패닉의 주범은 제롬 카르비엘.'

몇 달째 미국을 비롯해 유럽과 아시아의 증시는 바닥을 향해 저

공 낙하를 계속하고 있었다. 블랙 먼데이는 계속되고 있고, 사람들은 월요일 아침마다 새삼스럽게 놀라 새로운 걱정에 휩싸이곤 했다. 미국 발 악재는 서브프라임 모기지론 부실 때문이었고, 유럽 발 악재는 은행들의 부실 투자로 인한 파산 때문이었다.

제롬 카르비엘이라는 젊은 프랑스인은 앞머리를 둥글게 깎고 앞니가 튀어나온 게 그리 영리해 보이지 않았다. 어수룩해 보이는 얼굴이라서 모두를 깜빡 속여 넘길 수 있었을까. 커피를 단숨에 들이마셔 심장박동 수를 조금 더 올린다. 저 먼, 감옥의 담장 밖, 증권 거래소의 전광판은 끊임없이 붉고 푸른 화살표들을 밀어 올리며 나를 불러댔다. 심장은 내가 감옥을 뛰쳐나가고 싶어 발딱 일어서게 할 만큼 세게 뛰었다. 하지만 그럴 수 있는가. 나는 넓은 등의자에 앉아 여유 있게 아침 커피를 마시고 느긋하게 신문을 읽다 천천히 시계를 쳐다보는 사람처럼 고개를 들어 시간을 확인했다. 여섯시 이십오분, 아침 집단 운동까지는 아직 시간이 남아 있다.

간수 놈은 창살 사이에서 두 다리를 쩍 벌린 채 여전히 입술을 비틀고 나를 지켜보았다. 그의 입술이 반들거렸다. 그런데 녀석은 뭘 알고 웃는 것일까. 녀석은 비틀린 입술을 보여주며 비웃었지만 나는 아무 표정도 보이지 않음으로써 비웃어주었다.

제롬은 낭트에서 대학을 마친 뒤 리옹 대학에서 시장금융학으로 석사학위를 받았다네. 리옹 대학은 십여 년 전 프랑스 은행들의 지원 아래 설립된 대학인데 금융 거래를 처리하고 모니터링하는, 설립 취지가 후선 지원 인력 양성인 그저 그런 대학이라네. 그 학교의 별로 신통치 않은 교수는 '금융 시장에서 성공해보겠다는 야심찬 학생이라면 리옹 대학으로 오지는 않을 것'이라고 귀띔했다네. 제롬은 조용하고 소심한 성격에 컴퓨터 천재는 아니라고. 이런 인물이 어찌 49억 유로, 우리 돈으로 약 6조 8000억 원이라는 막대한 피해를 입힐 수 있는지, 아직 아무도 모른다네. 흠, 이거 흥미로운데. 사내라면 이 정도는 돼야지. 이 정도는 되어야, 암, 사내지.

나는 눈앞의 간수 따위에게서 신경을 회수해 눈동자를 깊숙이 감추었다. 내 신경을 온통 사로잡은 것은, 제롬은 지난해 증시가 폭락할 것으로 예상해 불법적으로 끌어모은 자금을 선물 세 곳에 적절히 분산 투자, 상당한 이익을 올렸다, 라는 문장과 파생금융상품, 특히 불법적으로 끌어모은 자금, 선물 투자, 6조 8000억이라는 단어였다. 전 세계를 상대로 제 능력을 겨뤄보다니, 제롬은 멋진 녀석이다.

나는 시계를 올려다보았다. 여섯 시 삼십분. 삼십 분간의 자유 시간이 있었다. 감추었던 눈동자를 선하게 풀어내 간수를 바라보며 묻는다.

— 모니터링 좀 해도 되지?

간수는 무슨 말인지 바로 알아듣는다. 나는 질서를 어지럽히지 않는다. 내가 쓸 수 있는 삼십 분, 내가 사용할 수 있는 인터넷 검색, 그만큼의 시간에 그만큼의 행동은 자유롭다. 내 눈을 노려보는 녀석의 눈빛은 여전히 비아냥 기가 가득하지만 고분고분 말을 들어준다. 그는 내가 감옥의 규칙을 어기지는 않지만 무언가 수상쩍은 일을 꾸미고 있다고는 느끼고 있는 듯하다. 오히려 내가 꾸미는 무슨 일인가를 알아내려면 내 움직임을 가로막아서는 안 된다고 생각하는 것 같다. 그리고 그것을 면밀히 관찰하는 것은 그에게 더할 나위 없는 기쁨이 될 것이다.

간수는 나를 옆에 세우고 팔자걸음으로 척 버티고 걷는다. 그런데도 제법 빠르다. 녀석의 골반이 앞으로 내밀어지는 속도에 맞춰 걸으려고 빨리 걷다 보니 아랫배의 통증 때문에 절름발이 걸음이 됐다. 조금은 산만한 걸음걸이, 그 사이를 틈타 55호로 불리는 옆방 수감자 일수에게 손가락으로 O자를 만들어 보이며 일부러 목소리를 들띄워 짧은 인사를 건넨다. 일수는 창살 사이로 얼굴을 끼워 넣고 우리가 주고받는 말을 내내 엿듣고 있었다.

─좋은 아침입니다.

이 짧은 말은 이런 뜻을 담고 있다. 증시는 호황이야, 네 돈은 잘 커가고 있어. 우리 작전 세력이 떴어. 진행 상황 보고 올게, 이따가 운동장에서 만나. 설핏 마주친 일수의 눈빛에 슬픔이 어린다. 그걸 원하는 게 아닌 거 잘 알잖아. 그의 눈이 그렇게 말한다. 그러나 나는 명랑한 표정으로 그의 응시를 뭉개버리고 얼른 지나친다. 이내 그의 눈썹 꼬리가 처지고 입가의 팔자주름이 깊어진다. 그는 내 뒤통수에서 짙은 눈빛을 비키지 않는다. 뒤통수에 달라붙은 눈빛이 내 손톱만 한 연민을 건드린다. 녀석 때문에 살짝 가슴이 아파진다. 녀석은 내게 덫이 될지도 모른다. 그래서 걸음을 조금 더 빨리한다.

걸음이 빨라지자 인조 대리석 바닥이 내는 소리도 빨라졌다. 소리는 절름발이의 걸음걸이다. 짜그락 짝, 짜그락 짝. 감옥 전체에 깔린 너무나도 깔끔하고 너무나도 반짝거리는 이 바닥은 모든 걸음걸이를 착실히 주변에 퍼뜨린다. 수감자의 슬리퍼 소리인지 간수 녀석들의 구두 소리인지까지도. 그래서 굳이 얼굴을 돌려 바라보지 않아도 다가오는 걸음이 수감자인지 간수인지, 한 놈인지 두 놈 이상인지 알 수 있다. 지나쳐가는 텅스텐 창살마저 힐끗 돌아보는 내 얼굴을 착실히 비춘다. 입술이 부르터서 빨개진 것까지도.

움직임이 있을라치면 영락없이 그 주둥이를 갖다 대는 CCTV가 나를 따라왔다. 그것은 아무 소리도 없지만 백팔십 도로 주둥이를 뱅뱅 돌리며 복도 천장에 난 길을 따라 주욱 미끄러지며 달릴 수 있었다. 그 둥그렇고 새까맣고 반들거리는 주둥이는 내 움직임을 흡수할 뿐 되돌려주지는 않는다. 아마도 간수 녀석들이 교대로 자리를 지키는 감시실의 모니터에 제가 본 것을 착실히 전송할 것이다.

최대한 빨리 찾아봐야 할 기사와 증시 현황을 계획하느라 다시 눈동자를 안구 깊숙이 감추고 바닥을 내려다보며 걷는다. 인조 대리석 바닥에 사타구니가 비친다. 푸른 수의 가랑이 사이의 그림자가 일정하게 움직거린다. 차라리 내 움직임을 하나도 놓치지 않는 바닥이 낫다. 그것은 내가 나를 볼 수 있게 하니까. 어제는 바닥을 내려다보다가 수의 사타구니가 뜯어진 것을 발견하기도 했다.

그러나 수감된 뒤로 단 한 번도 누워 잠을 잔 적이 없다는, 그래서 항상 앉아서 멍한 눈을 들어 벽을 쳐다보는 22호 수감자의 눈에는 내가 없다. 그의 눈은 어둡고 막막하다. 그는 꺼지지 않는 형광등과 사라지지 않는 감시의 눈길 아래서 맘 편히 다리를 펴보지도 못했다. 그는 자기에게서 떨어지지 않는 눈길을 피하느라 차라리 자신의 눈을 비워버렸다. 그는 이제 아무도 바라보지 않는다. 사십육 개월 동안 앉아 있어서 오그라든 그의 오금이 내 오금인 양 저리고 아리다. 22호를 보면 내 의지는 더욱 단단해진다. 나도 모르게 아랫배에 힘이 가고 그러자 맹장 부위가 당겨서 갑작스럽게 허리를 접게 만들었다. 확실히 수술은 성공적이지 못했던 것 같다. 여간해서 낫지 않고 자꾸만 말썽을 일으켰다. 그때마다 실패한 탈옥의 흔적은, 오히려 나를 감옥 밖으로 나가도록 더욱 몰아붙인다.

자연스럽게 뱃속을 열어본다. 배의 표피를 가르고, 그 표피가 잘 젖혀져 있게끔 기다란 집게 같은 도구로 집어 사방으로 펼쳐놓는다. 그리고 고무장갑을 낀 손을 넣어 아직 벌겋게 염증이 살아 있는, 맹장을 떼어낸 자리 부근을 뒤적거려보고, 다른 내장들을 들어올려 주룩 훑으며 이상 유무를 확인하고, 반쯤 남은 위장을 또 들춰올려보고, 다음번 희생타가 되어줄 장기를 고른다. 역시 맹장이 있던 자리가 좋겠어. 그 주변은 아직 낫지 않았고 언제든지 심각한 염증을 일으킬 수 있을 것처럼 화가 나 있거든.

간수 녀석이 내 팔을 잡아챈다. 딴생각에 잠겨 모니터실을 지나치는 것을 제지하려는 것이다. 뭐 꼭 이렇게까지 할 필요가 있나 싶게 제 몫을 철저히 하는 친구다. 물론 나는 무슨 특별한 목적이 있어서 모니터링에 집착하는 것처럼 보이지 않기 위해 적당히 제스처를 취한 것이다. 하루 한 번이라도 야동을 보지 않으면 입에 침이 돌지 않는 여느 수감자들처럼.

간수 녀석은 자기 목에 걸린 태그를 모니터실 인식기에 대고 문을 열어주었다. 내가 여기서 무슨 잘못인가를 저지르면 녀석이 책임을 져야 한다. 나는 어쨌거나 고맙다는 인사를 한다. 정중하게. 녀석은 나를 모니터실에 남겨두고 나간다. 물론 밖에서 문을 잠그는 것을 잊지 않는다. 그는 그다지 걱정하지 않을 것이다. 여기서 벌어지는 일은 또 남김없이 그들에게로 전송될 것이니까. 그들은 자기들만 출입할 수 있는 모니터실에서 수감자들이 사용하고 있는 컴퓨터를 분석하고 있다.

내가 모니터실에 들를 때마다 먼저 와 있는 녀석들이 꽤 됐다. 이른 아침부터 야동을 보는 녀석들이다. 벌써부터 첫 행사를 치르고 있는 녀석이 있었다. 내가 들어가자 헤벌쭉 웃으며 주먹 쥔 손을 들어 두어 번 흔들어 맞아준다. 아침 일찍 사타구니에서 고개를 든 억센 녀석을 달래주려 그는 헤드셋을 쓰고 맨살들이 춤을 추는 화면에 눈을 박고 있다. 그의 헤드셋에서 흘러나오는 여자들의 교성이 참으로 싱그럽다. 어디에서나 적응 잘하는 녀석들을 보면 신기하기까지 하다.

녀석이 자기 화면을 손가락질하며 보라고 했지만 나는 그 녀석이 보는 사이트를 곁눈질할 여유가 없다. 마치 시간을 맞춰 전자레인지를 돌린 것처럼 모니터실에서 땡, 소리가 울릴 것이고 간수는 정확히 이십오 분 뒤에 나를 데리러 올 것이다. 그리고 나는 정확한 시간 안에 전원을 꺼야 한다.

전원을 누르는 것이 여자의 배꼽이라도 누른 것처럼 심장이 강속구를 쏘아 보내기 시작했다. 모니터가 푸른빛을 터트리자마자 이마와 머리의 경계선에서 진땀이 송골송골 돋고 자판을 향해 올리는 손바닥에도 땀이 쥐어졌다. 포털 사이트 화면이 뜨기도 전에 조바심을 참지 못하고 무선 마우스를 이리저리 움직인다. 내 팀원들은 내게서 그 어떤 소식이라도, 단 한 줄의 계획이라도 전해지기를 간절히 기다리고 있다. 내가 수단을 써서 담장 밖으로 한 걸음이라도 나가게 되면 그들은 곧바로 움직일 태세가 되어 있을 것이다. 나는 마음이 바빴다. 마우스의 커서가 쉴 새 없이 무질서하게 투명한 선을 그린다. 그 선을 따라 마구 분비되는 도파민이 등줄기를 경직시키는 사이사이 뒤통수 아래 숨골에 움찔움찔 흥분의 미약을 끼얹는다. 간수여, 이 맛을 아는가? 모든 육체의 아픔을 마비시키는 이 흥분의 미약을.

바지에 손바닥을 한 번 쓱 닦고 항해를 시작하자 모니터의 푸른빛을 향해 등이 저절로 굽혀들었다. 내 넓은 등짝은 모니터를 감추

듯 그러안는다. 누군가 뒤에서 지켜보고 있는가? 물론 아니다. 오히려 이 푸른 파장이 밀고자일 것인데……. 온몸에 끼얹힌 듯 파르르 떨며 명멸하는 파장이 사랑스럽기만 하다.

나는 내 행동을 낱낱이 의식하고 있다. 나 자신을 관찰한다는 말이 맞을 정도로 나는 하나하나 계산하고 움직인다. 그러다 보니 어느샌가 무의식중에 움직여도 내 행동은 규칙에서 벗어나지 않게 되었다. 첨단을 달리는 이곳의 시스템은 톱니바퀴처럼 잘 맞물려 있다. 윗선에 구두로 보고를 하거나 윗선에서 일일이 지시를 내리는 일은 이제 지나간 시대의 것이다. 약속된 시간에서 일이 분을 초과하거나 하지 말라는 짓을 하면 그 톱니바퀴가 어떻게 작동하여 고발이 되고 어떻게 다시 자신에게 처벌로서 돌아오는지 수감자가 더 잘 안다.

그러나 수감자들은 의심받고 있으면 그 의심이 잘못된 것이라는 믿음을 주려고 온갖 제스처를 다 쓰고 그러면서 또다시 눈을 속이려고 남모르는 방법을 찾는다. 틈은 있게 마련이고 그 작은 틈새에 어떻게든 몸을 잘 끼워 넣으면 언젠가는 빠져나갈 수 있을 만큼 넓어질 것이다. 나는 반드시 그 틈을 찾아내야만 한다. 반드시.

인터넷 검색은 자유롭지만 개인 메일 계정을 만들어 메일을 주고받거나, 계좌를 만들어 돈을 움직이는 것은 금지 사항이다. 하지만 나는 부팅하자마자 메일 사이트에 접속을 시도한다. 역시 사이트는 열리지 않는다. 조바심이 난다. 다른 메일 사이트에 접속한다.

역시 안 된다. 이런 시도는 곧바로 간수들의 모니터에 잡힐 것이고 룰을 어긴 데에 따른 합당한 벌을 받게 될 것이다. 젠장. 팀원들에게 선을 대는 것은, 역시 불가능한가. 팀이 얼마나 일을 진척시켰는지 궁금해 죽을 지경이다. 하는 수 없이 얼른 검색창을 띄운다. 코스닥 등록업체 중에서 사료업계의 현황을 불러 모은다. 주가와 함께 변동 상황이 주르륵 떴다. 재빠른 눈길로 먼저 내가 작전을 띄우던 업계의 현황을 찾아 머릿속에 입력한다. 벌써 몇 주째 소폭으로 오르락내리락 제자리걸음이다. 그걸 보니 가까스로 현상을 유지하고 있는 모양이다. 세상이 내 손이 닿지 않는 곳에서 기신기신 움직이고 있다. 내 손이 닿으면 이까짓 거 세 자릿수로 쉽게 올려놓을 수 있는데, 안타까워 죽을 지경이다.

여기서도 오래 머물면 안 된다. 어쨌거나 평범한 수감자들처럼 보여야 하므로 미즈 러브를 띄운다. 분홍 머리띠와 분홍 팬티만 입은 여자가 나를 보고 붉은 혀가 가득한 입을 크게 연다. 하지만 나는 그녀의 붉은 입속으로 들어갈 마음이 없다. 그녀는 입을 닫기도 전에 아래 바로 내려진다. 벌을 받을 각오를 하고 다시 한 번 메일 접속을 시도한다. 역시, 안 된다. 사료업계를 다시 불러 연다.

사료업계의 주가는, 다른 업계들보다 강하게 움직이고 있다. 서브프라임 사태로 인해서 신용상품들이 경색된 탓에 곡물 시장의 상품으로 전 세계의 자금이 몰리고 있는 것을 이용해야 할 거라고 생각했는데 잘 맞아떨어졌다. 지금 금융파생상품이나 신용상품을 건드리는 것은 치명적이다. 제롬은 실수했다. 그걸 건드리다니. 곡물 시장의 호가는 날마다 치솟고 있다. 축산업계에서는 사료를 먹이지 못해 가축들이 죽어 나간다고 울상이지만 애완견 시장이 줄어들 것 같지는 않으니 이 상황에서 개미 투자자를 모아 설명회를 한 번만 열면 주가는 금세 상향 조정될 수 있을 것이다. 재미를 쏠쏠히 본 투자자들의 반응이 좋으면 다시 투자 설명회를 열 수 있을 것이고, 그럼 내 명성도 주가처럼 마구 올라갈 텐데, 여기서 뭐 하고 있는 건가. 젠장.

지난번 작전이 잘 먹혀들어가서 이번에도 신도시 건설로 돈이 돌고 있는 홍성이나 충주 쪽에서 투자 설명회를 열려고 깐깐하게 자료 모으고 팸플릿 만들고 명성 있는 강사까지 초빙할 준비가 다 되어 있었는데, 막바지에 그만 그 영감이 분신 자살을 해버리는 바람에……. 아차, 그 영감은 더 이상 기억하지 않기로 했지.

얼른 케이트 모스와 브리트니 스피어스의 〈망가진 파티〉를 검색한다. 그녀들의 얼굴에 검은 눈물 자국이 길고 스커트는 찢어져 맨 엉덩이가 보이고 검은 스타킹에 얼룩이 커다랗다. 그녀들은 왜 뺏긴 것에 집착하지? 그 대신 많은 돈을 가졌잖나. 그녀들은 그것으로 원하는 곳이면 어디로든 탈출할 수 있지 않나? 그녀들의 지리멸렬한 삶으로부터 빠져나와 다시 검색을 한다.

서브프라임 사태 때문에 난리들이다. 우리나라도 곧 심각한 영향을 받을 거다, 미국에서 우리나라에 투자한 자금을 회수하기 시작하면 금리는 뛰어오르고 부동산 거품은 당장에 꺼지고 말 것이다, 아니다, 말이 많다. 나는 모기지론을 얻을 생각도 없고, 부동산에다 돈을 꼬라박을 맘도 없고, 대출을 받은 적도 없기 때문에 건성으로 클릭한다. 도심 주변의 고급 주택가로 화면이 이동하는가 싶었는데 〈배트맨 포에버〉에서 보던 폐가가 이어지기 시작했다. 처음엔 집들이 폭격을 맞았나 싶었다. 자동차 산업 도시였던 디트로이트는 외곽 주택가 전체가 거대한 폐허였다. 기둥만 남겨놓고 모든 골재가 다 뜯겨져 나가 있었다. 지붕은 커다란 운석이라도 떨어진 양 뻥 뚫려 있었고 외벽과 내부의 마감재가 모두 강탈을 당했다.

타일이고 문짝이고 팔 수 있는 건 모두 벗겨가서 마치 초원에 금방 죽어 나자빠진 시체가 한꺼번에 달려든 새 떼들로부터 남김없이 살이 발라져 순식간에 뼈다귀만 남은 것 같았다. 거기 해골의 한가운데 한 뭉텅이 뚝 떨어져 남은 핏자국처럼 찢겨진 채 남아 흔들리는 붉은 커튼 자락. 마침 흑인 여자 하나가 골목을 빠져나가다가 커튼 아래서 힐긋 돌아본다. 그녀는 뚱뚱한 엉덩이는 가던 방향 그대로 두고 얼굴만 돌린다. 그 눈과 마주치기 싫어서 나는 〈망가진 파티〉로 돌아온다. 브리트니 스피어스는 아직도 술에 취한 채 울고 있다. 그녀의 자유보다 내 자유가 더 다급하다. 나는 메일에 접속하지 못해 화가 났다. 마우스를 꽝꽝 내리치고 일어선다.

3

전원을 *끄자마자* 문이 열렸다. 동시에 모든 방들의 문이 열리는 소리가 들렸다. 간수 녀석의 비쩍 마른 골반이 먼저 문의 경계를 넘어 들어왔다. 감옥 마크가 새겨진 벨트의 버클이 녀석의 미소만큼이나 번쩍거렸다. 네가 한 짓을 다 알고 있어, 하는 표정이다. 나는 녀석의 표정을 읽지 못한 척 정중하게 고개를 숙인다.

수감자들이 몰려나온다. 아니 몰려나온다는 말은 반은 맞고 반은 틀렸다. 느릿하게 밀려 나오는 그들은 운동이고 뭐고, 바람 쏘이는 것도 싫을 정도로 무기력하게 늘어진 신체들이 대다수이다. 밤에도 완전히 해가 지지 않는 인공조명 아래서, 혹은 적외선 감지기에 투시당하며 살아온 그들의 내장은 역설적으로 거의 언제나 깊이 잠들어 있는 상태였다가 갑작스럽게 운동장에 불려 나오기 때문에, 잠에서 깨려고 푸드득 몸부림치다가 공을 받거나 던지거나 하는 너무 과격한 동작에 덜컥 겁을 먹고 만다. 그래서 운동만 하고 오면 복통에 설사를 해대는 자들이 많다. 그들은 운동장에 나가는 것보다 단 삼십 분이라도 불을 완전히 꺼주고 깊이 잠들도록 해주기를 바란다.

오래 수감 생활을 하는 자들 중에 내장이 멀쩡한 놈은 거의 없다. 그들의 내장엔 햇빛이 미치지 못하고 신선한 바람도 닿지 못한다. 그 내장들은 스스로 자신을 둘둘 말아 웅크린 채 타인과 접촉하지 않으려 한다. 그래서 그들의 내장은 하수증이나 탈장이나 폐색에 이르고 있는 참이다. 한 달에 한두 명은 들것에 실려 병원으로 나가곤 한다. 나갔다 들어오면 정상적인 사람은 아직 보유하고 있는 위의 유문부랄지, 식도랄지, 대장이나 소장의 일부분이랄지, 가끔 폐나 간 같은 내장을 잘라낸 경우가 대부분이다. 그들은 더욱더 움직이지 않게 되고, 합병증을 하나둘, 달고 살게 된다.

들어온 지 얼마 안 됐거나 아직 희망을 갖고 있거나 나갈 날이 가까운 나머지 몇 놈만이 어깨를 들썩이며 옆 사람을 집적거린다. 어이, 나랑 내기하자, 골 두 개에 담배 한 개비, 어때? 라든지, 야, 어제나 찾아온 그년, 다리 쭉 뻗은 거 죽이지 않냐, 털이 완전 칡넝쿨이야, 나는 그년한테 바친 목숨이라니까, 같은 별 하잘 데 없는 말이지만 그는 무슨 말이든 떠벌리고 싶어서 죽을 지경이다. 하지만 그 기분에 응해줄 자는 많지 않다. 그러면 자기 기분에 들뜬 놈은 냉큼 다른 자를 집적거린다. 그리고 필경 누군가는 집적거림에 답하게 되어 있다. 야, 나도 그년 한 번만 빌려주라, 내가 죽여줘버릴 테니, 다시는 너 같은 놈 안 만날 거다.

복도를 어슬렁어슬렁 걸어 나가는 수감자들 위로 다섯 대의 CCTV들이 바삐 따라붙는다. 귓속말을 주고받는 자들이 포착되면 어김없이 줌렌즈가 작동한다. 그것들의 긴 주둥이는 더욱 길어지고 표적의 입에 정확히 조준된다. 나중에 판독하면 무슨 말을 했는지까지 알게 된다. 이런 짓은 당장 보복을 받게 된다. 운동으로 배가 잔뜩 고파졌는데 아무 통고 없이 아침 식사가 제공되지 않는 것이다. 그제서야 수감자는 자기가 무슨 잘못을 저질렀는지 곰곰 기억을 돌이키게 되고 자기 귓바퀴에 와 닿던 뜨뜻미지근한 입김을 거절하지 않았던 것을 떠올리게 된다. 아이쿠야, 실수를 했구나, 벌점이 오르겠는걸, 해도 때는 늦었다.

그 가운데 나를 찾는 눈길도 있다. 수십 켤레의 무기력한 슬리퍼 소리와 방정맞게 미끄러지는 슬리퍼 소리 중에서 쩔룩발이 내 걸음을 귀신같이 알아내는 일수다. 일수의 얼굴이 시야에 들어오자 눈길을 마주치지 않고 일부러 빨리 걷는다. 짜그락 짝, 짜그락 짝.

녀석, 밖에 나가면 얼마든지 기회가 있는데, 싶다. 녀석은 성공적인 딜을 위해 내걸어야 하는 게 뭔지 잘 모른다. 문득 길바닥에 주저앉아 통곡하는 브리트니 스피어스가 떠오른다. 그녀의 붉은 눈길이 불안정하게 뒤흔들리고 뺨에는 더러운 검은 눈물이 줄줄 흐른다. 그녀는 원망스러운 눈으로 파파라치와 팬들을 바라보고 소리를 지른다. 제발 나를 가만 내버려둬! 제발! 술로, 마약으로, 그녀의 감옥을 벗어날 수 있을까. 그녀의 딜은? 아직 스타로서의 가치가 남아 있으니 아직은 측정할 수 없다고 해야 할까. 나는 판단을 유보한다. 그래, 그녀에게는 아직 많은 돈이 있으니 얼마든지 새로운 거래를 할 수 있을 거야.

— 아악! 안 돼! 안 돼!

복도 끝 방이다. 언제나 침대 밑에 들어가 벽에 달라붙어 새우잠을 자는 36호가 또 발작을 일으키나 보다. 그는 인조 대리석 바닥에 온갖 것을 가지런히 깔아놓는 버릇으로 유명하다. 입구부터 껌을 깔아놨는데, 밥 먹은 뒤에 식당에서 주는 껌을 하나도 씹지 않고 가져와 바닥이 보이지 않을 정도로 빈틈없이 딱딱 줄을 맞춰 열일곱 줄쯤 깔아놓았다. 다른 수감자들도 간혹 자기가 받은 껌을 그에게 건네준다. 껌 다음으로는 담뱃갑이다. 담뱃갑을 또 빈틈없이 줄을 세워 역시 일고여덟 줄 깔아놓았다. 그다음은 여자 사진들이다. 여자 사진들은 크기가 다르기 때문에 무슨 퍼즐이나 데칼코마니를 깔아놓은 듯하다.

그는 그것들을 밟지 않아야 하기 때문에 나가고 들어올 수가 없는 것이다. 그를 억지로 끌어내기 위해 실랑이가 벌어지면 바닥에 깔아놓은 것들이 모두 헝클어지게 되고 그는 극도로 불안해져서 정신과 의사를 불러야 할 정도로 발작을 심하게 일으킨다.

제 모습이 일일이 비치는 게 싫어서일까. 카메라를 가릴 수 없으니 바닥이라도 가려보려는 것일까. 아님, 불안 증세를 가라앉히고 싶은 나름의 강박증일까. 역시나 간수는 억지로 끌어내고 수감자는 끌려 나가지 않으려고 버둥거리면서 목청을 찢어 소리를 지르고 있다. 그는 아마도 진정제를 맞아야 고분고분해질 것이다. 그리고 그제서야 간수들의 손에 이끌려 운동장이나, 작업장으로 갈 수 있을 것이다. 하지만 정신이 돌아오면 흐느껴 울며 헝클어진 껌을 다시 하나하나 깔아놓겠지. 그가 이곳을 벗어난다고 껌을 깔아놓는 증세를 벗어날 수 있을까. 그가 출감할 때 그의 가방에는 수백 개의 껌들과 빈 담뱃갑과 여자 사진들로 가득하겠지. 우리는 그가 우는 소리를 저녁 내내 듣고 있어야 할 것이다. 그 울음에 촉발된 다른 울음까지도.

나는 그를 동정하지 않는다. 그는 그런 방식으로 감옥에 적응하고 있는 것이므로. 그가 이곳을 못 견디겠다면 나갈 길을 찾아봐야 하는 것 아닌가? 나는 일수 때문이 아니라 발작을 일으키는 36호 때문에 훌쩍 뛰듯이 마지막 현관문을 나섰다.

나는 햇빛 아래 나가 두 팔을 들어 올리며 정문을 쏘아본다. 정문 곁에는 아무것도 없다. 높다란 망루도, 총을 들고 있는 경비병도. 이곳은 서비스 정신을 갖춘 초현대식 감옥인 것이다. 정문을 보니 또다시 머리끝에서부터 척수를 타고 쭉 뻗어 내린 조바심이 허벅지 안쪽에 경련을 일으킨다. 내가 없는 저 세상, 내가 주무를 수 있는 한세상. 좋다, 내 내장을 다 빼주고라도 난 여기서 나갈 것이다. 순간, 또다시 그 영감이 눈앞을 스친다. 그까짓 돈 2억 때문에 영감의 분신을 막지 못한 것이 내 가장 큰 실수였다. 돈을 돌려준다고 살살 구슬렸어야 하는데, 무조건 그 영감을 피하려고만 했었다. 영감들 무서운 거, 명심해야 한다. 요즘 큰 사고 치는 거, 살 만큼 다 산 영감들이다. 영감이 내 코앞에서 불을 싸지르는 바람에 수사가 들어왔다. 몸값이 한창 치솟는 중이었는데 말이다. 다시는 그런 실수를 반복하지 말아야지.

겨드랑이 사이로 햇빛을 실은 바람이 파고든다. 감방 안은 습하지도 않고 불결하지도 않았지만 수감자들은 곰팡이균에 시달렸다. 내장이 웅크리고 있으니 몸이 한없이 차고 축축해져서 헐렁한 수감복 속의 겨드랑이와 사타구니에, 그리고 사시사철 바람을 쏘이고 있는 슬리퍼 속의 발가락 사이에 곰팡이균이 깊숙이 자리 잡고 있다. 나는 항상 햇빛을 그리워하고 내 겨드랑이와 사타구니도 마찬가지다. 이번 작전을 성공시키면 발리에 가서 따끈따끈한 햇빛 아래 몸뚱어리를 길게 눕히고 며칠 몇 나절을 보내야지. 내가 저 36호나 22호처럼 될 수는 없단 말이다. 이 두 발로 밟고 다녀야 할 땅은, 저 담장 너머의 세상이지, 이 좁은 운동장이 아니니까. 나는 지리멸렬한 인간을 대하듯 감옥을 둘러보았다.

운동장은 원형 경기장처럼 천장이 반쯤 둘러쳐져 있고 그 주위로 건물들이 빙 둘러서 있다. 건물들은 밖에서 보면 구청 건물과 그다지 다르지 않다. 오히려 구청 건물처럼 층수가 높지도 않아서 어느 모로 보나 위압적이거나 살벌한 분위기는 풍기지 않는다. 창문도 여느 구청 건물만큼 많다. 다만 운동장을 두르고 사방이 꼭 맞는 건물들로 이어져 있을 뿐이다. 게다가 규모에 비해 출입문이 좀 작다고 할까. 그리고 좀더 엄격한 규격을 갖추고 있고. 이를 테면 철문과 창문에 밖에서는 보이지 않는 전자파가 항시 흐르고 있달지.

밖으로 나오자마자 그저 앉을 자리를 찾아 벤치에 슬금슬금 다가가는, 이미 장의 일부를 잘라낸 파리한 수감자와, 감옥 안을 연상

시키는 익숙한 그늘을 찾아 운동장가에 기대서는, 장 폐색에 가까운 수감자들이 보인다. 벤치 옆 담벼락에 해바라기와 풀포기 몇 개가 가까스로 얼굴을 쳐들고 있었다. 간수 하나가 벤치에 막 엉덩이를 붙인 수감자를 일으켜 세우고 다른 간수는 그늘 아래서 부신 눈을 막 감으려는 수감자를 햇빛 아래로 끌어낸다. 그리고 먼저 공을 차서 수감자의 몸에 맞추며 운동을 독려한다.

나는 축구를 시작하는 팀에 일수와 함께 끼어 들어간다. 누군가 주장 노릇을 하겠다고 나서서 양 팀을 나누고 각각에게 포지션을 맡긴다. 마지못해 느릿느릿 애매모호한 자리에 가서 아무에게도 관심을 보이지 않고 먼 허공을 바라보거나 땅을 바라보는 수감자들이 반은 넘었다. 출감일이 얼마 남지 않은 45호가 맨 처음 띄워 올려진 공을 받았다. 그는 요즘 너무 들떠 있어서 그 누구나의 눈에도 띄는 녀석이다. 그는 공을 무릎으로 받자마자 발끝으로 내려서 단숨에 몰고 가 냅다 걷어찼다. 그를 제대로 저지하는 사람은 두어 명에 불과했다. 골키퍼를 맡은 11호는 공을 무서워한다. 그래서 그 또한 언제나 눈에 띄었다. 공이 날아오면 골대 뒤로 들어가 몸을 숨기는 바람에 골인도 쉽고 자살골도 쉽다. 공은 녀석의 머리를 정통으로 맞추고 튀어나온다. 녀석은 더욱더 공을 무서워한다. 저런 허약한 잡범이라니. 저런 녀석들과 한 지붕 아래서 똑같은 대접을 받는 건 내 자존심상 용서가 안 된다.

주장은 타임을 선언하고 골키퍼를 교체하지만 새로 들어온 녀석도 공을 무서워한다. 어디나 있게 마련인 나약한 친구들이다. 간수들은 어리바리한 수감자들을 내몰며 도리어 흥분한다. 사실은 굼뜨게 움직이는 수감자들 대신 자신들이 뛰고 싶어 안달하는 것을 감추느라 그런 것이다. 역시 어느 조직에나 있게 마련인, 조직을 위해 사는 조직적인 인간들이다. 지극히 조직적으로 맡은 임무를 다해야 하는 축구 같은 경기를 벌려놓으면 알아서 제 포지션을 찾아가 목숨을 걸고 뛰어줄.

일수는 공을 따라 뛰기는커녕, 나를 질질 쫓아다닌다. 그의 진득한 응시는 내 눈 속으로 파고들어 뒤통수 숨골에 이르면 무척이나 무거워진다. 숨골을 타고 앉은 듯 답답하게 내리누르는 그의 눈을 떼어내기란 그리 쉽지 않다. 게다가 축 늘어진 눈썹과 입술까지. 그 어리광이란. 그를 일일이 제어하기란 만만찮은 일이어서 나는 간혹 참지 못하고 화를 벌컥 내기도 한다. 그러면 그는 잠시 수그러들었다가 다시 틈을 봐서 매달린다. 그는 누구에게라도 달라붙어 감옥을 견뎌내야 할 사람이다. 그렇잖으면 벌써 목을 매버렸을지도 모른다. 이런 놈이 친구는 어떻게 때려죽인 걸까. 얼마나 팼던지 머리통이 아예 으스러졌다는데, 그 얼굴을 보면 참, 모를 일이다. 아마도, 정신이 홱 돌았었던가 보다.

하지만 내게 일수는 중요한 존재다. 간수들의 주의를 흩어놓는 데 신통한 역할을 해준다. 감옥 안에서의 사랑은 아무리 시대가 나아져도 여전히 불가하므로 간수들은 내가 일수와의 관계를 숨기려고 잔머리를 굴려 속임수를 쓴다고 생각하고 있다. 그래서 나 또한 그들의 비아냥과 약간의 폭력을 감수하고 있다. 하지만 이 역시 조심해야 한다. 아직 일수와의 관계와 내 계획 간의 상관관계를 눈치채지는 못한 것 같지만, 애정 전선도 지나치면 여러 규범에 걸려들어 오히려 아무 소득 없이 내 운신만 힘들어지게 할 수 있다. 골키퍼를 교체하는 사이에 나는 일수의 어깨를 다독거린다.

— 며칠 내로 돈을 크게 불릴 수 있을 거야. 요즘 때가 아주 좋아.

— 네가 밖으로 나가면 나는 더 불안해져. 네가 돌아오지 않을 것만 같아.

그는 오직 내가 자기의 시야를 벗어나지 않는 것에만 관심이 있다. 그래도 그렇지, 이건 무슨 말이라지? 혹시 내 계획을 눈치챈 건 아닐까? 내가 밖으로 나가다니? 나는 그 말을 듣지 않은 것으로 한다. 왜 그렇게 생각하느냐고 괜히 과민하게 되물어봤자 그것을 사실로 인정하는 꼴밖에 안 되니까.

— 좀만 기다려봐. 네 계좌로 돈 들어가는 거 보여줄게.

— 돈은 아무것도 아니야. 네가 없으면 여기서 더는 견뎌낼 수 없어.

나를 향해 뻗는 그의 손이 바르르 떨린다. 다리도 떨리기 시작한다. 가슴이 나를 향해서 저절로 굽혀진다. 애가 달은 사람의 모양새 그대로다. 내게 투자한 4000만 원은 나를 만나고 얘기하고 붙잡아두는 구실을 하는 거겠지.

— 내가 가기는 어딜 간다고 그래, 내 출감 날이 너보다 한 달이나 더 늦어, 별 걱정 다 하네.

간수가 우리 쪽으로 다가오는 걸 보았다. 간수 녀석의 입술과 고개가 같은 방향으로 삐딱하게 젖혀져 있다. 한 손에 든 몽둥이를 다른 손바닥에 가볍게 그러나 으름장임이 분명하게 전달될 만큼의 강도로 내리치며, 다리는 무릎 사이를 한껏 벌려 헤벌쭉 걷는 폼이 비웃음을 제대로 전달하려는 게 여실했다. 아차, 싶어진 내가 반사적으로 일수를 떼밀려 하는데 공이 딱 내 앞으로 흘러왔다. 나는 공 앞으로 일수를 확 끌어당겼다.

— 차, 어서 차! 저놈들이 보고 있어.

내 독촉에 일수가 문득 정신이 들었는지 골문을 힐끗 쳐다보고는 세 차례나 발을 바꿔 드리블을 하며 공을 몰아갔다. 제법 현란하다. 한눈에 일수가 힘을 얻은 게 보인다. 일수는 언제나 무슨 일에나 자기를 끼워주는 것에서 내 애정을 확인하곤 한다. 그는 내 능력에 기대고 있다. 겁 많은 골키퍼가 앞으로 달려드는 일수를 보고 긴장하고는 그의 움직임에 따라 제 몸을 좀 움직여보려고 한다. 하지만 겁 많은 골키퍼의 몸은 연체동물 같다. 일수는 마침내 한 골을 넣고 곧바로 나를 찾으며 자랑스러워하는 표정을 짓는다. 그런데 그것조차 내게 허락을 받아야 완전히 자랑스러워할 수 있을 것 같은 표정이다. 나는 흙먼지 속에서 고개를 끄덕이며 힘차게 어깨를 감싸고 토닥거린다.

또다시 공이 내게로 날아와 가슴을 때리며 떽떼굴 굴렀다. 나는 본능적으로 공을 받아 몰고 달렸다. 다리로 불끈 내뻗쳐 마구 내달리게 하는 힘, 노려보는 눈빛만으로도 상대방을 무너뜨릴 수 있을 것 같은 기분, 이대로 정문 너머로 날아가버릴 수 있다면. 일수가 화들짝 놀라 나를 따라온다. 상대편이 내 앞을 가로막을까 말까 망설이다가 내가 몸을 살짝 비틀자 알아서 비켜준다. 공을 뺏을 엄두는 내지도 못하는 것 같다. 그 앞쪽에서 먼 데를 쳐다보던 상대편 하나가 어리둥절 놀라서 자세를 낮추며 대응할 준비를 한다. 나는 정면으로 달려들어 어깨로 그의 가슴을 확 밀치고 뛰어가고 싶은 충동을 강하게 느낀다. 어깨가, 치받을 누군가를 고르고 싶어 했다. 앞에서 얼쩡거리는 세 놈을 한눈에 훑어보았다. 가운데 놈이 그중 튼실해 보였다. 그를 바닥에 나동그라지게 하고 내처 달려가 공을 골대가 아니라 저 멀리 건물 너머로, 기왕이면 높은 전압이 흐르는 정문 너머로 날려버리고 싶었다. 시원스럽게, 새가 날아가듯.

그러나 수비 진영에서부터 골대 앞까지 거침없이 내달리던 다리는 스스로 적당한 만큼 힘을 뺐다. 급작스럽게 속도는 늦춰지고 정문 너머의 하늘에 꽂혀 있던 눈동자는 고도를 낮춰 골대를 겨냥했다. 수비하려고 어설프게 달려들던 자들도 주춤거렸다. 발을 들어 힘껏 걷어차는 순간, 갑작스런 통증이 아랫배를 습격했다. 마치 곧추세운 총검으로 단숨에 내리 찔린 듯한 통증. 나는 공을 차지도 못하고 바닥에 나뒹굴었다.

일수의 비명과 놀란 눈이 내 눈을 덮어 누르듯 다가오고 그의 뜨거운 손이 내 가슴을 감싸 안는 것을 느끼며 나는 정신을 잃고 말았다. 맹장 수술한 데가 터졌나, 그게 까부라지기 직전에 든 생각이었다.

그리고 다시 정신이 들면서 맨 처음 든 생각은, 어쩌면 잘됐다, 하는 것이었다. 나는 세 번의 수술을 했었다. 첫번째는 편도선을 떼어냈고, 두번째는 위궤양으로 위를 반쯤 잘라냈고, 세번째는 맹장을 떼어낸 것이었다. 이것은 제거가 아니다. 도망이다. 나의 내장은 나를 위해서 하나씩 빠져나가주는 것이다. 아픔을 가장하고. 그때마다 나는 아프다는 이유로 당당하게 정문을 나섰다. 수감자 전문 병원에서는 문제가 생겼다는 환자가 오면 병의 경중을 막론하고, 병의 진위를 막론하고—오진이거나 말거나—혹은 더욱 심각해질 것을 우려해서 대강 병소를 잘라내고 돌려보냈다. 내가 내장을 빼주기 전후, 병원 앞에서는 나를 탈출시킬 우리 동료가 만반의 준비를 갖추고 기다리고 있을 것이다. 언제나 수술은 급하게 진행되었지만 병원 원무과 직원인 우리의 끄나풀은 곧바로 팀원들에게 연락을 하고 그들은 내가 수술대에 눕기 전후로 작전을 펼 수 있었다.

우리는 병원 도착 직후, 수술 전, 수술 직후, 퇴원 시 등 단계별로 세심히 계획을 세웠었다. 그러나, 세 번 모두 실패했다. 첫번째는 수술이 너무 빨리 끝나는 바람에 팀원들이 병원 현관을 들어서기도 전에 도로 감옥으로 돌아왔고, 두번째는 수술실 앞에서 나를 받아 옮기기로 한 팀원이 당황한 나머지 나보다 한발 먼저 나온 다른 환자의 들것을 밀고 가다가 엘리베이터에 타고 나서야 아니란 걸 알고 뒤늦게 혼자 도망쳐버렸고, 지난번에는 수술실 첫번째 문 안에서 팀원과 바꿔치기 할 예정이었는데 평소와 달리 간수가 거기까지 따라 들어오는 바람에 병원 직원조차 손을 써볼 수가 없었다. 나는 어쩔 수 없이 직원을 통해서 작전을 지휘하는 것으로 만족해야 했다.

그렇게 나는 세 번이나 그토록 소중한 내장만 빼앗긴 채 탈옥에 실패하고 말았다. 그러나 나는 잘려 나간 내장 대신 뱃속에 욕망을 가득 채운다. 욕망이 내장보다 나를 더 생생하게 살아 있게 하므로.

나는 내 방의 침대에서 눈을 떴다. 아픔은 미약한 채로 아랫배 언저리를 돌아다니고 있었지만 아픔보다도 걱정이 먼저 들었다. 나는 간수의 표정부터 살폈다. 정신을 잃은 상태에서 무슨 일이 일어났을지 알 수 없는, 내가 잃어버리고 내가 장악하지 못한 그 짧은 시간. 아랫배에 얹힌 얼음주머니 때문만은 아닌, 차가운 소름이 정수리에서 척추를 타고 쓰윽 훑어 내렸다. 마치 어둠 속에서 알 수 없는 존재가 그 눈빛만을 지닌 채 스윽 나타나 지그시 노려보다가 스윽 사라져버린 것 같았다.

온몸에 식은땀이 돋았다. 정신을 잃는 순간, 혹은 정신이 드는 순간, 마취에 들고 마취에서 빠져나오는 순간, 대개 사람들은 섬망 상태에서 자기 방어벽을 무너뜨리고 만다. 그즈음 자기가 갖고 있던 비밀을 누설하는 일이 종종 벌어지곤 하는 게 바로 그 순간인 것이다. 혹시 그때 나도 모르게 계획을 누출하거나, 내가 꾸미고 있는 일을 엿보였거나, 뭔가가 있다는 낌새를 주지는 않았을까.

만약 일수가 어떤 행동이나 말을 하고, 내가 정신이 오락가락하는 상태였다면 내게서 기밀을 끌어내기란 어렵지 않았을 것이다. 아니, 아주 작은 낚시질에도 스스로 훌렁 낚여버리는 때가 바로 그때니까, 그랬다면 그것이 어떤 결과를 만들어낼지 이해할 능력이 안 되는 일수 녀석이 임기응변으로 막아줬을 리도 만무하고, 했다 해도 어설펐을 것이 분명해서 그것을 간파 못 할 간수들도 아니었을 테니까. 나는 땀에 젖어 찐득찐득한 눈꺼풀을 겨우 들어 올리는 시늉을 하며 간수에게 눈을 맞췄다. 일부러. 간수 녀석은 언제나처럼 그 깐깐한 눈빛으로 나를 내려다보고 있었다.

그런데 그 깐깐한 얼굴은 오히려 내게 어떤 출구를 보여주는 지도 같았다. 위기 상황에 대비해서 계획적으로 완벽하게 지어진 건물에서 EXIT는 눈에 더 잘 띄게 되어 있는 것처럼. 별일이 없었다는 것을 순식간에 알아챈 나는 아픔을 더욱더 과장했다. 정신을 잃었던 시간 동안 수의를 적실 정도로 배어 나오던 식은땀과 창백하다 못해 시체같이 푸른 안색, 그리고 찌르는 듯한 통증으로 아랫배를 움켜쥐고 숨을 헐떡이는 내 모습은 장 괴사나 폐색을 의심하게 하기에 충분했다. 이미 이런 상태의 수감자를 몇 번씩 보아왔던 간수들은 나를 그다지 의심하지 않았다. 그저 그는 깐깐한 눈빛으로 내 병의 경중을 가늠하고 있는 것이었다. 적당히 열을 올려주고 적당한 통증을 주는 내장들은 내 도망을 도와주고 있는 것이다. 그러니까, 나는 상태가 좋아졌다 나빠졌다, 더 심해졌다 하는 모습을 반복적으로, 점진적으로 보여주어야만 한다.

이번에는 장을 한 일 미터쯤 잘라낼 예정이다. 장 폐색이나 괴사는 대충 그 정도는 잘라내니까. 장을 버리는 게 쉬운 일인가. 이렇게 하나씩 하나씩 떼어내고, 나는 살아 있을 수 있을까. 나는 배를 살살 만져보았다. 꾸륵꾸륵, 뱃속에서 내장들이 요동을 친다. 그것들은 내 몸을 빠져나가겠다는 건가, 아님 살려달라는 건가. 그러나 나는 마지막 장을 떼어내다 죽더라도 나가서 죽을 것이다.

4

문제는, 참을 수 없을 정도로 바깥 사정이 궁금하다는 점이었다. 펫사랑 사료업체는 아직 건재한지. 내가 나가서 작전을 지휘할 때까지만 버텨주면 되는데. 주가가 움직이는 동향만 검색해보면 웬만한 사정을 알 수 있을 텐데 그걸 못하고 있으려니 답답해 죽을 지경이었다.

하지만 아픈 시늉으로 억지로 진땀과 식은땀을 뽑아내는 상황에서 모니터실에 가고 싶다고 말할 수가 있겠는가. 간수 놈은 걱정 반, 호기심 반으로 여전히 내 창살 앞을 오락가락하고 있었다. 아침에 내가 일어나지도 못하는 걸 보고 놈은 손수 창살 안으로 손을 길게 뻗어 식은 커피를 건네주었다. 녀석은 내가 볼 여유가 없을 거라고 생각해서 그러는지, 일부러 그러는지 경제면은 갖다 줄 생각도 하지 않았고, 나도 갖다 달라고 하고 싶은 마음은 굴뚝같았지만 차마 그 말은 못 하고 커피만을 받으려고 몸을 일으켰다.

비스듬히 일어나 그거라도 먹어야 아픔이 조금은 가시겠다며 역시 손을 길게 뻗어 잔을 받아 들고 가까스로 고맙다는 인사를 하고 반쯤 드러누운 자세로 조심조심, 홀짝홀짝 커피를 마셨다. 아닌 게 아니라, 아침 커피는 내장을 짜르륵 긁고 내려가면서 아랫배의 아픈 지점에 이르러 멍멍하게 만들고는 방광으로 모여들었다.

방광을 비우러 갈 때는 배를 움켜쥐고 그쪽 허리를 반쯤 접고 그쪽 다리를 질질 끌며, 남은 손으로는 벽을 짚으며 빙 돌아 화장실로 갔다. 병원으로 실려 나갈 때는 화장실에도 못 가는 척하며 간수를 불러 소변기를 받쳐달라고 해야 할 것이다. 그때가 가장 싫은 때인데, 녀석들이 그때를 노려 악랄한 장난을 치기 때문이다. 하지만, 그것도 딜이다. 주기 싫어도 주어야 얻을 수가 있는 것이다. 나는 그들이 내 성기를 이리 툭, 저리 툭 치며 비웃음을 흘려도 고개를 돌리고 모른 척할 것이다.

나는 진짜 아픈 것처럼 하루 종일 침대에서 끙끙대며 궁금해했다. 그들이 아직, 그 언제라도 긴급 작전을 펼 수 있을 만큼 긴장해 있는지. 내가 나갈 때를 대비해서 세워놓았던 계획은 차질 없이 진행될 것인지. 지난번에 지시해놓은 일들, 설명회에서 투자자들의 지적 능력에 맞춰 그럴싸하게 현재 글로벌 시장과 대비한 국내 시장 상황을 떠들어대줄 적당한 인물은 구했는지, 날짜는 정확하게 잡혔는지, 현지에서 끌어모으고 있는 투자자들의 머릿수와 그들의 성분에 대한 조사는 마무리 지어놨는지.

신음 소리가 점점 커져갔다. 일수가 옆방에서 벽을 퍽퍽 두드렸다. 괜찮아요? 많이 아파요? 근심과 안타까움이 짙게 밴 축축하고 낮은 목소리다. 잠시 뒤에 일수가 간수를 부르는 소리가 들렸다. 좀 봐주세요, 죽을지도 몰라요. 일수의 말을 들은 간수가 와서 힐긋 들여다보더니 체온계를 들고 방으로 들어왔다. 내 귓구멍에 체온계를 밀어 넣어 열을 재고는 아래 눈꺼풀을 괜스레 뒤집어보고, 이마를 쓸어 진땀이 얼마나 많이 배어 나왔는지 본다. 그러고는 열이 높네, 선심 쓰듯 한마디 던져준다.

그의 선심에서 희망을 엿본다. 때가 무르익어가는군. 머지않아, 나를 밖으로 실어 나를 거야. 나는 그들의 손에 의해서 나가는 거지. 내가 저 전압 높은 철문을 열지 않아도, 내가 무슨 바보처럼 숟가락으로 땅굴을 파거나, 헬리콥터를 대기시키지 않아도 되는 거지. 그들이 나를 곱게 모셔 나르는 거지. 나는 의기양양한 기분까지 들었다.

일을 꾸미러 도망 나갈 때의 신체 반응은 지독하게 아픈 사람의 그것과 흡사하다. 마치 급박하게 통증이 덮쳐서 그것을 이겨내고

자 진땀을 흘리며 안절부절못하는 사람처럼, 나의 뇌 속에서 수십 억 신경세포가 뜨겁게 달아오른다. 날선 신경 돌기들은 인생의 벼랑에서 덮치는 위협을 감지하고 사납게 혈액 속에 온갖 호르몬을 퍼부어 감정을 교란시키고 운동신경을 헝클어놓는다.

이것은 커다란 매혹이다. 이것은 빠져나올 수 없는 중독이다. 이것은 제어할 수 없는 흥분 상태이다. 나는 뛰쳐나가고 싶어 발버둥치는 허벅지를 지그시 눌러야만 한다. 잠시만 참아라. 잠시만 참아라. 이 문밖으로만 나가면 너는 네 맘대로 뛸 수 있을 것이다. 네가 원하는 수많은 사람들이 모여 있고, 너를 둘러싼 수많은 사람들의 간절한 눈빛 속에서 수없이 오르내리며 불안감을 증폭시키는 숫자에 대해 설명하고, 많은 돈을 거둬들이며 장밋빛 전망을 전하고, 숱한 고통과 쾌감이 번갈아 사람들의 이마를 덮치는 순간을 목격할 수 있는, 그런 곳으로, 너는 달려갈 수 있을 것이다.

나는 점점 거세지는 열과 통증에 허리를 뒤틀고 시트를 잡아 뜯으며 마침내 스스로 도움을 청한다.

— 나 좀, 살려줘, 나 좀 살려달라고!

간수 두 놈이 문을 열고 들어왔다. 이봐, 병원에 가야겠어, 라는 말을 해주기를 기다렸지만 그들은 아무 말도 하지 않는다. 그저 들것을 내 침대 옆으로 바짝 붙이고 시트째로 나를 번쩍 들어 올려 들것에 눕힌다. 시트는 이미 땀에 절어 몸뚱이를 따라 누렇고도 눅눅했다. 혹시 이놈들이 나를 병원으로 데려가는 게 아니라 다른 데로 이송하는 건 아닐까, 하는 두려움이 든다. 고개를 들어 붉어 터진 눈으로 간수들의 표정을 살핀다. 나를 담당하던 간수 놈은 보이지도 않고 다른 놈들은 아무 표정이 없어서 나는 더욱 두려워진다. 이 놈은 왜 보이지 않지? 나는 주변을 두리번거리며 덜덜 떨리는 목소리로 묻는다.

― 어디 가는 겁니까?

아무도 대답하는 이는, 역시 없다. 극비인가 보군. 나는 하는 수 없이 세웠던 머리를 털썩 떨어뜨리고 그들에게 몸을 맡긴다. 그들이 나를 들것에 묶는다. 가슴 위로 한 번, 허리 위로 한 번, 골반에 한 번, 무릎 위로 한 번, 그리고 양손에 한 번씩, 굵은 밴드가 조여진다. 옴짝달싹할 수가 없다. 손목을 좀 돌려보다가 그만둔다. 그런 짓을 들키면 안 되니까. 들것이 복도를 나가는 동안 머리 위에서 감시 카메라가 주둥이를 죽 내밀고 얼굴을 정면으로 비추며 따라왔다. 간수 녀석이 어디선가 내 얼굴을 보고 있지 않을까. 줌렌즈로 확대된 내 얼굴을. 복도를 나서는 순간, 카메라를 향해 가운뎃손가락을 곧추세워 엿을 먹였다. 잘 보이지 않을 만큼만.

드디어, 나는 들것에 실려 머리부터, 정문을 빠져나갔다. 내 발끝이 철문을 빠져나오고 발끝에서 철문이 닫히는 순간, 앰뷸런스 안에서는 환호성이 터진다. 물론 두개골을 비집고 빠져나올 것처럼 꼭 닫힌 입속의 환호성이지만.

5

다음 날 아침, 침대에서 눈을 뜨자마자 잔인하게 빛나는 간수 놈의 눈이 나를 내려다보고 있었다.

— 나는 알고 있었어. 네가 이렇게 하나씩 하나씩 감옥을 빠져나가고 있다는 것을. 하지만 넌 영원히 빠져나가지 못할 거야. 네 내장을 송두리째 다른 곳으로 도망시킨다 해도.

나는 손가락 하나 까딱할 힘도 없었다. 이제 내 몸의 무엇을 빼돌려야 할까. 그다음은 뇌수일까? 뇌수를 빼돌리면 나는 탈옥에 성공하는 걸까?

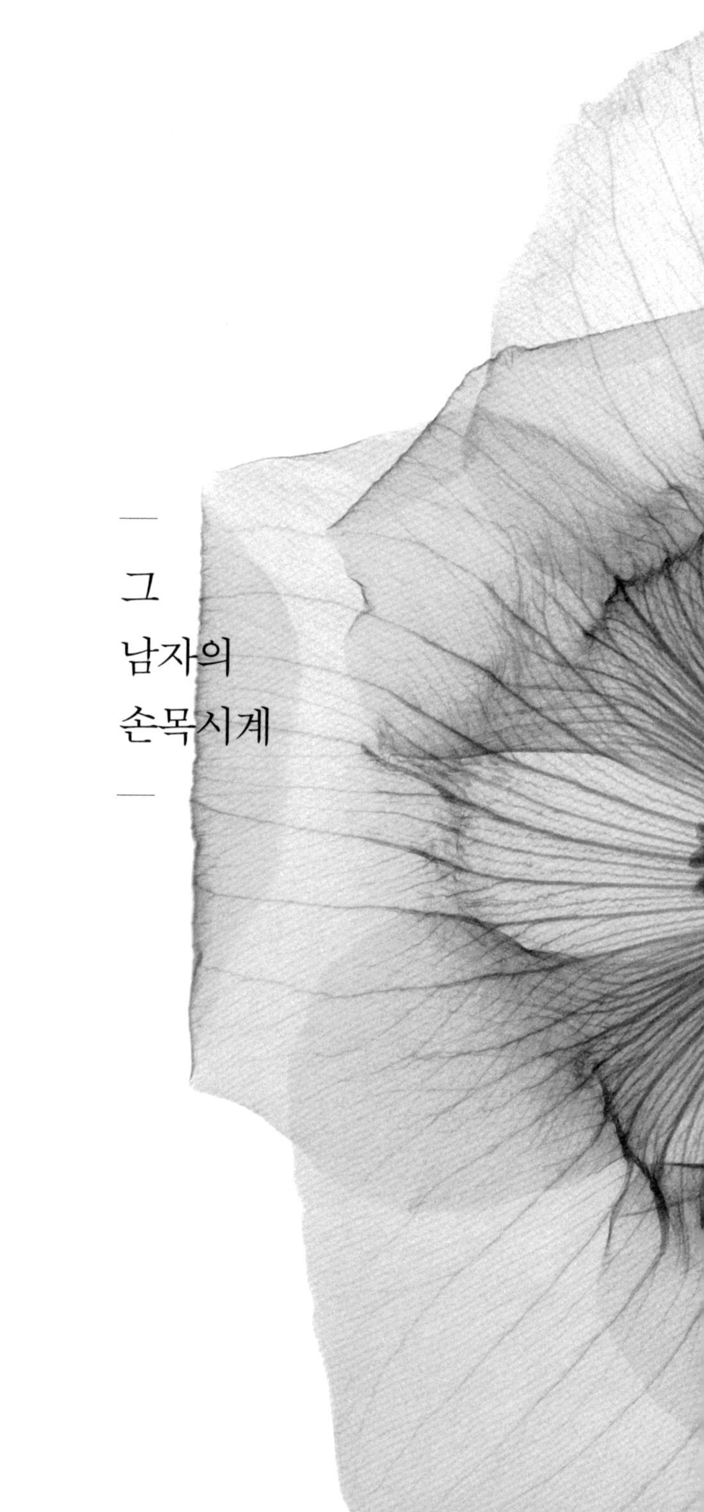

그
남자의
손목시계

그자가 나타났다. 나는 얼른 손목시계를 들여다보았다. 그 역시 베이커리 앞에서 손목시계를 눈높이까지 올려 들여다보았다. 맞춤 두시. 그는 언제나 정확했다. 그는 내가 있는 수도약국 쪽으로 곧장 내려왔다. 까딱까딱, 고개를 정확히 오십분에 맞춰 끄덕이는 바람에 그는 언제나 정시 십 분 전을 가리키는 것 같다. 무심코 보면 오른쪽 다리까지 저는 것 같지만 그건 심하게 까딱이는 고개 탓이 컸다. 그는 수도약국 앞에 이르자 다시 한 번 시계를 들여다보면서 동시에 몸을 틀어 골목으로 들어갔다. 좌측으로 돌면서 몸을 너무 많이 틀었나, 그의 몸이 오른편으로 기우뚱하면서 발이 삐끗하는 순간 나는 얼른 달려가 부축하려고 팔을 내밀었다. 아차, 이런 순간에 이런 동정심이라니, 싶어 다시 보니 발을 뻗은 것도 몸이 기우뚱한 것도 아니고 그저 너무 정확하게 몸을 돌리면서 고개까지 까딱이느라 내 쪽에서 보기에 움직임의 각도가 지나치게 컸을 뿐이었다.

그는 오늘따라 유난히 크고 굳센 동작으로 한 치도 어긋남 없이 수도약국을 지나 모퉁이에서 몸을 휙 돌렸다. 재빠른 그 행동을 보자 무거운 코트 속에서 후끈 열기가 느껴졌다. 코트 깃을 열고 열기를 식힐 겨를도 없이 재빨리 달려가 그가 군악대처럼 발을 돌린 지점에 무슨 표시라도 있나 살펴보았다. 그가 지나가고 내가 달려가는 사이, 벌써 네다섯 명의 행인이 밟고 간 그곳은 부근이 다 그렇듯이 아귀 맞지 않는 검은 보도블록이 깔려 있을 뿐이었다. 그자에게서 눈을 떼지 않고 시계를 힐끗 살펴보니 정확히 오분 이십팔초. 안국역 방향 골목 끝에서 수도약국까지, 사흘 연속 입은 후줄근한 점퍼에 경추 경련을 일으키는 자치곤 빠른 걸음이었다.

나는 가게들을 따라 몸을 바짝 웅크리고 따라붙었다. 마지막 겨울 해인가. 등줄기가 뜨거울 정도로 햇볕이 내리쬐었다. 내가 좋아하는 초록색 가죽 재킷은 쉽게 눈에 띄는 탓에 재미없게도 고등학생 때 입었던 재색 더플코트를 걸칠 수밖에 없었다. 한 손으로는 벽을 더듬고 한 손으로는 더플코트의 단추를 풀며 그를 쫓았다. 일 미터 육십오 남짓한 키에 삐쩍 마른 몸피, 왼손은 언제나 주머니 속에 넣고 오른손을 힘차게 흔드는 그를 따라잡기가 여간 어려운 게 아니라서 잠시 잠깐 한눈이라도 팔게 되면 그날은 그를 영영 볼 수 없게 되고 말았다. 물론 뒤를 쫓은 것도 네번째쯤 되고 보니 나도 그리 만만치는 않았다. 그는 아무렇지 않은 걸음으로 일정하게 걷고 있었지만 방향 전환을 할 때는 매복에 능한 첩자처럼 순식간에 몸을 감추는 재주가 있었다. 그래서 세 번이나 뒤를 밟았지만 매번 이 골목에서 그를 놓친 것이다. 오늘은 나도 머리를 좀 써서 미리 수도약국 앞에서 그가 나타나기를 기다리는 편을 택했고 그게 맞아떨어져 그는 바로 내 코앞에서 휙 커브를 돌았다.

그는 일정한 간격으로 까딱까딱 고개를 까딱거리며, 팔을 절도 있게 흔들며 삼 분가량 길을 거슬러 올라갔다. 너무 바짝 따라붙은 게 아닌가 싶었지만 방향 전환이 빠르니 조금만 거리를 둬도 놓치기 십상이었다. 아니나 다를까 어느 순간 그의 모습이 보이지 않았다. 아차, 또 놓치는구나 싶어 황급히 그가 사라진 곳으로 뛰었다. 표구사 옆으로 아주 작은 골목이 보였다. 그리로 숨어 들어간 게 분명했다. 그 골목은 또 몇 걸음 앞에서 꺾여 있었다. 나는 거기까지 황급히 뒤따라가 행여나 싶어 담벼락에 몸을 숨기고 고개를 들이밀어봤지만 이미 그 골목에는 아무것도 보이지 않았다. 하지만 나는 그의 흔적이 증발한 곳에서 그의 흔적을 낚아챘다. 흠, 그가 숨은 곳을 알았어.

나는 오늘 알아낸 만큼을 어머니에게 전해줄 것이다. 어머니의 멍든 얼굴을 감싸 쥐고 가능한 한 조그맣게.

"들어보세요, 어머니. 오늘 드디어 그가 어디를 가는지 알아냈어요. 수도약국 뒤로만 가면 귀신같이 사라지곤 했잖아요. 표구사들에 들어가는 것도 아닌데 말이죠. 그 많은 표구사 틈에서 감쪽같이 없어지는 게 이상했죠. 그 근방은 작은 골목들이 얽혀 있어서 잘 쫓아가야 해요. 오늘도 바짝 따라붙었는데 좌로 돌고 우로 돌더니 금세 사라져버렸더라구요. 하지만, 전 알아챘어요. 누군가 금방 밀고 들어가 살랑살랑 흔들리는 작은 문을 발견했던 거죠. 창문 하나 안 달려 있어 안을 들여다볼 수도 없었지만, 시치미를 떼도 그렇죠, 아무리, 내가 모르겠어요. 그가 그 골목으로 들어가자마자 없어졌는데요. 작은 팻말에는 '보스'라고 적혀 있었어요."

어머니는 퍼렇게 멍든 광대뼈를 내 손아귀 속에 숨기려 애를 쓸 것이다. 그러나 나는 그 퍼런 멍을 들여다보며 그 멍을 만든 자를 향해 가슴을 벼릴 것이다. 그자가 억지로 잡아끄느라 손목을 잡아비트는 통에 몇 번이나 다친 손목으로 어머니는 얼굴을 가리려 하겠지. 나는 얘기를 들려주는 동안 냄비조차 들지 못하는 어머니의 오른손 엄지 인대만큼만 그자의 인대를 비틀어놓고 싶은 마음을 억지로 눌러 참겠지. 그자의 행적을 들려주고 나면 가여운 눈두덩에 고운 분홍빛으로 메이크업을 해줄 것이다. 마음속으로 이렇게 중얼거리면서. 어머니, 기다리세요. 내가 어머니를 도와줄 거예요.

나는 '보스' 앞에서 입술을 쭉 빼물고 어깨를 살짝 추슬렀다. 앞에서 어정거리다가 들키면 모든 게 허사지 싶어 얼른 그 자리를 빠져나왔다. 내일은 바로 이 골목 앞에서 시작하는 거야. 그자의 정체가 밝혀지는 것은 이제 시간문제겠지. 그런데 저 작은 문을 어떻게 통과해야 하지? 골목을 빠져나오며 다시 한 번 힐긋 돌아보았지만 문 양쪽 벽은 창문 하나 매달리지 않은 노출 콘크리트였다. 작은 카페 같은 한 쪽짜리 나무 문을 지켜볼 만한 곳을 재빨리 살펴보았지만 불행히도 그 좁은 골목엔 떠들썩한 가게도, 지나다니는 사람도 많지 않았다. 염탐을 하기엔 최악의 조건이었다. 그러나 분명 틈새는 있는 법. 보스, 보스라.

십 분 이십 초 남짓. 그의 뒤를 쫓기 시작해서부터의 시간이다. 그자를 쫓기 시작하면서 그의 행동을 유심히 살펴보았기 때문인지 나도 모르게 그자처럼 시계를 들여다보는 버릇이 생겼다. 그는 아주 사소한 순간에도 시계를 들여다보았다. 전철역에서 막 빠져나올 때라든지, 골목을 바꿀 때든지, 누군가와 얘기를 나누는 도중이랄지, 그렇게 하잘 데 없는 일에도 일정한 간격으로 시계를 들여다보았다. 언제나 손목을 높이 들어 올리고서. 그가 시계를 볼 때마다 나도 반사적으로 시계를 들여다보게 되었다. 그러고 나서야 그가 이토록 또박또박 시간을 맞추며 제 할 일을 정확히 하는 사람인 줄 알았다. 하지만 아래로 처진 입을 꾹 다물어 입 주위에 고집스러운 작은 주머니를 만들고 정면과 시계만을 주시하는 그의 눈을 가끔 보게 되면 그 지나친 엄숙함이 역겨워지곤 했다. 그는 저 엄숙한 얼굴로 무슨 짓을 하며 사는 걸까.

베이비블루에는 녀석들이 일찍이도 출근하여 서빙하는 여자애를 꿰차고 앉아 있었다. 그중 주방을 보는 녀석에게는 미행할 때 필요하면 도와달라고 말을 해놓은 터였다. 녀석은 벌써부터 신이 나서 언제쯤 그 일을 맡게 될지 만날 때마다 졸라댔다. 하지만 정작 나는 녀석의 지나친 오지랖이 부담스러워 녀석을 택한 것이 잘된 일인지 걱정스럽기도 했다. 그래서 일부러 녀석을 본체만체하기도 했다. 오늘도 내게 따라붙는 녀석을 쳐다보지도 않고 곧장 바로 들어가 남아 있는 몰트위스키에 소다수를 따랐다. 일렁이며 소다수와 섞이는 위스키를 단숨에 들이켰다. 목구멍이 지독히 차갑게 타올랐다. 다시 한 잔을 만들어 녀석 옆으로 갔다. 엉덩이를 걸치며 나지막하게 한마디 질렀다.

"보스로 들어가더군."

녀석은 금세 반색을 했다.

"보스라구? 으흠, 수상쩍은 냄새가 풍기는데."

어깨를 추스르며 제법 무게를 잡던 녀석이 내 술잔을 훔쳐보았다. 나는 어림없는 수작 말라는 표정으로 술잔을 움켜쥐었다. 영업 전에 마신 것을 알면 마담이 한 소리 하겠지만 나만 한 바텐더를 구할 수가 없으니 그녀도 어쩔 수는 없었다. 하이랜드 싱글몰트는 정말 일급이야. 달지 않은데 달콤한 향이 감기거든. 녀석의 군침 삼키는 소리가 들리는 것 같다. 하지만 아랑곳없이 다시 한 입 마신다. 영업이 끝난 뒤 컴컴한 바 아래에 쪼그리고 앉아 이걸 마시면 오크통 속에서 웅크린 채 석탄의 열기를 쬐는 보리알이 된 듯했다. 그건 이상하게도 그자에게 죽도록 맞고 숨어들어간 벽장의 습한 기운과도 비슷했다. 엄마의 울음소리는 가라앉았다 높아지며 벽장문에 끼쳐오고 나는 숨을 죽이며 웅크리고 있곤 했다. 몇 년 동안 처박아둔 이불솜과 마른 홍합과 새우, 그리고 깡통 분유의 냄새. 벽장 안에는 언제나 남양분유가 남아 있었다. 눈물을 훔치며 알루미늄 바닥을 긁어 분유를 먹고 있으면 엄마가 기신기신 벽장문을 열었다. 그럴 때 엄마는 다리 하나쯤 절룩이거나 나를 끌어내기 어려울 정도로 갈비뼈가 부서져 있었다. 엄마는 왜 도망가지 않을까, 날 데리고 도망가버리면 맞지 않아도 될 텐데. 나는 작고 작은 보리알이 되어 아무것도 보지 않고 듣지 않으며 뜨거운 것도 모르고 석탄에 태워지고 싶었다.

"그래서, 내일은 어떻게 뒤를 밟을 거야?"

주방 녀석도 맛을 다루는 직업인인지라 혀끝이 유달리 민감해서 내가 만들어준 술맛에 이미 영혼을 뺏긴 상태였다. 반도 안 남은 내 잔을 기웃거리며 영업이 끝날 시간을 기다렸다. 나는 제법 단호한 어조로 말을 한다. 내일부터는 네 도움이 필요할 것 같아. 두시 삼십 분 전에 수도약국에서 만나자. 나는 녀석의 환심을 사는 말도 덧붙인다. 영업만 끝나면 맛있는 술을 한잔 마실 수 있을 거야. 계획은 잘도 진행되어갔다. 녀석은 내 말이 끝나기도 전에 벌떡 일어나 주방으로 들어갔다. 맨 마지막에 있을 우리의 성찬을 위해 최고급 치즈를 맨 먼저 떼어놓으려. 나도 천천히 일어나 바를 정돈한다.

자정 즈음, 그녀가 왔다. 그녀는 수요일과 금요일 밤에는 일이 없거나 있어도 일찍 끝나거나 하는 모양이었다. 꼭 그 시간에 왔다. 그녀는 바의 끝자리 커다란 양초가 타오르는 곳에 앉았다. 망설임 없이 발렌타인 십이 년산 같은 위스키를 찾는 자들에게는 시키는 대로 가져다줄 뿐이지만 바텐더에게 좋은 술을 청하는 보기 드문 사람들에게는 가능한 한 몰트위스키를 권한다. 지난달 말, 그녀는 처음 그 자리에 앉으며 술 이름이라곤 아무것도 생각나지 않는다는 듯이 무슨 술이 있죠? 라고 물었다. 메뉴판은 읽지도 못한다는 얼굴이었다. 그런 여자에게 술의 세계를 알려준다는 것은 너무 짜릿한 일이었다. 나는 그녀를 위해 새로 글렌피딕을 꺼냈다. 그녀에게 피트의 풍부한 훈향을 맡게 하고 싶었다. 그녀 또한 오크통 속에 웅크린 기분이 될지 모른다. 사슴이 있는 계곡, 이름 또한 짜릿했다. 그녀와 함께라면 작은 오크통 속이라도 견딜 만할 것이다. 나는 일부러 가슴 앞에서 삼각형의 긴 병을 안아 쥐고 천천히 은박지를 벗기고 뚜껑을 돌려 딴다. 그러는 동안에도 가끔 그녀와 눈을 맞춘다. 그녀도 가끔씩 눈으로 웃어준다. 술을 따라 그녀에게 건네면서 한입에 털어 넣고 단숨에 꿀꺽 삼키지 못하도록 주의를 준다. 잠시 입안 가득 물고 있어봐요. 점막으로 향이 스며드는 시간을 기다려줘요. 코로 향기를 내뿜는 시간도 있어야 해요. 이런 시간, 오래 끌고 싶다.

주방에서 녀석이 고개를 힐끔 내밀고 눈짓을 했다. 마담은 조금 전 홀에 나타나 금고를 비워 갔다. 홀에서 서빙하는 녀석과 여자애도 마담과 함께 퇴근해버렸다. 이제 구석 자리에서 속삭이는 커플이 남아 있을 뿐이었다. 주방 녀석이 조르륵 썰린 치즈 접시를 들고 그녀 옆에 걸터앉자 나는 얼음 덩어리를 꺼냈다. 제빙기에서 찍어낸 똑같은 모양의 각얼음을 내 소중한 친구들에게 대접할 수는 없었다. 커다란 얼음 덩어리를 송곳으로 찍어 거칠게 부쉈다. 송곳으로 얼음을 내리찍을 때마다 나는 휘파람을 분다. 누군가를 찍고 싶은 무서운 생각이 들지 않도록. 그녀가 있을 때는 그래서 다행이다. 얼음 조각이 튀었는지 그녀가 얼굴을 닦으며 웃었다. 저렇게 내 앞에서 웃지 않는가. 그녀의 짧고 높은 웃음소리를 듣는 순간 얼음 조각을 그녀 가슴에 넣고 싶었다. 벌어진 앞섶에 정확히 던져 넣을 수 있는데. 하지만 이 신성한 시간에 웬 망령이냐, 싶어 계면쩍은 웃음으로 속셈을 숨겼다.

가장 투명한 온더록스 잔에 거칠게 조각난 얼음을 넣고 글렌피딕을 따랐다. 거친 얼음을 타고 내려가는 호박색 액체가 양초의 불빛으로 더욱 붉었다. 술이 흐르면서 얼음을 타다닥 터트렸다. 얼음 계곡으로 황금빛 술이 흘러 불길이 홍수처럼 계곡으로 흘러내리던 만화영화 〈밤비〉가 떠올랐다. 얼음이 미세하게 터지는 소리와 나무가 불에 타면서 갈라지는 소리가 혼선을 빚었다. 나는 그녀에게 얘기하기 시작했다. 〈밤비〉 봤어요? 그럼요, 어렸을 때 맨날 봤던걸요. 나는 얼굴 근육이 느슨해지는 것을 느꼈다. 아, 그녀도 〈밤비〉를 좋아했구나. 나는 그녀를 향해 미간을 다 펴고 함박 웃어주었다. 그랬구나, 나도 매일 〈밤비〉를 봤어요. 난 마지막 장면을 자꾸 돌려 봤어요. 그녀가 뭘 그럴 것까지 있었냐는 듯이 물었다. 그렇게 재미있었어요? 나는 진지하게 고개를 끄덕였다. 마지막 장면이 이해가 되지 않아서, 자꾸 돌려 봤어요. 산에 불이 났잖아요. 근데 아빠 사슴이 아기 사슴을 부르느라 우짖는 거 같은데 소리가 나지 않았어요. 그게 난 이상했어요. 그녀가 그게 뭐 이상하냐는 표정을 지었다. 왜 그게 이상하지 않느냐고 나는 반문했다.

불길이 타오르는 산을 치달아 내려오는 사슴들은 아무도 소리를 내지 않았다. 소나 양이라면 울음소리가 방 안을 가득 메울 텐데 도대체 사슴은 조용해도 너무 조용했다. 두려운 눈을 높이 쳐들고 입만 벌릴 뿐이었다. 아기 사슴은 아무리 뛰어봐도 아빠 사슴을 찾을 수가 없었다. 게다가 불길이 꼭대기로 치솟지 않고 계곡으로 사슴들을 뒤쫓아 내려왔다. 목소리가 없는 아빠 사슴이 답답해서 발을 굴렀다. 목소리가 없어 아기 사슴을 부르고 싶어도 부르지 못하는구나, 나는 그렇게 생각했다. 그래서 내가 대신 불러주기도 했다. 아기 사슴을 불 속에 남겨둔 것은 목소리가 없기 때문이지, 비정해서가 아니었다. 아빠라면 당연히 아기를 부를 것이므로. 사슴 울음소리 대신 숲이 불타는 소리만 방 안을 가득 메웠다. 타다닥 빠지직, 쿵. 그녀는 아직 이해가 되지 않는다는 표정이었다. 행복한 공감대는 물 건너갔다. 어설픈 내 말재주가 답답했다. 아빠 사슴은 당연히 아기 사슴을 구해줘야 하잖아요. 근데 그 아빠 사슴은 결국 혼자 살아남아요. 목소리가 나오지 않았다는 이유로 혼자 살아남아서 아무렇지 않게 살아가요. 다시 사랑을 하고 아기를 낳고. 물론 마지막은 나의 해석이었다. 그것밖에는 달리 이유가 있을 리 없었으니까.

주방 녀석이 내 말을 끊고 얇게 썰린 사과에 치즈를 한 조각 얹어서 그녀에게 건네주며 눈을 찡긋거렸다. 나는 하던 말을 접고 납작한 접시에 코냑을 몇 방울 떨어뜨리고 나서 시가를 넣고 가운뎃손가락으로 지그시 누르며 굴리다가 녀석의 수작을 보았다. 녀석이 알아듣도록 일부러 피식 웃고는 시가를 그녀와 녀석에게 건네주었다. 한번 맛보면 절대 잊지 못할 거라는 말은 하지 않아도 좋았다. 입을 쭉 내밀고 양초 심지에서 불을 붙여 한 모금 빨아본 녀석의 눈이 순간 초점을 잃었다. 나는 녀석이 무엇을 겪고 있는지 안다. 그래서 나도 한 입 빨고 미야자키 하야오의 애니메이션을 떠올린다. 하늘을 날던 하얀 새가 와사사 얼음처럼 부서져 사방으로 날리는 장면이다. 눈알이 사방으로 부서져 흩어지느라 안저가 묵직하게 아파오는 것을 느낀다. 녀석도 눈알이 해체되는 쾌락을 누리고 있을 것이었다. 쾌감은 그자를 뒤쫓고 무엇인가 무서운 일을 계획하고, 하는 그런 일들이 아무것도 아닌 것처럼 느끼게 했다. 눈알도 부서졌겠다, 나는 아무것도 보지 못하고 알지 못하는 것일 게다.
"그 작자를 왜 뒤쫓는 거지?"

코냑에 젖은 시가를 물고 녀석이 물었다. 결국 녀석이 물었다. 아무 두려움도 느끼지 않기 위해 다시 한 입 쭉 빨아들였다. 머릿속이 수만 조각으로 갈라져 흩뿌려지더니 한 점 한 점 붉은 벨벳 위로 떨어져 내렸다. 향기란 차원이 다른 세계에 속한 것임이 분명했다. 앞뒷말을 계산하고 후환을 두려워할 수조차 없었다. 그저 몸 어디선가 시키는 대로 간신히 입을 열어 연기를 내뿜으며 그 연기 끝에 몇 마디를 딸려 내보냈다.

"지켜야 할 사람이 있어."

지켜야 할 사람. 내 입에서 나온 말일까. 내가 뱉은 내 말에 정신이 조금 들었다. 내 대답을 어떻게 새겨들었는지 녀석이 시가를 힘 있게 빨아들이며 잠자코 고개를 끄덕였다. 녀석은 그가 누구이며 내게 무슨 짓을 저질렀다고 짐작하는 걸까. 그리고 나는 무슨 짓을 하려는 걸까. 그자의 뒤를 밟고 난 뒤에는? 그자의 정체를 알고 난 뒤에는? 그자의 정체쯤이야 모른다 한들 아무 상관 없으면서, 하려는 일을 그만둘 생각도 아니면서, 무엇 때문에 며칠 동안 그의 뒤를 밟고 있는 것일까. 마지막 시가를 빨아들이고 그런 생각을 하는 둥 마는 둥, 아니 서둘러 생각을 지우고 그녀에게 연거푸 잔을 내밀었다. 내가 잔을 내밀면 그녀는 내 눈을 먼저 들여다본 뒤 잔을 부딪쳤다. 가끔 그녀와 나는 서로 부딪친 잔을 오래도록 떼지 않기도 했다. 셋이서 피워댄 시가로 향긋한 연기가 온몸에 배어들었다. 생각이 없어져서 기분이 좋아졌다. 주변이 점점 좁혀 들어오고 어두워지는 게 아늑한 벽장 속에 들어가 있는 것 같았다. 대개는 벽장 아래층에 기어 들어가 웅크리고 있곤 했지만 간혹 어머니의 비명이 높아지면 나는 벽장 2층으로 올라가 이불 더미 속에 꽁꽁 숨어버리곤 했다. 눅눅한 이불이 살갖에 둘둘 말리면 웬일인지 죄책감도 조금씩 누그러졌다. 어머니를 구해낼 힘도 없는 어린 녀석, 퀴퀴한 이불 냄새에 숨이 막혀버릴 듯했지만 얼굴만 내밀고 남양분유를 한 숟가락씩 떠먹으며 입천장에 엉겨 붙는 분유 덩어리를 떼어내느라 신경 쓰다 보면 언제인지 모르게 잠에 빠지고 말았다.

그리고 어느 결엔지 그녀는 내 배 위에 엎드려 있었다. 내 얼굴은 반쯤 그녀 얼굴에 덮여 있었다. 입에는 머리카락을 한 줌이나 물고 있었다. 주변이 아주 적막했다. 내 몸을 물컹하고 묵직하게 짓누르는 몸이 더없이 좋았다. 머리카락쯤이야 밤새도록 물고 있어도 괜찮을 듯했지만 상황이 궁금해서 머리를 홰홰 저어 뱉어내고 고개를 한껏 뻗어 주위를 둘러보니 주방 녀석도 남아 있던 손님도 보이지 않았다. 머리 위로 서랍이 쭉 삐져나온 게 보였다. 나는 손을 들어 서랍을 밀어 닫았다. 깊이가 얕은 서랍이었다. 얼음송곳이 떨어지지 않은 게 다행이었다. 그리고 그녀를 안고 천천히 일어났다. 남은 글렌피딕을 넘어지지 않도록 가방에 달린 사이드포켓에 넣었다. 휘청거리는 그녀의 겨드랑이를 바짝 당겨 안고 어두운 계단을 올라갔다. 그녀의 몸이 흔들리지 않도록 조심하는데도 그녀는 계단 벽에 어깨를 자꾸 부딪혔다. 나는 그녀 대신 내 손등이 부딪히도록 어깨를 감싸 안았다. 한 번, 두 번, 세 번, 벽에 내 손등이 부딪힐 때마다 그녀가 무척 아까워졌다. 어깨를 더욱 힘주어 감싸 안았다. 이 정도로 아껴주는 것, 충분하지 않았지만 지금은 더 해줄 것도 없었다. 골목에 나부끼던 허연 바람이 우리 얼굴에 끼쳤다. 그녀가 눈가를 찌푸렸고 나는 그녀 얼굴에 앉은 먼지를 후, 불어주었다. 택시에 태울 때 그녀는 바로 문을 닫지 않고 내 눈을 한참 올려다보았다. 나는 주춤거리다가 그녀 귀에 대고 말했다. 그녀와 잠을 자기에는 그녀가 너무 아까웠다.

"잘 들어가요, 난 며칠 있으면 군대 가요."

"술을 가져왔으면 냉장고에 넣어둬야 할 거 아냐. 미적지근한 걸 먹으란 말이냐."

잠결에 그자가 내 가방에서 글렌피딕을 꺼내 들고 나가는 것을 보았다. 습관적으로 묵직한 발길을 날리는 것도 알았다. 그자도 내 술맛에 길들여졌다. 술을 처음 가져오기 시작했을 때는 전혀 기대하지 않았던 바이지만 지금 나는 그를 계속 길들이고 싶어 한다. 내가 떠나고 난 뒤에도 박스 속의 술을 뒤지도록. 나는 안다. 그자가 내 책상 밑 라면박스 안을 먼저 뒤졌다는 것을, 그곳이 비어 있자 가방을 뒤진 것을. 어머니에게 얼큰한 찌개를 끓이라고 하고 아침 반주로 글렌피딕을 털어 넣겠지. 잠이 덜 깼지만 찌개와 위스키를 놓고 입맛 다시는 밉상이 그려졌다. 찌개에 몰트위스키라니, 나는 그의 천박한 취향을 비웃는다. 어머니의 누렇게 멍이 내린 광대뼈 위로는 흰 머리칼이 흐트러져 있겠지. 그렇게라도 얼굴을 가린 채로 고춧가루를 풀고 파를 썰어 넣고 소금을 넣어 간을 맞추겠지. 왜 어머니는 소금이나 고춧가루 대신 비소 같은 걸 타지 않는 걸까. 나는 다시 잠을 이루려 애를 쓴다. 그자가 아침부터 어머니를 건드리지만 않으면 용케 잠을 이룰 수 있을 것이다.

그는 오늘 선더호크를 차고 나갔다. 그가 현관에서 신발을 꿰며 시계를 볼 때 아침 햇살이 시계 뚜껑의 스틸을 날카롭게 비췄다. 마침 잠이 덜 깬 채 비칠거리며 화장실에 들어가다가 나는 그자가 눈높이로 손목시계를 치켜드는 것을 보았다. 미군용 특수 시계를 차고 나가는 걸 보니 오늘도 어깨에 힘 좀 들어가겠는걸. 그는 그 시계를 도대체 무슨 용도로 쓰는 것일까. 언젠가 보았던 것처럼 어린 애들이 새로운 장난감으로 이 짓 저 짓을 해보는, 그런 것뿐일까, 아님, 다른 무엇이 있단 말인가.

중학생이었던 어느 밤, 어두운 베란다 앞에 서 있는 그자의 손목에서 강한 오렌지 빛 섬광이 유리창을 뚫고 멀리 뻗어 나가는 걸 보았는데 금방 돌아선 손목엔 스틸 뚜껑이 덮인 커다란 시계가 있을 뿐이었다. 파란빛을 발하는가 하면 오렌지 빛을 쏘아 보내기도 하는, 뚜껑 달린 시계는 처음 보았던 터라 호기심이 당기는 걸 이기지 못하고 성큼 다가가 그 선더호크에 손을 댔다가 불쑥 나타난 적군이라도 만난 양 다짜고짜 때려눕히는 그에게 죽도록 얻어맞고 말았다. 그 뒤로도 안방 벽에 달린 금고문이 열렸을 때 슬쩍 훔쳐보았다는 이유만으로도 그자는 아침 인사 삼아 발길질을 날렸다. 그래도 그렇게 훔쳐본 덕분에 그것 말고도 몇 개의 특수 시계가 있다는 것을 알게 되었다. 게다가 호시탐탐 기회를 노려서인지 금고 안을 제대로 볼 기회가 왔다.

고등학교 1학년을 막 마친 설날 아침이었다. 그자는 뜻밖에도 아침 일찍 어디론가 출타를 했다. 지난밤 새 안방에서 흘러나오던 울음소리에 잠을 설친 나는 새벽같이 현관문이 닫히는 소리를 들었다. 그런 수상한 울음소리를 그전에도 잠결에 들어본 적이 있는 것 같기도 하고 아닌 것 같기도 해서 귀를 기울인 것이었지만 들으면 들을수록 무슨 상황을 의미하는지 알 수가 없어 머리가 빙글빙글 돌 지경이었다. 어머니는 훌쩍이고 있었고 그자는 짜증을 내면서도 어머니를 달래는 것 같았다. 뛰어들어가 어머니를 구해낼까. 그러나 그렇게 했다가는 항상 그랬듯이 실컷 얻어맞고 맞고 있는 어머니마저 더 얻어맞는 일이 벌어질 게 뻔한 일이어서 망설이며 귀만 곤두세우고 있었다. 그런데 그 훌쩍임과 달래는 소리의 얽힘은 아무리 생각해봐도 두 사람에게 어울리지 않는 것이어서 마침내 내 귀와 머리통은 각각 혼란에 빠지고 말았다. 아침이 되어 어질어질한 몸으로도 그자가 없는 것을 귀신같이 알아채고 울다 지쳤을 어머니를 위로하러 들어갔다. 곤한 잠에 빠져 있는 어머니의 빈 옆자리를 들추고 들어가려다가 삐끗 열린 금고를 보았다.

금고 안에는 여섯 개의 작은 고리가 줄줄이 달려 있고 그중 네 개의 고리에 각각 시계가 매달려 있었다. 고리 위에는 작은 표가 붙어 있었지만 나는 그게 무엇을 의미하는지 알 수 없어 찬찬히 읽어 나갔다. 하지만 겨우 한 개를 읽었을 때 어머니가 깬 것 같아 얼른 문을 닫아야 했다. 네 개의 시계는 모두 다 다이얼이 아주 컸고 테두리며 색깔이며 두껍고 독특했다. 문자판이 분홍색으로 된 것도 있었다는 것은 기억했다. 첫번째 표에는 아마도 시계의 이름인 듯 브라이틀링이라고 적혀 있었다. 그 생소한 이름을 기억하느라 그 밑에 적힌 숫자와 설명과 낯선 이름은 무엇을 의미하는지조차 알 수 없었다. 등 뒤에서 뒤채는 소리를 듣고 나는 재빨리 어머니 곁에 들어가 누웠다. 어머니는 나를 꼭 끌어안았다. 목을 늘여 빼서 어머니 얼굴을 살펴보고 맞거나 운 것 같지 않아 고개를 갸우뚱하면서도 마음을 놓고 품에 얼굴을 묻었다.

잠시 뒤에 눈꺼풀은 금고를 향해 들쳐졌지만 다발로 비쳐 들어온 햇살이 나와 금고 사이에 먼지만 잔뜩 피워 올렸다. 어머니의 울음소리를 잊어버렸을 정도로 나는 그 금고가 궁금했다. 시계의 이름을 검색하고 수소문한 결과 파일럿용 특수 시계라는 것을 알아냈다. 기압과 고도를 측정할 수 있는 계기판이 달린, 즉 항공기를 운항하는 사람이 아니라면 굳이 찰 필요가 없는 시계란 말이었다. 하지만 파일럿은커녕 국내선 비행기 한 번 제대로 타보지 못했을 사람이 왜 그런 특수 시계를 저토록 소중히 간직하고 있단 말인가.

아직껏 그 의문은 풀지 못했다.

　나는 머리를 감는 어머니 등 뒤로 다가갔다. 따듯한 물로 머리를 헹궈주고 벽에 걸린 타월을 찾아 더듬거리는 어머니 대신 내가 타월을 들어 머리를 털어준 다음 어머니를 변기 위에 앉히고 드라이어로 말려주었다. 웬만큼 마른 머리카락에 에센스를 발라 거울 앞에서 모양을 다듬어주었다. 어머니는 아무 표정도 없이 멍든 눈으로 거울을 바라보았다. 다 됐어요, 라고 말하자 어머니는 파마가 풀린 머리카락을 끌어내려 얼굴을 가렸다. 머리카락이 힘없이 눈두덩 위로 축 늘어졌다. 나는 욕실에서 나오는 어머니에게 돈을 쥐여주었다. 어머니, 미장원에 다녀오세요. 군대에 갔다 오면 미용 기술을 배워서 파마도 해주고 마사지도 해주고 싶었다. 어머니는 거실에 있는 거울 앞에서 머리를 앞으로 내렸다 위로 올렸다 하며 매만지다가 방으로 들어가더니 잠시 뒤에 꽃자주색 점퍼 깃을 여미며 나왔다. 점퍼 깃 안으로 뽀얗고 보드라운 쇄골 아래께가 보였다. 나는 조심스럽게 구두를 신는 어머니의 목에 잔주름이 잡힌 연보라색 머플러를 둘러주었다. 크리스마스 선물로 사온 것이다. 어머니는 내 눈을 바라보지 않고 살며시 웃음 지으며 등을 돌렸다. 예쁘게 하고 오세요. 말은 그렇게 했지만 그자에게 군소리 듣지 않을 정도로만 예쁘게 하기를, 내심 걱정했다. 파마를 하고 물을 들였다고, 사내라도 받을 거냐고, 어쩌면 오늘 저녁 그자가 발길을 날릴지도 모른다. 하지만 어머니는 맞을 때 맞더라도 기어코 파마를 하고 물을 들이겠지. 그런 것에라도 고집을 부리겠지. 저녁나절 어머니가 전화하지 않기를 바랐다. 기신기신 전화기로 기어가 금방 죽어가는 소리로 울어대지 않기를 현관을 나서는 어머니 뒤에 대고 빌었다. 더 바라는 게 있다면 오늘 밤 그자가 집을 비우고 어머니와 단둘이 평화로운 밤을 보내는 거였다. 군대 가기 겨우 이틀 전이 아닌가. 내게도 마지막으로 평화로운 밤이 주어지기를 바란다.

그자가 일어나 나간 뒤라야 나는 어머니 품에 기어들어가 다시 잠을 자곤 했다. 그건 아무 일 없는 밤을 보낸 아침이라는 표시였다. 얼마 되지 않는 그 평화를 제대로 누리기 위해 나는 어머니 가슴에 바짝 붙곤 했다. 그러면 남양분유 냄새가 났고 술을 마시지 않아도 온갖 긴장이 누그러졌다. 어머니와 나만 있는 세상, 어릴 때부터 꿈꿔왔던 세상. 목소리가 나오지 않는다는 이유로 불타는 산에 아기 사슴을 두고 내려오는 아비 사슴은 필요 없는, 세상.

나는 주방 녀석에게 전화를 걸며 집을 나섰다. 녀석은 약속을 잊지 않았다. 삼십분이 되기도 전에 수도약국 사거리에서 제자리 뛰기를 하고 있었다. 저렇게 들뜬 기분을 숨기지 못하는 녀석을 믿을 수 있을까, 나는 츱츱 하는 소리를 내며 녀석의 어깨를 내리눌렀다. 표시 내지 좀 말아, 눈에 띈단 말이야. 네가 눈에 띄면 내가 들키게 되어 있어. 나는 녀석의 어깨마저 옹송그려지도록 시범을 보이며 재게 발을 놀렸다. 표구사 사이에서 뒤를 한 번 돌아보고 보스 앞까지 걸었다.

"보스에 들어가 자리를 만들어놓고 앉아서 내가 연락하면 막 들어온 자가 누구를 만나고 무슨 짓을 하는지 자세히 살펴봐. 나누는 대화까지 엿듣도록 해."

녀석은 두 손가락을 붙여서 동그라미를 만들어 보이고는 보스로 들어갔다. 보스의 검은 문이 한참 동안 흔들거렸다. 바로 저거야. 저 흔들림이 그자가 저기로 들어갔었다는 걸 증명하는 거야. 녀석에게서 전화가 왔다.

"자리 잡았어. 입구가 보이고 바도 한눈에 들어와. 아주 작은 곳이라 살피기에는 좋은 것 같아. 근데 혼자 앉아 있는 게 영 어색한 분위기인데, 호프를 마시는 곳도 아니고 말야."

그걸 미처 생각지 못했다니, 이건 큰 실수다. 나는 황급히 머리를 굴려보았지만 서빙하는 녀석을 불러오기에는 시간이 너무 없었다. 그자가 나타나기 꼭 팔 분 전이었다. 어쩔 수 없었다.

"오래 걸리지 않을 거야. 넌 자꾸 시계를 보며 전화를 하는 척해. 나중에는 약속이 어긋난 듯이 전화에 대고 화를 내고. 십 분쯤 뒤에 맥주 한 병 시켜서 먹고 있어."

나는 표구사 맞은편 가게 사이에 서서 수도약국 쪽을 지켜보았다.

"나타났다. 쥐색 점퍼에 머리를 심하게 까딱이는 사람이야. 지금 막, 지금. 그래, 보스 앞에 도착했을 거야."

나는 가게 사이의 틈으로 더욱 몸을 들이밀었다. 다행히 그는 내

쪽으로는 눈길 한 번 주지 않고 정확한 걸음걸이로 발길을 틀었다. 그가 차고 다니는 시계처럼 정확하고 망설임 없는 걸음걸이와 팔 놀림, 고개의 까딱임들을 보면 자기 하는 일에 상당한 자부심을 느끼고 있는 게 아닐까, 하는 의구심마저 들었다. 그래서 순간적으로 아주 긍정적인 기분이 되었다. 다행히 그 기분이 오래가지 않도록 녀석이 전화를 걸어왔다. 내가 전화를 받자마자 냅다 어떻게 된 거냐고 제법 목청을 높이며 맥주 한잔 하고 있다, 빨리 와라, 연기하느라 애쓰더니 전화가 툭 끊겼다. 아마도 그자가 무언가 수상한 일을 하는 게지. 궁금해서 죽을 지경이었다.

표구사 앞 골목에 검은 승용차가 섰다. 나는 시야를 가리는 자동차 때문에 쌍심지를 돋우며 신경질을 냈다. 자동차 뒤로 한 남자와 한 여자가 골목에서 나오는 게 보였다. 이런, 자동차에 가려 머리통만 보였다. 여자는 가슴께까지, 잘하면 허리도 보일락 말락 할 정도로 키가 컸다. 남자는 바로 그자였다. 그자가 여자에게 무슨 말인가를 건네고 여자는 승용차 뒷좌석으로 들어갔다. 차가 떠나고 그자가 익선동 방향으로 걷기 시작했다. 정시와 오 초 전을 반복적으로 오가는 고장 난 초침처럼 고개를 일정하게 까딱이면서 그는 흐트러짐 없이 걸었다. 사윈 겨울 햇빛 한 줄기가 털이 다 빠져 바랜 겨울 점퍼 위에 내리는 듯하다 성긴 올 사이로 스며들었다. 햇살이 스며든 감색 점퍼는 집에서 볼 때보다 더욱 바래 보였다. 어찌 보면 측은하기도 했다. 측은한 마음을 지우려고 내 어깨를 으쓱했다. 내 어깨에 올라앉았던 먼지나 머리카락 나부랭이, 그의 어깨인 것처럼 털어냈다. 누를 수 없을 만큼 거세게 솟구치는 분노나 증오만이 무서운 일을 저지르게 하는 건 아니다. 오래 차곡차곡 쌓인 분노는 오래 찬찬히 세워진 계획으로 맞바꿔질 수 있다.

뒤따라 나온 주방 녀석과 나는 다시 그자를 쫓기 시작했다. 봤어? BMW 745야. 근데 저자가 맞아? 전혀 고개를 까딱이지 않던데? 네가 말해준 바로 그 시간에 들어오지 않았다면 잘못 짚을 뻔했어. 차림새와 달리 목소리도 아주 중후하던데. 마담이나 젊은 여자나 거의 깜빡 죽는 시늉이더라구. 그냥 그래보는 게 아니구, 아주 조심스럽게 맞이하고 대접하더라구. 그러고 보니 조금 전 BMW 앞에서의 그자의 행동거지가 떠올랐다. 아차, 나도 순간적으로 못 알아볼 뻔했지. 여자를 앞세우고 골목을 나와 자동차 앞에 설 때까지 그자는 전혀 고개를 까딱이지 않았다. 눈빛마저 달라 보였던 것을 깨달았다. 눈두덩이 푹 꺼지고 눈꺼풀이 반쯤 내려와 언제나 풀려 있던 눈. 먼빛으로도 그건 아니었다.

어찌 된 일인지 잘 따라붙었는데도 그자를 잃어버리고 말았다. 역시 나는 그자보다 굼뜨다. 서른 살이나 어린 놈이 둘이나 따라붙었지만 그의 강단을 이겨내기란 쉽지 않다. 녀석이 보스 안에서의 일을 자세히 말했다. 남자가 들어오자 마담은 자세를 다시 고치고 아주 정중하게 그를 맞았어. 그 남자가 맞나 싶어서 더 자세히 지켜보았지. 그자는 들어가자마자 한 잔도 하지 않고 상체를 바 위로 기울인 채 굵고 나직한 목소리로 무언가를 채근하듯 말했다. 마담은 여전히 정중하고 단정하게 귀담아 들으며 네네, 대답했다. 잠시 뒤에 안쪽에서 눈에 확 띄게 아름다운 여자가 나와 그와 얘기를 나눴다. 세 명 모두 중요한 일을 앞두고 지극히 조심스럽게 움직이는 듯싶었다. 남자는 중대한 무슨 일인가를 지휘하고 있는 것 같았다. 녀석은 정말 아름다운 여자였어, 라고 강조했다. 나도 지켜보았기 때문에 녀석의 말에 동의했다. 기품 있는 그 여자에게 한동안 눈을 붙박느라 그를 소홀히 했을 정도였으니까. 자동차에 오르기 전 하얀 블라우스와 단아하고 우아한 검은 투피스 차림의 여자는 적절하게 고개를 끄덕이며 그자의 말을 귀담아 들었다.

"여자와 함께 나가기 전에 마지막으로 그자가 마담에게 하는 말은 조금 크게 했기 때문에 알아들을 수 있었어. 오메가 드빌 초콜릿으로 달라고 해야 돼, 오메가 드빌 초콜릿. 꼭이야. 300개 한정판으로 발매된 시계 말이야. 이 여자는 그만한 가치는 있으니까."

"뭐라고? 시계라고?"

나는 녀석의 말을 자르고 고함치듯 되물었다.

"그래. 분명히 그렇게 말했어. 여기 문자로 찍어놓았어. 오메가는 비싼 시계잖아, 그렇지?"

녀석은 내내 펼쳐져 있던 휴대폰을 내밀어 보관함에 저장 중인 문자 메시지를 보여주었다. 급했던 듯 '드빌 초릿'이라고 적혀 있었다. 녀석을 쓰긴 잘 썼다는 생각이 들었다. 진즉 이런 엽렵함을 눈여겨보았더랬다. 혹시 잊을지 모르니 제대로 찍어서 내 휴대폰으로 보내라고 하고 주변을 두리번거렸다. 그자는 어디로 사라졌을까. 바쁜 걸음걸이로 보아 다음 행선지가 있어 보였는데 다음 코스는 어디인 걸까. 나는 거리를 두리번거리며 걸었다. 기생 관광으로 유명한 거리답게 한국 전통 민요 학원, 한울림 풍물터, 모란 한복, 선녀보살 점집들이 거리 중간중간 박혀 있었다. 풍물 가게 진열장에는 장구며 북이며 부채 같은 것들이 빼곡히 들어차 있었고 한복집에는 여염집 여자는 결코 입지 않을 스팽글이 많이 달린 분홍색 당의와 한복이 진열되어 있었다. 언뜻 가게 안쪽으로 웬 여자가 보였다. 나는 당의와 한복 틈새로 낯익은 여자를 보았다. 분명 그녀였다. 아, 나는 짧은 숨을 들이켰다. 그녀가 요상한 한복을 앞가슴에 대고 거울 앞에서 몸을 이리저리 비춰보고 있었다. 살갗이 비치는 분홍 의상을 입고 장구를 둘러멘 그녀가 장구채로 한 번 텅 치는 모습이 눈앞으로 후딱 지나갔다. 그녀가 이쪽으로 몸을 틀자 나는 엉겁결에 주방 녀석 뒤로 비켰다. 그래서 주방 녀석도 보고 말았다. 이렇게 좁은 바닥이라니. 저 여자, 저 여자. 녀석은 손가락질까지 했다. 나는 얼른 녀석의 팔을 낚아채 억지로 몇 걸음 떼었다. 빨리 군대 가야지. 나도 모르게 중얼거리고는 문득 걸음을 멈췄다. 왜 그런 생각이 들었을까. 입영 통지서야 이미 나온 것이고, 이제 내가 결정할 수 있는 것이라곤 없는데. 군대를 가면 어떤 삶은 종지부를 찍고 어떤 삶은 시작할 수 있다고 생각한 것일까. 이틀 남은 시간으로는 군대 전의 삶을 정리하기도 짧을 텐데.

그녀를 익선동의 골목에서 본 것이, 그자가 웬 아름다운 여자를 BMW에 태운 것만큼이나 나를 놀라게 했다. 나는 그냥 발길이 옮겨지는 대로 익선동 골목을 가로질렀다. 작은 상점에 물건을 대는 봉고가 등 뒤에서 빵빵거렸다. 그녀가 모란 한복에서 분홍색 스팽글 달린 조잡한 당의를 입어본다는 것은, 그러니까, 그러니까……. 오메가 드빌 초콜릿과 분홍 당의가 번갈아가면서 나를 어질거리게 만들었다.

저년이 노래 하나는 잘해요. 기생 년이었으니, 말해 뭣해. 하여간 세상 쓸모 있는 년들이 없어. 설거지하면서 무시로, 무시로, 부르는 어머니 등 뒤에 누워서 방바닥을 두들겨 박자를 맞춰가며 노래를 듣고 있던 그자가 갑자기 이년이, 어디서 궁둥이를! 하고 냅다 목침을 던졌다. 나는 때를 보아 벽장 속으로 숨으려 눈치를 보고 있었다. 어머니는 노래를 잘했다. 그러나 그것은 기생이어서가 아니고 그저 노래를 잘 부르기 때문이었다. 어머니는 자장가도 잘 불렀다.

술에 찌든 년을 겨우 살려서 데려다 놨더니 이제 서방질을 해? 그자가 어머니의 배를 질렀다. 어머니가 폭 고꾸라졌다. 주인집 남자와 웃으며 얘기했다는 이유였다. 엄마는 자꾸 올라가는 월세를 얼마라도 깎아보려고 웃어주었을 뿐이다. 나는 벽장 속에 숨어 있었다. 숨어서 중얼거렸다. 엄마한테서는 술 냄새가 나지 않아요. 분유 냄새가 난단 말예요. 술 냄새가 나는 건 그자였다. 아무리 기다려도 어머니가 벽장문을 열지 않아 조심조심 나와보니 어머니는 방바닥에 엎어진 채 치마가 피로 흠씬 젖어 있었다. 나는 어머니의 치마를 벗겨 양동이에 빨았다. 양동이를 네 번이나 비워내도 핏물은 여간해서 빠지지 않았고 마른 다음에도 핏자국은 남아 있었다. 어머니의 치마를 들고 간 길을 따라 핏줄기가 이어져 있었다. 내 동생은 그렇게 없어졌다.

녀석과 나는 베이비블루까지 터덜터덜 걸었다. 녀석마저 평소처럼 게임룸을 기웃거리거나 하지 않고 내 곁에서 거의 나와 같은 걸음걸이로 있는 듯 없는 듯 걸었다. 베이비블루는 어제도 오늘도 똑같았다. 입구에서 맡아지는 젖은 카펫의 냄새부터 그대로였다. 아마 내가 군대에 가도 이곳은 그대로일 것이다. 그녀는 내가 없어도 규칙적으로 이곳을 찾을까. 그녀는 술에 취해 이 계단을 오르며 또 어깨를 부딪힐까. 내가 아껴줄 수도 없을 텐데. 나는 젖은 카펫에 터벅터벅 발을 내던지며 계단을 내려갔다.

오메가 드빌 초콜릿, 브라이틀링 그리고 선더호크. 그들 사이의 연관성은 글렌피딕과 맥칼란과 글렌고인이 하이랜드 싱글몰트인 것만큼이나 유사했다. 그걸 요구했단 말이지. 그렇다면 브라이틀링도 선더호크도 요구한 것이란 말일 테지. 값비싼 여자와 값비싼 시계. 예상보다 더 좋지 않았다. 금고 안에는 그런 시계가 그것 말고도 더 있을 거란 말이지. 하긴 그것 말고 아주 이전에 받은 대통령 하사품도 있었다. 그 대통령 하사품이 어떻게 그의 손에 들어왔는지 진실을 알 길은 없지만 그것 때문에 집 안이 뒤집어졌던 일은 또렷이 기억한다. 기껏해야 동네 아저씨들 청와대에 탐방객으로 우우 몰려갔을 때 받았겠지만 그는 대통령님을 직접 뵙고 대통령님이 직접 손목에 채워줬다고 시계 찬 어깨에 힘을 잔뜩 주었다. 요즘도 간혹 보지만 그런 시계란 전혀 특색도 없이 그저 다이얼 한가운데에 대통령 하사품이란 마크가 찍혀 있을 뿐이다. 그런 건 대학교나 회사 같은 데서 로고를 새겨 돌리는 것과 그리 다르지 않다. 청와대를 방문하고 나가기 직전에 직위를 알 수 없는 누군가가 한 뭉치 들고 와서 하나씩 건네주었을 시계. 그런데 장식장에 잘 모셔놨던 그 시계를 엄마가 떨어뜨려 유리를 그만 깨뜨린 일이 있었다. 이게 어떤 건데, 너 같은 년이 손을 대, 대통령님이 주신 것을……. 엄마는 딱 그 시계 꼴로 얼굴이 깨지고 말았다.

어머니에게 무어라 말해야 할까. 그 시계들이 어떤 경로로 그의 손에 들어왔는지 사실대로 말하기 곤란할 때는 되도록 에둘러 가야 한다. 그러려면 눈치채이지 않도록 어머니의 주의를 빼앗을 뭔가가 필요하다. 화장을 해주며 말할까. 브로커라는 걸 아느냐느니, 비싼 여자를 제공하는 사람들이 있더라느니, 고급 콜걸들을 소개시켜주고 겨우 받는 것이 시계였다느니, 그런 말은 행여라도 입 밖에 내지 말아야 한다. 어쨌든 어머니의 과거를 기억나게 하는 일은 없어야 한다. 게다가 나는 군대에 갈 게 아닌가. 어머니는 당분간

나 없이 그를 견뎌야 한다. 어머니, 똑바로 누워보세요. 마사지 해줄게요. 어머니의 머리를 수건으로 감싸 똑바로 눕힌 다음 크림을 듬뿍 바르고 이마에서 콧잔등, 양 뺨, 그리고 턱을 한껏 보드랍게 문지른다. 뺨에서는 나선형을 그리며 관자놀이로 올라가는 걸 잊어서는 안 된다. 광대뼈는 그렇게 얻어맞고도 아직 부서지지는 않았다. 손가락에 힘을 빼고 광대뼈를 문지른다. 보스라고 말했었죠. 거기에 주류를 대주고 일할 사람들을 소개하기도 하고 그러나 봐요. 일종의 인력 소개죠. 물론 술도 사람도 여러 군데에 대주는 것이죠. 아아, 자꾸 고개가 돌아가네. 자주 붓는 눈두덩과 광대뼈는 지그시 누르며 지압을 해준다. 처음에는 민망한지 잡아끄는 손을 뿌리치더니 이젠 내 마사지를 즐길 정도가 되었다. 엄마는 원래 피부가 아주 좋은 편에 속하는 여자였다. 얼굴이 얼룩덜룩하게 붉긴 하지만 그건 하도 맞고 울어대서 그런 것이고 지금도 목덜미며 앞가슴 살은 뽀얗고 보드랍다. 게다가 냄새도 좋다. 아직도 남양분유 냄새가 나니까. 마사지를 끝내면서 어려운 얘기도 마치면 될 것이다.

어머니에게 할 말을 대략 그려놓고 나서 녀석에게 보답도 할 겸 위스키를 선물했다. 한 병을 비워갈 무렵 우리는 어두컴컴한 바 아래에 어깨를 붙이고 쭈그려 앉아 바야흐로 오크통 속의 보리알이 되어가고 있었다. 유독 이 자리를 좋아하는 건 바로, 단 한 번도 햇빛과 신선한 바람이 닿아본 적이 없는 지하 중에서도 지하, 마치 좁디좁은 오크통 속 같기 때문이다. 그 비좁은 통 속에서 꼼짝달싹 못하고 서로 비비적대며 시간을 잊을 수 있기 때문이다. 시간이 없는 이 아래에서는 술을 마시면 고스란히 내 술이 된다. 나와 어머니의 과거도 미래도, 쉬지 않고 똑딱이는 그자의 시계도 잊을 수 있다. 나는 술을 입안 그득 물었다. 목울대가 꽉 조여오도록 단숨에 삼켜버렸다. 누군가 아무리 위스키와 남양분유는 전혀 다른 것이라 해도 한입 가득 넘겼을 때 목이 메는 건 마찬가지라고 말하고 싶다.

"너 그거 알어? 위스키에 비소를 타면 맛이 훨씬 강해진다는 거. 색깔도 향기도 더 좋아진단다. 목구멍은 당근 더 짜릿하겠지."

"정말이야?"

"내가 언젠가 죽는다면 좋아하는 술을 마시며 죽을 거야. 비소를 넣은 술을 내 책상 아래에 숨겨두었어. 그걸 마시며 술에 취하고 독에 취해 죽을 거야. 내 가장 좋은 술을 그날을 위해 남겨두었어. 그건 글렌피딕 삼십 년산이야."

누가 죽어도 죽는 것이다. 사슴의 계곡으로 불이 쫓아와도 목소리를 내지 못하는 아버지 때문에 어린 사슴은 어디로 가야 할지 몰라 불에 타 죽고 말지. 죽기 전에는 불이 쫓아오거나 술에 취해 있거나, 주변이 어수선하거나, 여튼 혼란스러운 편이 나을 거야. 생각이 깨끗이 정리되고 주변마저 고요하다면 어떻게 죽을 맛이 나겠어. 술을 좋아해서 흰소리로라도 술에 취해 죽는 것이 행복할 거라고 말하는 사람에게는 비소를 탄 위스키를 권할 생각이야, 나는 중얼거린다. 아기 사슴을 불타는 산에 두고 내려온 아비 사슴은 소리를 내지 못하는 사슴이라고 해두자. 녀석이 슬그머니 일어났다. 영업 준비를 해야 할 시간이다. 이로써 알리바이는 완성됐다. 녀석에게 할 말을 다 했으니 녀석은 그만 일어나도 좋다. 양배추도 다듬어 썰고, 마카로니도 데쳐놓고, 하몽도 충분한지 확인해야겠지. 녀석이 내게 따뜻한 크림수프나 한 그릇 가져다주면 좋을 텐데.

나는 영업 개시 시간을 넘기며 술을 마셨다. 마담은 입영하기 이틀 전의 나를 쫓아냈다. 하루만 더 참아주면 좋을 텐데. 그러면 그녀를 보고 갈 수 있는데. 나는 마담에게 부탁했다. 남은 월급 대신 글렌피딕 삼십 년산을 가져가게 해달라고. 마담은 그동안 영업을 잘해준 것을 봐서 술을 몇 병 가져가도 좋다고 했다. 나는 많이 필요하지도 않다고 말했다.

나는 비소를 탄 글렌피딕을 책상 아래 라면 박스에 넣었다. 그는 내가 술을 꼬불쳐두는 장소를 잘 알고 있다. 하지만 나도 그의 비밀을 알아냈다. 나는 금고를 억지로 열었다. 비밀번호도 모르고 열쇠도 없으므로 드릴로 구멍을 뚫어버렸다. 내가 이만큼 큰 뒤로는 함부로 때리지도 않더라만, 만약 때린다면 하루 정도는 고분고분 맞아줄 수도 있다. 내가 없을 때 엄마를 때리지 않기를 바랄 뿐이다.

아버지의 금고를 열었다. 선더호크 자리는 비어 있었다. 맞아, 그자가 아침에 차고 나갔지. '선더호크'라고 쓰인 표에는 1996년 육군 참모총장 이한수라고 쓰여 있었다. 하하, 이한수라. 대통령님은 아니군. 나는 사열하는 고위 장성처럼 턱을 끌어당기고 아래턱에 힘을 주어 입을 꾹 다물어보았다. 아하, 그러고 보니 그자가 불알친구라도 되는 양 자주 입에 올리던 육군 참모총장이로구나. 다부진 가슴팍을 내밀며 한 음 한 음 반듯하게 발음하던 육, 군, 참, 모, 총, 장. 시계와 여자를 맞바꾼 사이였군. 다음엔 브라이틀링을 꺼내 손목에 찼다. 표 딱지는 그저 한번 쓱 훑어보았다. 1999년 대한항공 수석 기장 박병모. 허허, 이자는 또 누구야. 오랜 비행을 끝내고 땅을 디딘 것이 너무 기쁜 나머지 허탈한 표정을 짓는 파일럿처럼 어깨를 으쓱해 보이며 걷다가 문득 초연한 미소로 하늘을 쳐다보는 흉내도 냈다. 하늘에서 내린 그 파일럿은 땅의 여자를 품으러 갔단 말이지, 허허. 파일럿을 걸어놓고 다시 순토를 찼다. 시커멓게 탄 얼굴로 고글을 밀어 올리며 안나푸르나 정상에 태극기를 꽂는 흉내도 내보았다.

나는 네 개의 시계를 제자리에 걸어놓았다. 그자가 전장에서 오렌지 빛 섬광을 쏘아 긴급한 연락을 주고받는 병사의 심정을 알기나 하는 걸까. 수백 명의 목숨을 하늘에 띄워놓고 고도와 기압을 체크하는 비행사의 심정을 알고서 친구인 양하는 걸까. 파일럿에게 여자를 소개시켜주고는 브라이틀링을 받고 고위 장성에게서는 선더호크를 받고, 흥, 이번엔 돈을 주체하지 못하는 부자인가 보지. 청와대 앞에 죽 늘어선 후줄근한 옷차림의 소시민들이 찍은 사진을 천장 아래에 걸어두고 그 앞에서 바로 그 자세를 취해 보이며 험험, 헛기침을 하던 동네 할아버지가 기억났다.

파일럿의 시계를 차면 하늘을 장악한 기분이 들 테고, 미군용 특수 시계를 차면 치열한 전장에서 아주 중요한 작전을 수행하고 있는 성싶겠지. 극지 등반용 시계를 차면 자신이 악천후와 악조건을 능히 이겨내는 능력을 가졌다고 자부하고, 한정판으로 발매된 고가의 오메가 시계를 차면 그만한 부를 누리고 있다고 생각하는 걸까. 아니면, 바로 그들과 같은 권력을 지녔다고 생각하는 걸까. 그것들이 아버지, 그자의 막무가내 발길질 뒤에서 힘을 보태주고 있었단 말인가. 설사 그 자신 파일럿이면, 육군 참모총장이면 어머니와 내게 발길을 날려도 된다고 생각했던 걸까. 중대사라도 치르는 듯하던 그자의 엄숙한 표정과 걸음걸이, 중후한 음성, 절도 있는 동작들이 얼마나 우스꽝스러운지 나는 피식피식 웃었다. 차라리 돈을 받아올 것이지. 엄마의 화장품 값이나 제대로 대줄 것이지. 멍든 얼굴 제대로 가리게. 나는 아버지의 금고를 박살내고, 그러나 시계들은 그대로 두고 미장원으로 가 머리를 깎았다. 머리카락이 듬뿍 잘려 나갈 때마다 차곡차곡 쌓아둔 분노가 뚝뚝 떨어져 나갔다. 폭발하는 분노만이 사람을 죽이게 하는 것은 아니다. 오래 쌓인 분노는 스스로 정리해야 할 필요가 있다. 그래서 오래 억누른 사람은 뚝뚝 떨어져 나가는 분노를 보며 가뿐한 마음으로 끔찍한 계획을 세울 수도 있다.

그리고 그녀에게 전화를 했다. 그녀가 쉬는 날인지 일하는 날인지 모른다. 그런데 그녀는 한가한 목소리로 전화를 받았다. 우리 소월길 걸어요. 그녀는 깜짝 놀랐다. 군대 간다고 했잖아요. 네, 맞아요. 내일 떠나요. 가기 전에 꼭 함께 하고 싶은 게 있어요. 우리 소월길 걸어요. 지난가을 이 길을 천천히 걷고 있었어요. 바람도 없는데 갑자기 은행잎들이 우수수 떨어졌다. 햇빛이 역광으로 비쳐, 커다란 나무가 마치 큰 울음을 터트린 것 같았다. 그날 아마도 흔히 겪던 고달픈 일을 막 겪고 난 참이었을 것이다. 그리고 무서운 일을 계획하고 난 바로 뒤였을 것이다. 머리 위로 쏟아져 내리는 은행잎을 태어나 처음 보는 것 같았다. 나는 우뚝 서서 하늘을 하얗게 뒤덮는 은행잎들을 바라보았다. 바닥으로 떨어지려는 나뭇잎을 바람이 부추겼다. 하얀 은행잎들은 푸른 하늘로 다시 날아올랐다. 그것들을 캠코더에 담고 싶었어요. 근데 캠코더가 없어서 못했죠. 하얀 은행잎을 찍고 싶었어요. 내가 처음 본 은행잎의 영혼, 아니면 흔적을요.

나와 그녀는 날빛이 이우는 거리를 캠코더 파인더로 샅샅이 훑었다. 겨울의 끝 무렵, 아직 봄물이 오르기 전, 나무에 이파리가 있을 리 없었다. 그런데 파인더 가장자리에 무언가 날아다니는 것이 잡혔다. 나는 파인더에서 눈을 떼고 그것을 바라보았다. 바람이 들어가 잔뜩 부푼 비닐봉지였다. 겨울빛도 다 사윈 저녁 거리에 허연 비닐봉지가 붕붕 날아다니며 나무 둥치를 돌고 길바닥을 스쳐 날다가 담벼락에 가 부딪혔다. 포그르, 바람이 빠져 바닥에 널브러졌던 비닐봉지가 다시 바람을 받아 수면으로 오르는 해파리처럼 붕붕 떠올랐다. 나는 캠코더로 비닐봉지를 따라갔고 그녀는 봉지를 따라 뛰어다니며 웃었다. 비닐봉지라. 은행잎도 풍선도 아닌, 쓰레기에 불과한 비닐봉지를 따라가며 웃는 그녀라니. 하지만 아무것도 아닌 비닐봉지도 분홍 당의를 입고 춤을 출 그녀도 나는 오래 기억하고 싶었다. 우리는 한참 동안 비닐봉지를 따라갔다. 소월길을 내려와 번잡한 거리에 이르러 더 이상 따라갈 수 없었을 때 비닐봉지는 용케 깨금발질을 하듯 퐁퐁퐁 뛰어 자동차 사이를 건넜다. 우리의 캠코더는 비닐봉지가 점점 멀어지는 것을 계속 따라갔다. 누군가는 죽을 것이고 죽은 누군가는 이처럼 가벼운 영혼이 되어 퐁퐁 날아다닐 것이다. 마침내 우리가 따라갈 수 없을 때까지.

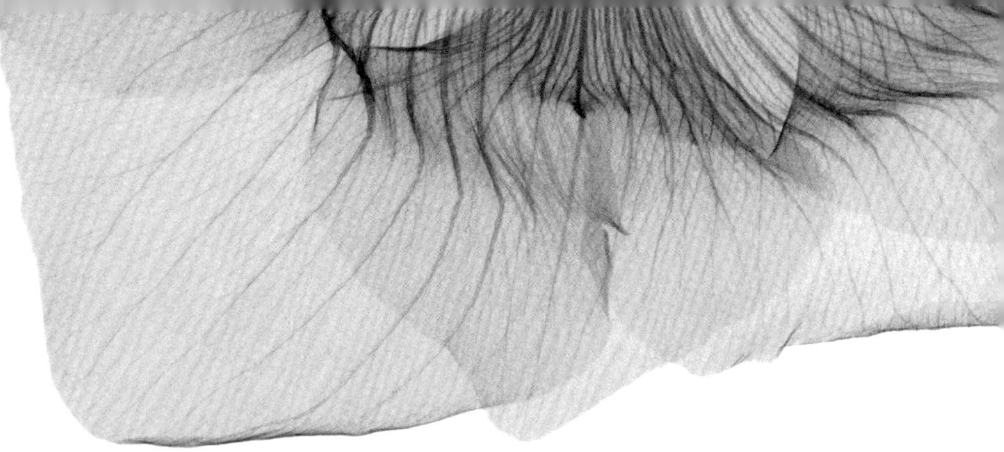

후쿠오카
스토리

위급 상황에서의

이별에 관한

섬세한 보고서

*

우리는 후쿠오카에 가기로 했다.

그래서 요트는 부산에서 후쿠오카까지의 직항로에 올랐다. 출항할 때 바람이 심하게 불었던 것에 비하면 아예 먼바다에 나서니 물마루가 코끝을 넘지 않았고 바람의 세기도, 그 방향이 자주 바뀌는 것도, 오월 기후다운 정도였다. 여기서부터는 옛날 반도인들이 뗏목 하나를 의지해 물결 따라 흘러 흘러 왜에 닿았던 것처럼 가만 놔둬도 이틀이나 사흘이면 저편 기슭에 닿을 터였다.

그러나 뗏목이 아닌 요트를 타는 이유는 그저 물결에 맡기려는 게 아닌 만큼 태훈은 어리석은 남자 둘을 가르친다는 핑계로 사사건건 타박을 일삼았다. 중앙 돛이 파닥파닥 흔들리자 메인 세일의 로프를 마구 잡아당기는 종호에게 태훈이 바로 지적했다. 바람이 어디서 부는지 제발 좀 보고 해! 지브 세일을 당겨야지! 선실에 들어앉아 술과 안주거리를 챙기면서도 갑판에서 벌어지고 있는 상황을 꿰뚫고 있는 태훈은 요트가 어느 정도 중심을 잡고 세일링을 할 때까지 잔소리를 그치지 않았다. 종호는 얼른 자리를 바꿔 앉아 보조 돛인 지브 세일의 로프를 잡아당겼다.

나는 바람결이 머리카락을 제멋대로 헝클어놔서 바람의 행방을 찾으려 사방을 두리번거렸다. 그사이 요트는 방향을 바꿔 바람을 비스듬히 안고 나아가고 있었다. 메인 세일에 팽팽하게 안긴 바람은 곧 지브 세일을 타고 넘어갔다. 두 대의 돛을 타고 거대한 바람이 빠져나갈 때마다 세일 자락이 파라락 떨렸다. 돛에서 벗어난 바람은 드넓은 바다로 풀려나가고 요트는 성큼성큼 나아갔다. 가슴 높이로 치오르곤 하는 물마루는 여지없이 배 밑창에 깔리고.

종호가 선미의 도연에게 소리를 질렀다.

— 러더를 중립에 놔, 이제 순항이야.

수시로 방향을 바꾸는 두 개의 세일에 키의 방향을 맞추느라 종호의 사인에 따라 긴밀하게 키를 움직이던 도연이 두 손을 번쩍 들었다. 도연은 아직도 선실에서 나오려 하지 않는 은주에게 두 손 가득 키스를 날렸다.

— 은주야, 우리 후쿠오카에 내리면 진하게 뽀뽀하자!

종호가 나를 끌어안으며 대신 대답했다.

— 뽀뽀만으로는 안 될걸!

종호에게 안기면 매번 그랬듯이 순식간에 가슴 깊은 곳에서 안타까움이 피어오르고 턱 끝까지 물이 차오르기 시작했다.

*

후쿠오카에 내리면 스무 살 시절을 보낸 나카스의 백 년 된 찻집에 다시 앉아 긴 오후를 보내고 밤이 오면 포장마차 거리에 가서 실컷 즐기고 오자는 게 우리의 주말여행 계획이었다. 후쿠오카에 가는 건, 도쿄나 교토, 또 다른 관광지에 가는 것과는 달랐다. 종호와나, 도연과 은주. 우리 넷은 후쿠오카에서 대학을 다녔으니까. 각자다른 이유로 후쿠오카에 와서, 한국인이라는 이유로 친해지게 되었고, 종호와 내가 연인이 된 뒤에 도연과 은주도 연인이 되어 아무연고도 없는 곳에서 사 년을 견딘 것이니까.

낯선 땅, 아무도 돌봐주는 사람 없는 스무 살 시절에 우리 넷은검은 먼지 정령이 깃들어 산다는 정원이 딸린 그 찻집에 기대앉아서로를 위로하고 서로를 사랑하며 사 년을 보냈다. 우리 중 어느 한사람이라도 눌러지지 않는 감정을 분출해야 할 때면 나카스에 앉아 아무나 불러내면 무조건 나가서 라멘과 함께 술잔을 기울여주는 게 우리의 불문율이었다.

이제 한국으로 돌아와 사 년을 지낸 우리는 귀국했던 날을 맞아서 그동안 서로의 사랑이 변함없이 지속되었음을 축하하는 기념행사를 하자고 했다. 요트 학교를 다니며 한강을 여러 번 오르내렸던 우리들은 마침 요트 학교의 첫 외해 출항 코스에 맞춰 강사 태훈의 지휘 아래 부산에서 후쿠오카로 약 스무 시간의 항해를 하기로 했다. 새벽 네시에 부산의 안개 속에서 출항하면 후쿠오카의 찬란한 야경 한가운데에 닻을 내릴 수 있을 거라고 했다.

한국에서 일본을 향해 배를 움직여 바다를 건넌다는 건, 아무리 대한해협을 네댓 번이나 홀로 건넌 태훈이 있다 하더라도 두려움이 없을 수 없기에, 우리 삶에 다시없는 분명한 획을 긋는 사건이라고, 스물여덟 살, 스물아홉 살인 우리들은 서로 생각을 주고받았다. 나 또한 지지부진한 관계와 지리멸렬하게 여겨질 만큼 분명한 게 하나도 없는 미래, 그것을 내 삶의 BC와 AD로 나누듯 항해 전과 후로 나누고 싶었다. 모르긴 몰라도 남자들은 미래에 대한 불안에 더 시달리는 것 같았다.

그렇다 해도 우리의 이 무모한 용기는 무엇에 비견할 수 있을까? 한편으로 밀월여행에 대한 기대가, 한편으로는 위험을 함께 감수했다는 동질감으로 관계를 더욱 공고히 하는 기회가 될 것이라는 기대가 무모한 용기를 부추겼을 것이다.

태훈이 배 옆구리에 앉아 몸무게로 배를 확 기울이고는 바닷물에 오이를 벅벅 씻었다. 선실 밖으로 나오려던 은주는 배가 기우뚱하자 소리를 지르며 다시 안으로 들어갔다. 태훈은 은주를 쳐다보지도 않고, 이제 적응할 때도 되지 않았나, 그 안에 있으면 더 어지러워요, 이리 나와요, 라며 느릿느릿 몸을 일으키고, 씻은 오이를 자르고 북어포를 찢고 맥주에 소주를 섞어 한 잔씩 나눠주었다.

— 이제 해가 떠오를 거야.

태훈이 나눠주는 잔을 들고 그가 가리키는 쪽을 향해 몸을 돌렸다. 아직 하늘은 불그스름할 뿐, 태양의 머리끝도 보이지 않았다.

— 파이브, 포, 스리, 투! 건배!

태훈이 건배를 외치자마자 태양이 불쑥 솟아올랐다. 우리들은 순간적으로 환성을 터트리며 술잔을 세게 부딪쳤다. 종이컵이 우그러지면서 싯누런 태양처럼 맥주가 흘러넘쳤다. 태양 아래의 바다도 맥주를 잔뜩 엎질러놓은 것처럼 누렇게 번뜩였다. 손등을 적신 맥주를 핥으면서 우리는 가슴을 뒤로 젖혀 크게 웃었다.

이렇게 일상에서 훌쩍 넘어선 경험에 흥분한 나머지 나는 가슴이 꽉 메어오는 것처럼 아프기도 하고 가슴에 가득 찼던 물이 넘실대서 어떻게든 그 감정이 분출되어야만 했다. 그래서 나는 눈물을 흘렸다. 그래, 이번 여행은 정말 특별할 거야. 이렇게 특별한 경험을 함께했으니 우린 종착여에 도달할 거야. 그래야 하고말고. 나는 애정과 기대를 가득 담고 종호를 바라보았다. 종호는 그새 나를 잊었는지 술을 따르고 들이켜고, 크게 웃으며 좌중을 지배하기 시작했다. 아마도 이 분위기가 끝날 때까지는 그는 내가 자기 곁에 있다는 것을 의식하지 못할 것이다.

이럴 때면 나는 그가 오직 내게만 집중하던 시절이 떠올랐다.

검은 먼지 정령이 깃든 정원. 검은 나무판자가 촘촘히 엮인 담장에 기대어 오죽이 자라고, 그 앞으로 등이 구부러진 작은 소나무 두 그루가 사이를 두고 서 있고, 반짝이는 이파리가 무성한 작은 나무들이 앉아 있는 정원. 작은 나무들 사이엔 그보다 더 작은, 이파리가 축축 처져 땅에 닿은 화초들이 깔려 있었다. 그런데 한구석에 작은 화초들조차 자라지 못하는 공간이 있었다. 검은 대나무들과 땅을 기듯 가지가 나지막하게 드리워진 소나무 사이의 움푹 파인 공간이 바로 그곳이었다. 저 깊은 곳에는 그 무엇을 갖다 놔도 먼지가 되어버려. 검은 먼지 정령이 하는 짓이지. 너희들을 갖다 놔도 먼지가 되어버릴걸. 할머니가 가끔 우리에게 겁을 줬다. 우리들은 믿음 반 의심 반으로 거기에 샌드위치나 쿠키를 던져놓고 지켜보곤 했다.

우리가 바라보고 있는 동안에는 아무것도 움직이지 않았지만 우리 둘이나 셋, 넷이 어느 순간 모두 함께 다른 짓, 다른 생각, 다른 곳을 보느라 눈을 뗐을 때, 그것은 움직였다. 할머니! 할머니! 정말 사라졌어요. 샌드위치가 사라졌다구요! 우리도 저기 가 앉아 있으면 어느 순간 먼지가 되어버리는 걸까. 우리는 살짝 두려워지곤 했다. 그러면서도 우린 자주 그 찻집에 가서 앉아 있었다.

언제나 고요하게 비어 있는 그 뒤뜰에선 사랑이 저절로 이루어졌으니까. 고요한 뒤뜰의 반듯한 살창 앞에 앉으면 언제나 그의 입

술은 내 목덜미를 자근자근 물었고, 그의 숨은 언제나 내 귓속에 가
득 들어와 내 숨을 막히게 했고, 도란도란 이야기는 끝이 없었다.
우리가 서로에게서 관심을 돌리는 찰나, 검은 먼지 정령이 우릴 먼
지로 만들어버리지 않도록, 오직 서로만 바라보고 서로에게 열중
하던 그때.

*

— 어!

갑자기 돌풍이 불었다. 돌풍을 피하지 못하고 정면으로 맞는 바
람에 돛이 휘청 넘어가면서 배가 왈칵 기울었다. 모든 컵의 맥주가
쏟아졌고, 은주가 바닥으로 넘어졌다. 남자들은 기어서 제 위치로
갔다. 도연은 러더를 잡으려고 선미로 미끄러졌고, 종호는 지브 세
일을 조종하는 로프를 도르래에서 풀었고, 태훈은 메인 세일을 잡
았다. 나는 남자들의 무게와 균형을 이루기 위해 겁을 먹은 은주의
팔을 잡아 맞은편에 앉혔다. 배가 기울어질 때마다 반대 방향으로
다리를 짚고 버티느라 허벅지가 덜덜 떨렸다.

바로 눈앞으로 파도가 솟아올랐다가 곧바로 뒷전에서 치솟았다.
마스트가 높은 물마루에 묻혔다. 급한 김에 맨손으로 지브 세일 로
프를 반대쪽으로 잡아당기던 종호는 엄지와 검지 사이를 스쳐 살
갗이 벗겨졌다. 피가 흘렀다. 태훈이 메인 세일을 활짝 열어주자 돌

풍은 너무 쉽게 빠져나갔다.

— 야, 우리에게 행운이 잇따르는구나!

도연이 소리쳤다.

종호도 급박한 문제를 손쉽게 해결한 사람 특유의 의기양양한 기분 좋은 웃음을 물고 우리를 둘러보며 천천히 자리에 앉았다. 태훈만은 아무 일 없었다는 듯이 표정 하나 바뀌지 않았다.

— 동경 129도 14분, 북위 34도 52분, 한국과 일본의 해상 경계야, 딱 절반 온 거지. 이제부턴 일본 바다야. 후쿠오카까지는 삼분의 일을 온 셈이지.

한 손으로 GPS를 가리키며 태훈이 바닥에 내동댕이쳐진 오이를 집어 들었다. 그는 오이를 태연하게 바닷물에 또 쓱 헹구더니 우적우적 씹었다. 나는 로프 굵기만큼 파인 종호의 상처에 약을 바르고 밴드를 붙이고 탄력 붕대로 단단하게 감아주었다. 아파? 많이 아파? 물었지만 종호는 약을 바르는 내내 아무 말 없이 미간을 찡그렸다. 복서처럼 붕대에 감긴 손을 내밀고 몸을 비스듬히 기울인 채 찌푸린 미간을 보니 나카스에 혼자 앉아 소주를 기울이며 나를 불러내던 그가 떠올랐다.

그는 오른손은 잔을 잡은 채 탁자에 올리고 왼손은 꼿꼿이 세운 허리에 얹고 몸을 비슷하게 기울이고는 미간을 잔뜩 찌푸리곤 했다. 세상이 제 뜻대로 되지 않는다는 것을 온몸으로 보여주는 동시에 세상을 향해 두고 봐라, 하고 호기를 물씬 뿜어내는 자세였다.

그는 내게 집중할 때와는 너무나 다른 모습으로 세상을 향하곤 했다. 그리고 그 변화는 항상 순식간에 이루어졌다.

가령 일주일이나 열흘 만에 가진 잠자리를 끝내자마자 그는 그토록 뜨거운 열기와 가쁜 숨을 싹 씻어내고 곧바로 세상을 향해 뛰어갈 준비가 되어 있곤 했다. 나는 흘러넘친 땀과 뜨거운 물로 흥건한 시트 위에서 눈을 제대로 뜨지도 못하는데, 그는 벌써 컴퓨터를 켜고 필요한 것을 검색하면서 푸시업을 하거나 제자리 뜀을 뛰곤 했다. 가끔 나를 바라보지만 그것은 내가 그를 불렀을 때가 아니면 다른 것을 바라보다가 그저 눈길이 스쳐서 그런 것이었다. 그는 뒤에 남겨진 것은 그게 무엇이든 전혀 신경 쓰지 않았다.

그가 노려보면 그 눈에는 결기가 가득했고 꼭 다문 입술은 그 무엇도 비집고 들어갈 수 없을 만큼 단단하게 다물렸다. 정글에서 교미를 마친 수컷이 저럴 거야. 언제까지 교미의 황홀에 잠겨 있는 것은 정글의 수컷이 아니지. 가슴 아프면서도 그런 그가 아름답다고 여기던 때였다. 지금도 그는 베인 손을 한번 내려다보더니 싸워야 할 대상을 노려보는 것처럼 먼 수평선을 바라보았다. 빠져나간 돌풍이 저 앞에서 바닷물을 불쑥 잡아 일으키는 게 보였다.

*

한 고비를 넘기고 나니, 앞으로의 항해도 그리 어려울 게 없을 성

싶었다. 뭐, 최악의 경우라 해도 다 함께 죽는 거라면 받아들일 수도 있을 거 같았다. 어차피, 망망대해에서 쪽배 한 척에 나눠 탄 처지니까, 우린 모두 똑같은 운명인 거다.

해는 정수리에 내리쬐고 바다는 푸른빛이 증발하여 먼 곳은 바다 같지 않았다. 작은 물고기의 꼬리들이 여기저기 찰싹찰싹 부딪히는 것 같은 물결이 느껴질 뿐 각자 등을 돌리고 먼 바다를 바라보며 손을 놓고 있는데 쿵 소리가 나고 우리의 발등 위로 누군가가 엎어졌다. 한 줄기 파도가 등줄기에 왈칵 끼얹혔다. 누가 미끄러졌나, 했더니 태훈이었다. 먼 바다에서 눈을 돌린 종호가 반사적으로 태훈의 팔을 잡았다가 곧바로 억! 하고 신음을 터트렸다.

태훈의 팔은 처음엔 약간 빳빳했다가 곧바로 힘이 풀려버렸다. 종호가 뒤로 잡아챈 탓에 어깻죽지가 꺾일 듯이 들춰졌다. 도연이 달려들어 태훈을 바로 눕혔다. 태훈의 눈동자는 이미 눈꺼풀 위로 돌아가버렸고, 입술은 경련을 일으켰다. 나는 이럴 때 맨 먼저 기도를 확보해야 한다는 것이 생각나서 혀가 뒤로 넘어가지 않도록 얼른 태훈의 머리를 옆으로 돌려놓았다. 그러고는 은주의 목에 두른 손수건을 풀어서 나무젓가락에 둘둘 감아 입을 열고 물려놓았다. 태훈의 호흡이 일정하게 유지되어가는 것을 보고 선실에 눕혀놓았다. 내가 근데 태훈 선생님, 뇌졸중 위험이 있었나? 묻는데 종호와 도연의 입에서 동시에 같은 말이 터져 나왔다.

— 구조 요청은?

아, 우리 모두는 한꺼번에 새파랗게 질려버렸다. 태훈이 항해를 지휘하지 못한다는 것. 그것은 우리가 조난을 당했다는 것을 뜻했다. GPS가 있고 겨우 방향을 가늠할 정도이며 한강을 오르내린 몇 번의 항해 경험 따위가 이 바다 한가운데서 무슨 도움이 될 것인가. 모두 빳빳하게 경직되어서 몸의 어디 한군데를 툭 밀면 그대로 부러져버릴 것만 같았다. 이 순간 태훈의 목숨보다 자기 목숨이 더 중했다.

조난에 대한 훈련을 배운 것은 아무 소용이 없는 것 같았다. 우리가 배운 조난 대비법은, 배가 뒤집혔을 때 배를 바로 세우는 법, 항로를 이탈했을 때 구조를 요청하는 법, 물에 빠졌을 때 안전하게 올라오는 법 정도였다. 항해 지휘자가 정신을 잃었을 때에 대한 대비책은 익히지 않은 것이다. 우리가 할 수 있는 것은 항로를 이탈했을 때 구조를 요청하는 법밖에는 없었다.

잠시 뒤에 정신을 차린 종호가 휴대폰을 꺼내 통화를 시도하고 은주는 제자리에서 꼼짝도 못 하고 선 채 굳어 있었다. 혹시나 하고 도연과 나도 집에 연락을 시도했다. 다행히 종호의 휴대폰이 119에 접속이 되었고 그는 GPS에 뜬 요트의 위치와 조난당한 사람들의 성명 등을 일러주었다. 그는 몇 가지 더 상황을 주고받으며 지시를 받는 것 같았다.

종호가 휴대폰 폴더를 닫으면서 우리에게 지시했다. 내 휴대폰하고 도연이 것을 제외하고는 여자들 것은 꺼두는 게 좋겠어, 혹시 구조가 늦어질 경우를 대비해서 배터리를 남겨둬야 하니까 말이지, 일본 해경에도 구조 요청을 하겠다고 했으니까 걱정하지 말고. 종호의 지시가 끝나자마자, 집에서 전화가 안 되면 굉장히 걱정할 텐데, 라고 은주가 조그맣게 대꾸하다가 종호의 눈빛에 질려 금방 전원을 끄고 말았다.

종호는 우리 세 사람에 대해 혼자 책임을 진 사람처럼 행동했다. 대마도가 가까이 있어. 후쿠오카까지 삼분의 일 온 거였으니까, 대마도는 아주 가까이 있을 거야. 해경에서 대마도에 구조 요청을 보내면 금방 올 거니까, 걱정하지 마. 그는 그렇게 말하고는 혼자 곰곰이 생각에 잠기고, 자주 먼 곳을 휘돌아보았으며, 세 사람을 똑같은 눈빛으로 한눈에 훑어보았다.

하지만 그도 우리 모두와 마찬가지로 대마도로 가는 정확한 방향을 아는 건 아니었다. 남남서 방향이라고 알고 있어도 세밀한 방향은 태훈만이 알고 있었다. 태훈의 항해 일지를 찾아서 그대로 따라 한다는 것도 무리였다. 풍랑이 일지 않는 한 어쩌면 그냥 그대로 바람을 따라가는 것이 가장 좋은 방법일 것이고, 구조대가 지시한 것도 그것이었던 것 같았다.

모두 종호의 눈길을 피했다. 아마 모두들 이럴 때 감정을 적절히 억누르는 방법도, 적절히 분출하는 방법도 알지 못하는 것 같았다. 은주조차 도연 곁에 바짝 붙어 앉아 있을 뿐 울거나 작은 소리로 무슨 말인가를 중얼거리거나 하지 않았다. 나는 벌써 남이 된 것 같은

164

종호 옆에 앉지도 못하고 되도록 그의 눈에서 비켜 있으려고 했다. 도연은 아까부터 우리 누구와도 눈을 마주치지 않았다.

그리고 모두들 아무것도 하지 못했다. 바람이 불이와 요트의 방향이 바뀌는 것을 느끼면서도 로프를 잡으려 하지 않았다. 종호마저 어차피 크게 영향을 미칠 바람은 아니라는 듯이 돛을 흘깃 올려다보고 GPS를 내려다봤을 뿐이었다.

햇빛은 중천에 떠오르고 바다는 더욱 하얗게 질린 듯했다. 골을 이루며 퍼져나가는 물결조차 질감이 느껴지지 않았다. 도연이 중얼거렸다.

─ 구조하는 데 걸리는 시간은 평균 얼마나 될까.

아무도 대답이 없자 내가 종호에게 물었다.

─ 정확한 위치는 파악한 거야? 아까 119하고 통화할 때 뭐래? 우릴 찾았다고 했어?

종호가 나를 휙 흘겨보았다. 나는 결기가 서린 그의 붉은 눈자위에 눌려 더듬거리면서도 끝까지 말했다. 왜, 통화를 오래 끄는 이유가 위치 파악 때문이잖아. 아까 너무 빨리 끊은 거 아냐? 종호가 어이없다는 듯이 눈을 내리깔더니 목소리도 깔았다. 네 어이없는 머리를 많이 봐주는 거라는 듯이.

─ 그러게 전원을 켜둔 거잖아. 신호를 주고받도록 말이야.

─ 우리가 조류를 따라 흘러가도 우리를 찾아낼 수 있을까.

나는 방향을 바꾼 채 흘러가는 요트가 걱정되었다.

— 오히려 조류를 거스르는 게 더 문제가 될지도 몰라. 조류를 크게 거스르지 말고 역풍이 불면 그것만 피해서 가고 있으면 구조대가 우릴 찾기 쉬울 거야.

상황은 분명했다. 우린 지금 아무도 가야 할 길을 알지 못하는 거였다.

종호가 무거운 분위기를 피해 선실에 내려갔다. 그가 아무리 선장 역이나 지도자 역을 하고 싶어도 할 수 있는 일은 우리와 마찬가지로 하나도 없었다. 선실이 덥지는 않을까. 태훈은 숨을 쉬고 있을까. 나도 걱정이 되어 선실 안을 들여다보았다. 그가 태훈의 눈을 열어보며 괜찮은지 물었다. 대답은 물론 없었다. 종호는 다시 태훈의 코에 귀를 가져다 대고 가슴에 귀를 기울였다. 내가 어떠서? 하고 물으니 그는 고개를 끄덕이며 괜찮으셔, 했다. 그런데 그는 곧바로 선실에서 나오지 않고 손으로 바닥을 여기저기 가만가만 눌러보았다.

밖으로 나오는 종호의 얼굴이 아주 어두웠다. 덜컥 겁이 났다. 혹시 태훈이 숨을 멈춘 건 아닐까.

— 선생님, 안 좋은 거야?

내 곁을 지나면서 종호는 다른 사람에게 들리지 않게, 배가 새고 있어, 하고 고개를 떨어뜨렸다. 너무 놀라 대답도 못 하는데 배가 휘청, 했다. 종호가 반사적으로 선실 벽을 꼭 붙잡았다. 나는 엉거주춤 들던 엉덩이를 얼른 좌석에 도로 붙였다. 그러나 허벅지에 힘이 빠져서 등을 부딪히며 바닥으로 미끄러졌다.

은주가 선미에서 벌떡 일어섰기 때문이었다. 가장 무거운 태훈이 선두에 누워 있기 때문에 도연은 함부로 선미를 비키면 안 되고 도연 옆에 딱 붙어 앉은 은주도 제멋대로 움직이면 안 되는 건 마찬가지였다.

— 야! 너는 징징대지 좀 마! 도대체 지금 나더러 어쩌라는 거야!

도연 앞에 은주가 정면으로 마주 서 있고 도연은 은주를 향해 손가락을 치켜세우고 두세 번 찌르듯이 움직였다.

— 너 데리고 살 걸 생각하면 숨이 막혀! 너를 이렇게 오래 만나고 있다는 게, 얼마나 기가 질리는 일인지 알아? 내가 누구에게서 도망쳐서 너한테 가게 된 건지 정말, 모르겠어.

은주의 옆얼굴이 점점 창백하게 질렸다. 누구에게서 도망쳤는데? 은주가 이렇게 말했나? 목소리가 너무 작아서 잘 들리지 않았다. 도연이 아래턱을 내밀어 입술을 야비하게 비틀고는 고개를 휙 돌려 배꼬리에서 갈라지는 물살을 바라보았다. 종호가 도연을 노려보면서 등뼈를 곧추세운 채 서 있는 은주를 다독거려 억지로 제 옆에 앉혔다. 은주가 마지못해 앉자 종호는 목소리를 잔뜩 낮춰 말했다.

— 아주 조금씩이지만, 배가 새고 있어.

은주가 아니라 내게서 울음이 터져 나왔다.

— 아주 조금씩이야.

종호가 다시 말했다.

— 조금 더 차오르면 퍼내면 돼. 저긴 너무 좁으니까 한 사람씩 번갈아가면서 퍼내자.

물이 차오를수록 그 속도는 빨라지겠지. 그러면 이 작은 배는 물의 압력을 견뎌내지 못하겠지. 점점 틈은 벌어지겠지. 어느 순간 쫙, 쪼개져버릴지도 몰라.

은주가 울지 않아서인지 내 울음이 그쳐지지 않았다. 그동안 버텨온 허벅지에서 힘이 빠져나가고 덜덜 떨려오기 시작했다. 은주는 여전히 도연을 노려보고 있었다.

문득, 우릴 도와줄 사람이 아무도 없다는 점은 팔 년 전 일본에서나 지금 이 바다 위에서나 다를 바가 없다는 생각이 들었다. 우린 그 작은 정원과 붉은 불빛이 즐비한 포장마차 거리에서 우리 넷, 더 좁게는 각각의 연인밖에는 의지할 사람이 없었으니까. 어쩌다 보니 우리는 현지인들과 그리 잘 어울리지 못했다. 일본에서, 게다가 작은 도시인 후쿠오카에서는 더욱 그랬다. 후쿠오카는 고대부터 반도인이 가장 많이 넘어갔던 곳이고, 조선의 말이나 글, 풍속이 가장 많이 남아 있다던, 그래서 조금은 의지가 될 곳이라 생각했었지만, 막상 몸을 비비고 지낼 사람들은 거의 없었다. 그렇게 외로웠기에 더욱 친밀해진 사이다 보니 이런 식으로 감정이 칼날처럼 곤두서는 일도, 전혀 없었던 일은 아니었다.

종호가 다시 한 번 선실에 들어갔다. 셔츠로 바닥에 고인 물을 닦아 들고 나왔다. 그는 흥건한 셔츠를 짜면서 말했다.

— 너무 걱정하지 말자, 우리. 불안한 건 당연한데 이렇게 서로 싸우는 건, 아무 도움이 안 돼. 이러지 말고 얘기나 하자. 뭐든, 그동안 서로에게 하고 싶었던 말을 하는 거야. 어차피 시간이 필요하니까.

울음을 그치고 종호를 바라보았다. 휴대폰을 누르는 종호의 미간에는 근심이 가득했다. 그라고 어찌 두렵지 않을까. 자기도 두려워 죽을 것 같으면서 그는 우리 세 사람의 불안까지 해결하려고 하고 있었다. 여간해서 느끼지 못했던 종호의 책임감이 느껴졌다.

격앙된 분위기를 누그러뜨릴 방법이라곤 우리가 가장 행복했던 시절을 얘기하는 것이라는 생각이 들었다. 그래, 불안함을 잊는 데는 수다가 최고야. 천일야화가 있잖은가. 이야기는 우리를 구원해 줄 것이다. 나 스스로 가슴을 쓸어내리며 동조하고 나섰다.

— 그래, 그러자. 우리 재미있는 이야기 하자. 은주야, 나카스에서 말이야, 네가 검은 먼지 정령이 사는 데를 또 한 곳 발견했잖아. 그 얘기 해줘. 그때 거길 어떻게 알아냈지?

은주는 종호에게 이끌려 앉혀진 그대로 빳빳하게 굳은 몸을 풀지 않았다. 그렇게 굳은 자세로 연신 흔들리는 배의 롤링을 견딘다는 것은 쉽지 않을 텐데, 그녀는 누구의 말도 듣지 않았다. 은주의 고집은 우리 모두 잘 알고 있었다. 하는 수 없이 내가 대신 말머리를 끄집어냈다.

— 그 골목 맞은편에, 대칭으로 또 하나의 찻집이 있었대. 4학년

1학기 끝 무렵이었다고 했지? 이름도 기온이었고, 구조가 똑같았다고 했지? 그런데도 우린 끝까지 몰랐잖아.

내가 종호에게 동의를 구하며 눈을 맞추는데도 종호는 듣는 둥 마는 둥 휴대폰을 열어 시간을 확인했다. 그리고 다시 119를 누르는 것 같았다. 접속이 안 되는지 다시 누르면서 선실로 들어갔다. 은주가 갑자기 내 말을 가로챘다.

— 도연 씨가 어느 집으로 사라졌어. 나는 그 전날 약속했기 때문에 당연히 기억하고 있으리라 생각하고 기온으로 가고 있었지. 도연 씨가 저 앞에서 다른 골목으로 휙 꺾어 들어가는 거야. 좀 서두르는 걸음걸이여서 이상한 생각이 들었어. 따라갔지. 기온과 똑같았어. 백 년 된 가옥과 거의 똑같이 지었지만 목재와 냄새는 훨씬 현실적이었지. 할머니의 딸이 운영하고 있는 찻집이었어. 도연 씨가 그 주인아주머니와 함께 나란히 앉아 정원 구석에 쿠키를 던지는 것을 보았어. 그러면서 말하더군. 여긴 검은 먼지 정령이 더 많이 사나 봐요. 쿠키가 금세 없어져요. 흥, 던져놓은 쿠키를 지켜볼 시간이 없었던 거겠지. 아니면 아까운 시간이 너무 빨리 흘러가거나.

나는 처음 듣는 도연의 비밀에 점점 놀라 어쩔 줄을 몰랐다. 이번엔 도연의 얼굴이 하얗게 질렸다. 나는 은색으로 차갑게 벼려진 듯한 은주의 콧날을 바라보았다. 내가 앉은 자리에서는 그 콧날이 도연의 내리깔린 두 눈을 겨누는 듯 보였다. 분위기가 점점 이상하게 변질되어가네, 싶었지만 지금 온몸으로 저항과 보복심을 표현하는 은주에 대해 약간의 거부감과 함께 그 마음을 더없이 잘 알 것 같은 동조가 일시에 나를 사로잡았다.

— 검은 먼지 정령은 무슨! 너네들은 그 따위 환상에 빠져 있으니 항상……. 그게 쥐새끼 짓이지, 그런 걸 믿고 있었단 말이야? 나 원, 한심해서…….

물이 줄줄 흐르는 셔츠를 짜던 종호가 손을 휘익 저으며 말을 잘랐다. 나도 모르게 종호에게 왈칵 화가 치밀었다. 그게 쥐새끼든 정령이든, 그걸 믿든 안 믿든, 지금 그게 문제인가. 도연과 은주 사이에 심상찮은 일이 있는 게 틀림없는데. 그러니까 은주 말은 도연이 그때 찻집의 그 아주머니와 은밀한 사이였다는 말인가? 그리고 종호의 말은 단지 정령이 없다고 말하는 것이 아니라 그 시절, 그게 쥐새끼의 짓인 줄 알면서도 그걸 이용해서 사랑 놀음을 했다는 말이 아닌가?

— 그 찻집에서 도망쳐 나에게로 왔다는 말이야? 응?

은주는 작심한 듯이 캐물었다. 도연이 고개를 저으며 어깨를 늘어뜨리고 긴장을 풀자 창백함이 가시고 갑작스럽게 피로에 찌든 얼굴이 되었다. 도연의 저 얼굴을 잘 안다. 은주와 함께 있다가 가끔 저런 표정이 스며 나오려 하면 그는 얼른 얼굴을 돌리곤 했다.

— 너무 심한 거 아냐?

종호가 또다시 끼어들었다. 흥, 남자끼리는 이해한다, 그거야? 싫어졌다.

고개를 숙이고 있던 도연이 선실로 내려갔다. 물이 점점 더 많이 차오르는 것 같았다. 이제 몇 벌의 옷가지로 해결할 수 없는지 도연이 바가지로 쓸 그릇을 찾기 시작했다. 거칠게 가방들을 옮기며 구석을 뒤지는 소리가 들렸다. 우리가 구조될 때까지 배가 버틸 수 있을까? 아! 여보세요? 여보세요? 종호가 휴대폰에 대고 소리를 쳤다. 여보세요? 여보세요?

휴대폰을 닫는 종호의 얼굴이 다시 어두워졌다.

— 나도 종호 씨에게 할 말 있어.

종호가 턱을 치켜들었다. 뭐? 너는 또 왜 그래? 하는 얼굴이었다.

— 종호 씨 때문에 정말 가슴 아픈 일이 있었어. 자기가 헤어지자고 했던 그때……. 나, 고양이를 죽였어.

너무 깊이 억눌러왔던 일이라 가슴이 터질 것 같았다. 그런데 종호는 싸늘하게 물었다. 뭐라고? 나 때문에 고양이를 죽여? 나 대신 화풀이한 거야?

— 그게 아니야, 내가 우리 미니를 얼마나 사랑했는지 잘 알잖아. 종호 씨가 그만 만나자고 했을 때 너무 힘들었어. 며칠 동안 죽을 거 같았지. 아마도 내가 미니를 잘 돌봐주지 못했을 거야.

미니는 내 변화를 일찍 알아차렸다. 일주일 내내 자기를 쳐다봐주기만 기다린다는 듯이 코앞에서 눈을 맞추고 울어댔다. 혼자 누워서 숨만 쉬기도 힘든데, 미니를 돌봐줘야 하는 게 너무 귀찮았다. 그러다 미니가 정수기 물을 다 빼놓는 사태가 벌어졌다. 주방 앞이 한강이 되었다. 너무 화가 나서 냉장고에 미니를 집어넣어버렸다. 잠시만 벌을 주려는 생각이었다.

그때 종호에게서 전화가 왔다. 어떻게 하고 있니, 나와라, 나와서 밥이나 먹자. 나는 앞뒤 분간 없이 달려 나갔고 종호와 마주 앉아서야 미니를 냉장고에 그대로 두고 왔다는 것을 기억했다. 벌떡 일어나 돌아가야 했지만, 그럴 수 없었다. 고양이는 털이 많으니까 추위를 잘 견딜 수 있을 거야. 고양이는 목숨이 질기다니까, 아홉 개나 된다니까…….

나는 목이 꽉 조여오는 것을 느끼면서도 자리에서 일어날 수가 없었다. 너를 떠날 수가 없었어, 나는 너 없이는 살 수 없나 봐, 그런 말을 들을 때까지 기다렸다. 그러나 종호는 그동안 자기에게 일어난 이런저런 얘기로 시간을 끌고 있었다. 이번 학기 간신히 넘겼어, 고노 요시히로 선생이 학점을 안 주려고 해서 말이지. 가서 싹싹 빌었지. 그 얼굴을 보고는 빌 맘이 안 생길 거 같아서 고개 숙이고 있느라 정말 힘들더라. 아무렇지 않은 말투, 너무나 일상적인 표정이었다. 그는 아마도 나와 헤어지지 않았는가 보다.

밥을 먹으면서 그는 또 아무렇지도 않게 내 가슴을 가리켰다. 이 집 음식 맛있다 해서 왔는데 먹어보니 그저 그러네 하는 말투로, 젖꼭지가 다 보이네, 엉덩이도 다 보이고, 하면서 벗은 발을 내 발 위에 얹었다. 나는 당황하여 앞섶을 내려다보았다. 스웨터는 잘 여며져 있었다. 네 젖꼭지는 그냥 다 보여. 그의 축축한 발이 얹히자 그의 존재가 실감났다. 맨발을 맞비벼도 되는 사이란 분명, 남남은 아닌 거겠지?

우리가 서로에게서 시선을 돌리는 찰나 검은 먼지 정령이 우리의 사랑을 먼지로 만들어버릴까, 나는 두려워했다. 검은 먼지 정령은 우리 사랑을 지켜주는 수호신이자 악귀가 될 수도 있었다. 나는 그에게서 시선을 뗄 수가 없었다. 그의 태연한 표정과 너무 심상해서 알 수 없는 속내를 읽기 위해 미니를 잊었다. 아니, 가끔 냉기가 엄습하고 몸의 어디서부턴가 찌릿찌릿한 전율이 일어나 턱이 떨리곤 했지만 나는 종호에게만 집중했다. 그 사람이 없어진다면 내겐 아무것도 남는 게 없다는 절박감에 시달렸다. 마침내 그는 술을 한 잔 입에 털어 넣고 나서야 없었던 일로 하자, 라고만 했다.

그 말을 듣기 위해 나는 세 시간을 기다렸다. 겨우, 그 말을 듣기 위해 나는 미니를 죽였다.

그런데도 그가 평소처럼 엉덩이를 꽉 움켜잡는 바람에, 그의 손에 의해서만 연주되어지는 반도네온처럼 내 아랫도리는 벌써 탄식으로 젖어들고 길고 높은 음을 내지를 준비가 되어버렸다. 나는 끈에 묶인 개처럼 그를 따라갔다.

밤늦게 집에 들어와 숨을 멈추고 냉장고를 열었을 때, 미니가 툭 떨어졌다. 풍성한 회색 털 속에 빳빳한 몸이 만져졌다. 털은 벌써 바삭바삭 부서질 듯했다. 미니의 죽음과 그를 맞바꾸고, 나는 울음을 꾹꾹 눌러 참았다. 울음을 터트림으로써 미니에게 용서를 빈다는 건, 미니를 죽게 만든 내가 할 짓이 아니었다. 그리고 한동안 나는 꽁꽁 언 몸에 전기가 통하는 것 같은 심리적 추위와 전율에 시달려야 했다.

추위가 엄습한 듯 몸이 마구 떨려와서 가슴을 싸안는데 종호가 시큰둥하게 말을 받았다.

— 왜 그랬어. 고양이 얘기 하고 돌아갈 수도 있었잖아. 뭐가 그렇게 급해서.

뭐라고? 너 없는 세상에서는 살아갈 힘이 없어서 고양이를 냉장고에 넣었다는 얘기를 하지 그랬느냐고? 왜 하나도 급할 게 없는 일 때문에 고양이를 죽였느냐고? 그의 무심한 말 한마디에 과거의 모든 원망이 왈칵 쏟아졌다.

*

배는 또다시 바람을 따라 빙글 돌았다. 은주는 반듯이 앉은 자세 그대로 고개를 숙인 채 입술을 꽉 물고 있다가 배가 휘청거리자 두 손을 뻗어 난간을 붙들었다. 도연이 키를 제 몸 쪽으로 잡아당겼다. 배가 억지로 반대 방향으로 몸을 틀면서 앞머리가 불쑥 일어섰다. 나는 선실 바닥에 고인 물을 바가지로 닥닥 긁다가 배가 들리는 바람에 엉덩방아를 찧었다.

종호도 배가 움직인 만큼 메인 세일의 방향을 바꾸고 돛에 바람을 받았다. 배가 천천히 돌아 앞으로 나갔다. 도연도 종호도 방향이 맞는지 어떤지도 모른 채, 이 분위기에 손을 놓고 있을 수는 없어서 그저 해본 것이라는 것쯤 알 수 있었다. 얘기가 끊어졌다. 돛에 안겨 파라락거리는 바람 소리도, 햇볕의 뜨거움도, 가끔씩 부드럽게 부풀어 올라 꼬리뼈에 와서 부딪혀 등줄기를 움찔거리게 하던 물결도 고요했다. 물이 새어 들어오는 소리, 그것이 들리지 않는 게 다행이었다.

그런데 왜 아직도 아무 연락이 없는 것일까? 아까 연결되려다 만 건 어찌 된 것일까? 해경들은 우릴 찾고 있긴 한 것일까? 혹시 그들이 우릴 지나쳐 가버린 것은 아닐까. 우리가 떠 있는 이 자리는 그 누구의 시선도 미치지 않는 검은 먼지 정령의 정원인 건 아닐까.

어디선가 냉기 서린 목소리가 들려왔다.

— 그래서, 그 아주머니에게서 도망쳐 내게로 왔다는 말이야? 왜 그랬는데?

우리는 한꺼번에 은주를 바라보았다. 이 목소리가 과연 은주의 목소리란 말인가? 종호조차 화들짝 놀라 은주를 쳐다보고 도연은 처음 있는 일이 아닌지 노골적으로 싫은 얼굴을 하며 고개를 휙 돌려버렸다. 종호는 은주를 쳐다보던 눈빛을 확 구기면서 뜨거운 태양을 힐긋 올려다보더니 어디선가 찾아낸 망원경을 들어 먼 바다를 관찰했다. 도연이 다시 은주를 정면으로 쳐다보았다. 은주도 그 눈을 맞받았다. 순간 배의 흔들림 같은 것은 느껴지지도 않았다. 이곳이야말로 검은 먼지 정령의 정원이었다. 우리의 행복했던 쿠키와 샌드위치를 흔적도 없이 수장시키는.

— 나는 두 번이나 도망쳐서 너에게 갔어. 그녀들은 내가 갈 곳이 아니라는 걸 알았기 때문이지. 하지만, 하지만, 정말 가지 말아야 할 곳은 너였어.

도연과 은주의 눈이 팽팽하게 맞섰다. 나는 더 이상 물을 퍼낼 수가 없었다. 그냥 주저앉아서 도연을 바라보았다.

— 나는 고등학생 때 친구의 엄마를 좋아했어. 친구의 엄마를 말야.

친구의 엄마는 연약해 보이는 여자였어. 친절하고 세심하고 조그맣지만 풍만했어. 그리고 언제나 아름다웠어. 여자의 원형 같았지. 그 친구의 집에 놀러 가는 것은, 가슴 떨리게 흥분되는 일이었어. 친구 방에서 놀고 있으면서도 그녀가 과일이나 음료 같은 것을 갖고 들어오기를 기다렸지. 나는 친구와 약속을 한 것처럼 친구가 없을 때도 그 집 문을 두드리곤 했어. 그리고 친구는 없지만 들어와서 기다리라고 말해주기를 간절히 바랐지. 그녀의 가슴 언저리에서 풍기는 냄새를 맡고 싶어서, 나는 문 안에 선 그녀에게 조금이라도 가까이 다가갔어.

그러다가 마침내 기회를 잡았지. 그녀가 들어오라고 했어. 그리고 소파에 나를 앉혔지. 친구 녀석은 다른 녀석들과 어울리고 있어서 늦어질 것을 난 알고 있었어.

그녀의 가슴에 얼굴을 묻었을 때, 짧은 순간이었지만 그 향기와 부드러운 살에 나는 미쳐버렸어. 자세히 기억이 나지 않아. 그녀가 내 어깨와 뺨과 팔과 손을 물어뜯었어. 나는 그것을 포옹이라고 여겼지. 그녀가 내 뺨을 때리고 할퀴고 발로 찼어. 내게는 격렬한 포옹이었어. 그녀의 손바닥과 무릎은 어떻게 닿아도 좋은 그녀의 부드러운 몸이었거든. 친구가 문을 열고 들어왔지.

친구 손에 죽지 않으려면, 난 어디로든 도망가야만 했어. 집에서 일본에 있는 삼촌에게 빨리 학교를 알아보라고 했고, 급하게 후쿠오카에 가게 된 거야.

— 그래서 어렸을 적 친구가 하나도 없는 거였군. 항상 그게 이상했어, 고등학생 때 친구가 하나도 없다는 것이.

— 너를 좋아할 수 있다는 걸 알았을 때 내가 얼마나 행복했는지 알아?

— 변태가 아닌 것을 확인할 수 있었겠지. 하지만 아니었던 거지. 다른 아줌마를 좋아하게 되었으니까.

도연의 뺨이 빳빳해진다 싶더니 그가 있는 힘을 다해 꽝 발을 굴렀다. 선미가 푹 내려감과 거의 동시에 물의 반동으로 배가 불쑥 들리면서 앞으로 쭉 미끄러졌다. 마스트가 무겁게 휘청, 내려왔다가 휘익 올라갔다. 순간 푸르른 장막처럼 파도가 활짝 펼쳐지더니 요트 안으로 쏟아졌다. 파도가 등짝을 후려쳤다. 다들 반사적으로 몸을 낮추며 배의 난간을 꽉 움켜잡았다. 바닷물이 끼얹힌 등줄기가 바짝 오그라들었다. 그렇잖아도 두려워 죽을 지경인데 이런 식으로 위협하는 도연에게 화가 치밀어 올랐다. 그런데 종호는 도연이 아니라 은주를 향해 눈을 부라리며 소리쳤다. 그만 좀 해!

은주가 아니라 내가 맞받아 소리쳤다.

— 왜 그만하라는 거야?

도연의 위협은 당연하다는 건가? 종호에게 또 해묵은 감정이 울컥 치솟았다. 휴대폰을 꾹꾹 누르려던 종호가 붉은 얼음 같은 눈으로 나를 찌르듯 노려보았다. 그의 눈 깊은 곳에서 균열이 일어났다. 너라도 좀 참아주면 안 되냐? 그의 눈에서 피가 흐를 것 같았다.

높은 파도는 잦아졌지만 남은 파도가 여진처럼 요트를 흔들어댔다. 아직도 마스트 꼭대기는 커다란 원을 그리며 휘돌고 있었다. 마스트가 돌고 배도 일정한 리듬으로 흔들리고 있는 것이, 마치, 아무 느낌 없이 반복되는 섹스 같았다. 처음엔 돌풍과도 같이 나를 뒤집어 바다에 빠뜨려버릴 듯했지만 이제 잔열과 미진한 메슥거림만을 남긴 것처럼.

그리고 저 바닥으로 소리도 없이 차오르는 물. 점점 빨리 차오르는 물. 은주 차례였지만 은주는 꼼짝도 하지 않았다. 나는 억지로 물을 보지 않으려고 했다. 두려움이 커지는 속도만큼 물이 빨리 차오르는 것이 아닐까. 두려움이 두려움을 몰고 왔다. 다른 얘기를 하면 저 속도를 늦출 수 있을지도 몰라.

— 나도 하고 싶은 말이 있어.

나는 잠시 숨을 멈췄다. 종호의 반응을 기다렸지만 그는 행여 바다 끝에 무엇인가 나타난 것을 놓칠까 싶어서 먼 바다를 짯짯이 살펴볼 뿐이었다.

— 종호 씨하고 섹스를 하면서, 단 한 번도 오르가슴을 느낀 적이 없었어.

내 말이 채 끝나기도 전에 종호가 픽, 하고 웃었다.

그의 반응은, 시시각각 달라지는 해의 위치를 자주 확인하여 사방 방위 정도는 알아내고, 배가 나아가는 방향과 자기가 가늠하는 방향과의 일치 혹은 상이에 대해 혼잣말을 하거나, 물이 차오르는 속도를 엄밀히 가늠하며, 구조선이 아직도 안 나타나고 교신이 실패한 것에 대해 중얼거리고 있는 사이사이 건성으로 대꾸를 하는 것에 불과했다. 그는 별 대수롭지도 않은 이야길 갖고 그러네, 싶은지 도연과 자신의 휴대폰을 번갈아가며 누르고 있었다. 연락할 만한 전화번호는 다 눌러보는 것 같았다.

— 그냥 하는 말이 아니야. 나는 올라가고 싶은데 올라갈 수가 없었어. 종호 씨는 내게 쾌감을 주지 못했어. 매번, 절정 앞에서 끝을 내야 하는 게 얼마나…… 고통인지 알기나 해?

— 나도 알아. 네가 좀 불감증인 것 같더라.

종호가 시큰둥하게, 그러나 선선히 대답했다. 종호에겐 지금 그 따위 오르가슴이 문제가 아니리라. 자신만큼은 어떤 위기에도 흔들리지 않는 냉정한 지도자로서, 비록 대마도에 가기 위해 뱃머리를 어디로 돌려야 하는지는 모를망정, 친구들을 안전하게 지킬 책임이 있고, 조금이라도 빨리 구조가 이루어지도록 무슨 일인가는 해야 하는 인물로서, 내가 거는 시비쯤 간단하게 인정하고 넘어갈 수 있다는 투였다. 더구나 불감증이란 자신의 문제가 아니라 내 문제니까.

— 내가 불감증이라구? 미안하지만 다른 남자와는 엑스터시를 느끼거든.

은주가 구역질을 하더니 배 밖으로 몸을 내밀고 토했다. 그녀의 눈에서 눈물이 쏟아졌다. 그녀는 고개를 들지 않았다. 아예 속에 있는 모든 것을, 눈물과 분노와 두려움을 포함한 그 모든 것을 쏟아버리고 싶은지, 오물인지 울음인지 알 수 없는 것들을 계속 쏟아냈다.

그것을 보자 나는 오히려 메슥거림이 가라앉았다. 내 대신 그녀가 우리의 오물을 쏟아내고 있었으니까. 쥐새끼처럼 새어 들어오는 물도 은주가 대신 토해버렸으면 싶었다.

— 다른 남자는, 나를 죽여줬어.

— 나도 마찬가지야. 사실을 말하자면, 나도 너랑 할 때는 힘들어. 너는 도무지 올라갈 줄을 모르거든.

— 넌 여자를 몰라. 알려고도 하지 않고.

— 무슨 소리야. 나, 어떤 클럽에 가입해 있는데 말이야. 말하자면 일종의 밀교 클럽이지. 거기서 여자를 만날 수도 있거든. 근데 그 여자들 모두 나하고 완벽하게 절정에 올랐어. 절정에 오른 여자

들의 파동을 함께 타는 기분, 너, 그거 알아? 너도 좀 개발해봐. 거꾸로 사는 사람들이란 클럽이야. 내가 가입하는 거 도와줄까?

은주가 문득 구토를 멈췄다. 그녀가 계속 토해주었으면 좋을 텐데.

다른 여자들의 절정의 파동, 파도. 나는 배에 와서 부딪히는 파도를 느꼈다. 끊이지 않고 밀려오는 파도. 점점 높아지는 물마루. 요트를 집어삼키고 마스트를 집어삼키고, 검은 먼지 정령의 정원보다 더욱 어두운 죽음의 세계로 끌어들이는 저 높은 파도, 파동. 모든 남자들을 자신의 파동으로 저 깊도록 어두운 물마루까지 말아올려버리는, 여자들의 무지막지한 성욕. 그것을 함께 탄다, 더욱 깊은 죽음으로 이끌어주기를 바라며.

나는 내 몸에 몰아치는 낯선 파도, 낯선 여자들의 파동 때문에 메슥거림이 심해지고 구토가 치밀어 오름과 동시에 음부가 저절로 벌어지면서 간절히 남자를 원하는 것을 느끼고 뱃전에 몸을 숙였다. 이제 내가 오물을 쏟아낼 차례였다. 종호가 해치운 여자들, 혹은 종호를 해치운 여자들을 다 토해버리고 싶었다, 물론 종호와 함께.

은주가 난간에 가슴을 기대고 긴 머리카락을 온통 바다로 쏟은 채 흔들리고 있었다.

— 이런 얘기는 그만하자. 해경 쪽에서 연락을 해오는 것 같은데, 접속이 안 되네. 그래도 우리가 어디 있는지는 알 테니까, 마음 놓고 조금만 더 기다려보자.

끝까지 종호는 우리의 지도자 역할을 그만두지 않았다. 그건 또 그 나름대로 바람직했다. 그의 강하고 확신 넘치는 목소리 덕분에 덜 두려웠으니까. 종호가 선실로 내려갔다. 참 성실한 사람이다. 바가지 소리가 규칙적으로 들려왔다.

태양이 넘어가는 속도는 너무나 빨랐다. 관계가 깨지는 속도도 너무나 빨랐다. 팔 년간의 사랑은 단 여덟 시간 만에 끝이 났다. 팔 년간의 사랑은 순식간에 깨질 만큼 언제나 위험했다. 우리는 그 사실을 아마 팔 년 내내 알고 있었을 것이다.

구조선은 마치 언덕 아랫길에서 불쑥 올라온 것처럼 나타났다. 구조 요청이 있은 뒤 곧바로 우리를 추적하기 시작했는데 이제 보니 우리 뒤를 계속 따라온 꼴이라고, 그들은 말했다. 우리는 예정보다도 빨리 후쿠오카 앞바다까지 흘러왔던 것이다.

큰 고통을 치르고 여기까지 왔으니 검은 먼지 정령의 정원에는 가봐야 하지 않겠는가. 은주는 가지 않겠다고 했다. 도연도 기온이라는 말이 나오자 고개를 흔들었다. 거기에서 비롯된 이 모든 불행을 어서 빨리 끝마치고 싶다는 듯이. 마치 일 초라도 빨리 배에서 내리고 싶은 심정처럼, 일 초라도 빨리 서로에게서 빠져나가고 싶은 눈치였다.

나는 종호와 함께 나카스를 향해 걸었다. 단 한 마디 말도 없이.

*

백 년의 정원은 없었다. 우리는 기온이 있던 길가에 서서 거기까지 밀고 들어온 거대한 쇼핑몰을 바라보며 망연자실했다. 쇼핑몰을 세울 때 철거됐을까. 아니, 우리가 바다에 떠 있던 그 순간 사라진 것일까.

우리는 우리의 이십 대를 다시 입에 올리지 않을 것을 알았다. 그토록 아름다웠던 시절이 검은 먼지처럼 흔적도 없이 사라진 것이니까.

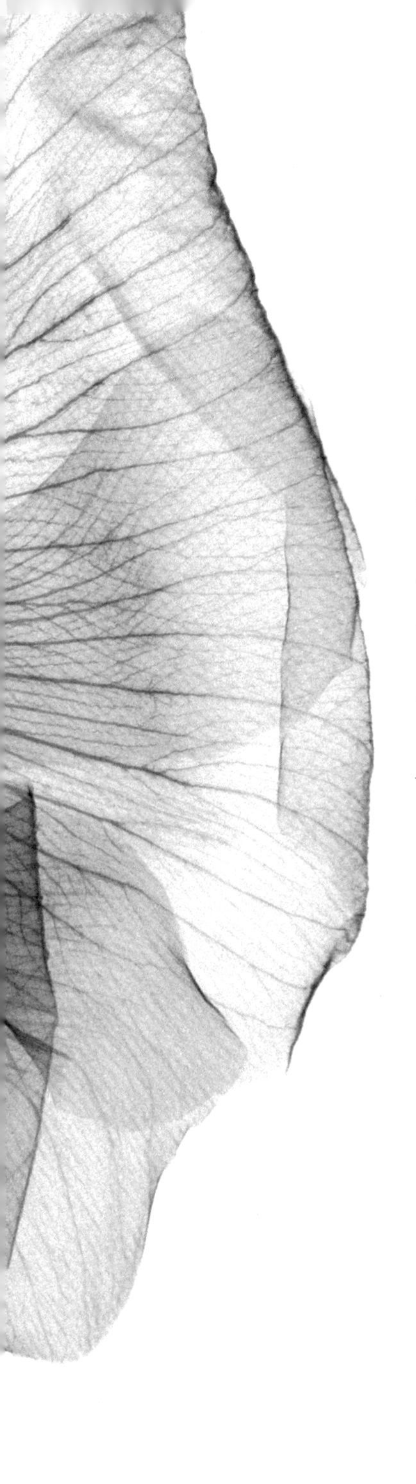

로라,
네 이름은
미조

*

청결하고 싸늘한 스테인리스 해부대에 눕혀진 사람은 그녀였다. 스물세 살 때 짧은 기간 애인이었으며, 그 후로 오랜 친구이며, 내 영국인 친구와 결혼했던 그녀. 나는 부검 의뢰서에 쓰인 그녀의 이름을 읽었다. 로라 브랜든. 나이 45세. 그녀는 첫 결혼에서는 로라 버넷이었다. 그리고 두번째 결혼에서 로라 브랜든이 되었다. 그 사이 하마터면 이름과 성이 한 번 더 바뀔 뻔했다. 카트린 블랑슈로. 그녀의 원래 이름은 김미조였다. 미조라는 아름다운 이름을 버리고 그녀는 망설임 없이 로라가 되었다.

사인을 밝히는 게 부검 의뢰의 목적이었고, 학대 의혹이 있다는 소견이 적혀 있었다. 누런 고무장갑 긴 오른손으로 하얀 시트를 걷어 올리며 왼손을 들어 조명을 높였다. 쩽. 그녀의 신체 위로 열 개의 대형 조명이 쏟아졌다. 스테인리스 사면 벽이 일제히 빛을 반사했다. 반사된 광폭한 빛이 해부대를 쏘아대며 맞은편 벽으로 날아갔다. 다시 되쏘아진 빛의 힘에 떠밀려 해부대가 둥실 떠올랐다. 그녀가 높디높은 허공의 해부대에서 천천히 몸을 일으키더니 하얀 다리를 늘어뜨렸다. 창백한 시트가 흘러내리고 헐렁한 가운 속에 허리를 곧게 세운 홀쭉한 몸이 빛을 타고 한 걸음 한 걸음 아주 오래 걸어 내려왔다. 서울에서 스코틀랜드로, 세계를 돌아 다시 영국으로, 파리에서 마닐라로, 마닐라에서 다시 서울로.

*

로라, 카트린, 미조, 그녀가 조명을 타고 내려오는 동안 나는 작은 실마리조차 증발시켜버릴 만큼 쏘아대는 광폭한 빛을 헤치고 목 졸림의 흔적을 찾아냈다. 턱 그늘에 가려진 엄지손가락 크기의 보라색 멍 자국. 배가 둥그스름한 메스로 수분이 바짝 날아간 서양인의 피부처럼 미세한 주름과 주근깨로 뒤덮인 목덜미를 열고 아직 노리끼리한 윤기가 도는 가슴을 부드럽게 열었다. 죽기 며칠 전부터 목소리가 잘 나오지 않았다는 후두는 협착되어 있었고 폐부엔 숨 대신 영국의 안개가 자욱했다. 그녀가 십 년 동안 벗어나려 했지만 벗어나지 못했던, 톰 버넷의 고향 애버딘의 침엽수를 오지

게 휘감은 안개가 그녀의 기관지를 침식시켰다. 끝내 배출되지 못한 객담이 기관지 솜털 사이사이 가득 달라붙어 있었다. 그녀는 안개를 몰아내지도 목소리를 몰아내지도 못했다. 내 손끝에서 기관지가 허탈하게 축 늘어졌다. 언제나 높고 팽팽하게 울리던 그녀의 성대가 주저앉은 지 몇 년이었을까. 그녀의 직접 사인은 영국의 안개일까?

위장을 열었다. 아니, 위장이 열리지 않았다. 위장의 초입, 끈끈한 근육 속으로 둥근 메스를 푹 밀어 넣었을 때 무언가 단단한 것에 걸려 날 끝이 낭창 휘었다. 뾰족한 삼각형 메스로 바꿔 단단한 그것을 덮고 있는 근육을 섬세하게 저며 들추었다. 하얀 모서리가 삐죽 솟아올랐다. 수술용 집게로 잡아 뽑기엔 좀 두꺼웠다. 게다가 조밀한 근육이 그것을 잡고 안 놓아주었다. 손톱으로 한쪽 끝을 겨우 잡고 모서리를 살살 돌려가며 위장 근육 속에서 뽑아냈다. 조명이 쨍하게 비치는 내 손바닥 위에 놓인 건, 금테를 두른 버건디 색 선명한 본차이나 찻잔 조각.

눈부신 빛줄기를 타고 내려오던 로라, 그녀의 영혼이 말했다.

— 내가 영국인이 되기 위해 뭘 하는지 알아?

그녀는 근육 조직과 끈적한 점액질, 엷은 핏물이 엉긴 찻잔 조각을 도로 입에 넣었다.

— 애버딘에서의 첫 파티 때 깨버린 왕실 전용 본차이나 조각을 먹는 일이지.

나는 그녀가 톰 버넷과 함께 영국으로 떠나던 날을 떠올렸다. 톰은 바람에 흩날리는 그녀의 까만 생머리를 한 손으로 어루만지며 다른 손으로 내게 작별 인사를 했다. 우린 애버딘으로 가. 여왕의 발모랄 성이 있는 전통적인 마을이야. 번잡스럽지 않아서 지내기 편안할 거야.

*

영국 북부, 스코티시 파인 트리 숲에 둘러싸인 자그마한 집. 로라가 살 집은 그 파인 트리를 막 베어내 지은 집이었다. 문을 열자마자 밝은 목재와 싸한 향기가 그녀를 깜짝 놀라게 했다. 콧속 점막 깊숙이 밀려들어온 알싸한 소나무 향은 날렵한 검이나 된 듯이 코를 윗부분과 아랫부분으로 잘라버린 것 같았다. 비강 천장부터 머리 꼭대기까지 딱 잘려서 둥둥 날아오르는 것 같았으니까. 향기에 실려 올라간 비강이 삼각형으로 치솟은 높은 천장을 휘이 돌아 그 아래를 가로지른 선반과 거기 가득 채워진 책자들 사이로 내려와 한 바퀴 빙 돈 다음 한쪽에 세워진 나무 사다리에 안착하자 그녀는 이상스럽게도 모든 것이 다 믿음직스러워졌다.

그녀를 위해 지었다는 그 집은 한국의 전통 건축 양식을 차용해서 창문이며 방문이며 다들 만자 무늬 창살이었다. 천장도 들보와 서까래가 그대로 드러난 형식이었다. 그것은 그녀가 자란 집의 대청마루와도 같았다. 어릴 적 새로 지은 사랑채에서 맡았던 소나무 향이, 아직 맛보지는 않았지만, 그 견디기 어렵다는 향수를 눅여줄 수 있을 터였다. 그녀는 안동의 집성촌에서 자라났고 남자 어른들만 모여드는 사랑채에서 아버지의 무릎에 올라앉아 어리광을 부리던 유일한 자식이었다.

모든 게 다 믿음직스러웠다. 더할 나위 없이 세련되고 섬세하며 정확한 톰은, 말할 것도 없고.

로라는 새집의 정원을 가꾸기로 했다. 가드닝이 영국인들에게 최고의 취향이라는 말을 듣기도 했고 울타리도 없이 집만 덜렁 세워져서 휑하고 허전하기도 했기 때문이다. 지금껏 식물과는 아무런 상관 없이 살아왔던 그녀였던지라 앞으로도 내내 정성스럽게 돌볼지는 모르겠지만 넓은 챙 모자를 쓰고 삽으로 땅을 파는 지금 당장은 진짜 영국인이 된 것처럼 흥이 났다. 가장 가슴이 설렜던 건 창문 아래로 라벤더와 히아신스를 나란히 심을 때였다. 아침마다 창을 열면 불쑥 머리가 올라온 그것들이 바람에 흔들리며 짙은 향기를 뿜어내겠지. 보라와 하양이 뒤엉켜 안개 속에서 물결치면 정말이지 환상적일 거야. 그녀는 기대에 가득 차 정성들여 심고 꾹꾹 밟아 땅을 다졌다.

톰은 작은 정원을 가꾸느라 잔뜩 구부린 그녀의 등을 어루만지며 말했다.

— 게으른 귀족 같던 등이 성실한 농부 같네.

그는 자기를 향해 길게 뽑아 올린 그녀의 목덜미에 입을 맞추고 지역 NGO 사무실로 출근했다. 아이비와 나팔꽃을 현관 파티오 밑에 심어 기어오르게 하고, 높은 그 끝에는 흘러넘치게 활짝 핀 보라색과 분홍색 팬지 바구니를 걸어놓았다. 바구니가 흔들리면서 젖은 꽃잎의 물방울이 후드득 얼굴에 쏟아지자 그녀는 일종의 라벤더였다. 우아한 목을 높게 세우고 짙은 향기를 내뿜으며 빙그르 피루엣 한번 돌아주고 그랑제테로 파티오 쪽마루를 박차고 날아올랐다.

마지막으로 빨간 열매가 주렁주렁 달린 작은 나무를 현관 앞에 둘러 심었다. 거칠고도 강건한 뿌리를 가진 식물을 심고 바닥을 다지자 이제 비로소 이곳에 뿌리를 내린 것 같았다. 화초들 주변의 자갈을 고르고 허리를 펴기 전에 그녀는 빨간 열매를 두 손으로 받쳐 들고 하늘을 바라보며 입을 맞추었다. 자기 자신을 심는 마당에 이 정도의 의식은 꼭 필요한 것 같았다. 집으로 들어와 테이블에 촛불을 두 개 켜놓고 톰의 선반에서 『그린란드의 재앙』이라는 책을 꺼내 침실로 가져갔다. 남편이 오기 전까지 느긋한 시간을 즐길 생각이었다.

이른 저녁에 집에 들어온 톰이 문지방 밖에 서서 그녀를 불러냈다. 표정이 굳어 있었고 음성도 어쩐지 깎아지른 듯했다. 그는 빨간 열매가 달린 작은 나무를 향해 곧게 편 손을 사선으로 내리그었다.

― 저거 뽑아내.

― 왜요?

그녀는 날카롭게 소리쳤다. 이건 너무 뜻밖이었다. 톰이 그녀를 불러낸 건 아름다운 정원을 완성시킨 그동안의 노고를 치하하는 키스를 퍼붓기 위해서이리라, 생각했다.

— 말콤 가문의 상징이야. 여기선 다른 가문의 문장을 침범해선 안 돼. 그건 말콤 가문이 오래전 확보한 영토를 상징하기 위해 심기 시작한 거야.

그녀가 멍청하게 서서 아무런 행동도 하지 못하자 그가 나뭇가지들을 부여잡고 힘껏 뽑아 올렸다. 질척한 흙에 그의 신발이 빠져들었다. 그녀는 동화에 나오는 어마어마하게 뿌리가 큰 순무처럼 동네 사람들이 다 달려들어도 절대로 뽑히지 않기를 바랐다. 그러나 금방 심은 나무는 몇 번 힘을 쓰자 형편없이 무기력하게 쑥 올라왔다. 그녀는 그가 빠져나올 수 없을 정도로 발이 더 깊이 묻히기를 바랐다. 그는 뽑힌 나무를 정원 한구석에 던지고는 내일 아무도 모르게 태우라고, 또 깎아지른 듯한 음성으로 말했다. 새로운 곳에 왔으니 새로운 질서를 익히라는 것뿐, 아무런 감정도 담겨 있지 않았다.

토종 식물이라, 토종 식물……. 그녀는 톰이 뽑은 빨간 열매 나무 앞에 쪼그리고 앉아 탐욕스럽게 바라보았다. 그리고 그 열매를 따서 먹기 시작했다. 딱딱하고, 쓰고, 거친 열매는 잘 씹히지도 않았다. 결국, 어두워져가는 말콤가의 숲을 노려보며 두 알, 세 알, 네 알, 뒤집혀 뿌리를 드러낸 나뭇가지에서 빨간 열매를 따서 통째로 넘겨버렸다. 몹시 허기가 져서……, 라고 나중에 말했다.

뽑혀 나간 자리에는 백합을 몽땅 심어버렸다. 가족과 친지들을 초대하는 첫 파티에 뒤집힌 정원의 붉은 흙을 보여줘서 구태여 인상을 나쁘게 할 필요는 없었고, 정원에서 꺾은 꽃으로 테이블을 장식하는 게 상식이기 때문이기도 했으며, 백합은 줄기며 잎이 단단해서 심은 지 며칠 안에는 죽지 않을 것을 감안하기도 했다. 그걸 심을 즈음에는 식물에 대한 애정이 완전히 가신 뒤여서 첫 파티에 쓰일 꽃만 충분히 대주고 나면 너희들은 다 죽어도 내 알 바 아니라고 중얼거리며 구덩이를 팠다. 백합의 묘혈이나 되는 듯. 그러나 허리를 굽히고 꽃에 코를 처박고 낑낑거리며 심는 동안 다른 향기를 다 눌러버리는 백합의 그 무자비함이 마음에 들었다. 어쩌면 라벤더나 히아신스가 다 죽어도 백합은 죽지 않을 거 같았다. 애정이라곤 하나 없는 손으로 심겨지는데도 싱싱하게 벙글거리는 그것들은 도로 뽑아서 뿌리를 햇빛 아래 내버려두어도 독한 향기를 뿜으며 살아 있을 것 같았다.

— 백합에게 물었어. 네가 살고 쟤들이 다 죽거나, 쟤들이 살고 네가 죽거나, 어느 쪽일 거 같니?

— 그래서?

— 내가 거길 떠날 때까지 살아남아 있던 게 뭐였을 거 같아? 물론 난 그 뒤론 정원을 돌보지 않았어. 톰이 애지중지하며 돌보았지.

그녀의 야릇한 미소로 보아 백합이 살아남았을 거 같은 예감이 들었다. 그녀는 살아남은 백합의 알뿌리를 먹었을까? 아니면 자존심 때문에 결코 돌아보지도 않았을까.

*

그리고 드디어 첫 파티. 로라는 분위기를 확 띄우고 싶었다. 그래서 테이블 장식을 푸른색으로 통일하기로 했다. 새하얀 테이블보 위에 접시받침으로 푸른 줄무늬 옥스퍼드 면을 썼고 과일 접시도 로라 애슐리의 푸른 줄무늬였다. 테이블 한가운데의 풍성한 꽃들만이 노랑, 빨강, 주황, 하양, 초록으로 뜨겁게 타올랐다. 냅킨 고리에 끼운 작은 꽃들까지, 세팅을 마치고 나니 기분이 한결 좋아졌다.

눈주름이 곱게 잡힌 톰의 부모님이 선물 꾸러미를 소중히 안고 들어왔고, 그 뒤로 톰처럼 선량하게 생긴 남동생이 따라 들어왔다. 그들이 자리에 앉자 삼촌 가족이 도착했다. 볼을 서로 마주 대고 다정하게 눈을 맞추며 인사를 나누었다. 샐러드를 다 먹어가는 것을 보고 메인 디시를 내오려고 돌아서는데 톰의 어머니가 그녀를 불러 세웠다. 눈썹머리를 꼿꼿이 세운 시어머니의 눈이 앞치마에 가려진 타탄체크 스커트에 꽂혀 있었다. 식탁에 앉은 사람들의 시선이 일제히 그녀의 스커트로 모여들었다가 황망히 흩어졌다. 로라는 당황하여 스커트 뒷자락이 말려 올라갔는지 지퍼가 내려갔는지 더듬더듬 만져보았다. 문제는 없었다. 그녀는 시어머니와 눈을 맞췄다. 시어머니는 눈을 살짝 내리깔았지만 여전히 꼿꼿함을 풀지는 않고 입꼬리만 말아 올려 웃어 보였다. 그러고는 어린애에게 하듯 고개를 기울이며 다정히 말했다. 애야, 다른 스커트는 없니? 그것을 바꿔 입었으면 좋겠구나. 톰은 미처 알아차리지 못한 자신의 부주의함을 자책하는 듯이 표정을 축 늘어뜨리고는 그녀를 향해 옷을 갈아입고 오라고 고갯짓을 했다. 그녀는 가족들 사이에 흐르는 분위기를 이해할 수 없어서 의아한 얼굴로 톰에게 입만 벙긋거려 물었다. 왜요? 톰이 다시 고갯짓을 했다. 가서 옷 갈아입고 와.

옷을 갈아입는 그녀의 등 뒤로 톰이 들어왔다.

— 타탄체크는 함부로 입는 게 아니야.

함부로? 그녀는 고개를 획 돌려 그를 흘겨보았다.

— 그 체크는 매켄지 가문이 입는 거야. 체크무늬는 정해져 있어. 우리는 그걸 입어서는 안 돼.

그녀가 아무 생각 없이 입었던 타탄체크는 빨강 위에 검정 줄이 밀집돼 있고 흰 줄은 가늘게 띄엄띄엄 지나가는 무늬였다.

— 그럼, 난 무슨 체크 스커트를 입어야 해?

— 우린 정해진 게 없어.

— 그럼, 난 아무 체크무늬도 입을 수 없단 말야?

— 여기 가문들 것을 빼고 골라서 입을 수는 있을 거야.

아예 없다고 봐야겠군. 그 수많은 가문들이 하나씩 무늬를 차지하고 있다니. 그리고 당신네는 이름난 가문도 아니라니. 이게 뭐야. 내가 체크무늬 스커트도 맘대로 입을 수 없는 고장에 와서 살게 되다니.

그녀는 이제 또다시 규칙을 어기게 될까 봐 잔뜩 긴장해버렸다. 모든 코스가 빠르게 진행되어서 다들 얼른 집으로 돌아가길 바라는 마음밖에 없었다. 그 어떤 의례적인 칭찬과 유머도 기분을 돌이키지 못했다. 커피나 한잔 진하게 마시고 늘어지고 싶었다. 마지막으로 커피를 내겠다고 했더니 시어머니가 조금 전에 선물한 잔에 마시자고 했다. 그런데 또 그 커피 잔을 깨뜨릴 줄이야. 멀쩡한 마룻바닥에서 미끄러진 것도 이상한 일이거니와 귀한 커피 잔을 깨뜨린 것은, 그녀의 어떤 점에서 비롯된 것인지 알 수 없었다. 그녀는 평소 덜렁거리지도 않았고, 조심성 없는 성격도 아니었는데 말이다.

찻잔을 깨뜨렸을 때는 무슨 실패담의 하이라이트를 결국 만들고 말았다는 생각이 들었다. 찻잔이 깨지는 순간 모두의 눈이 크게 놀라며 바닥의 잔에 멈추었다. 다들 재빨리 시선을 거두었지만 그 표정들은 이 정도야 충분히 예상한 일이니 너그럽게 눈감아주자고 의견을 모은 것 같았다. 숨이 멎을 것 같았던 한순간이 지나자 톰의 어머니가 치켜떴던 눈을 조심스럽게 가라앉히고, 애야, 피곤한가 보구나, 라고 했다. 동양의 발레리나였다는 작은 여자는 조심성도 없는 데다 눈치도 없어서 모르는 것이 있을 때조차 물어보지 않는, 미련한 여자가 되어버렸다.

그녀는 다정함과 너그러움 속에 숨은 날카로운 시선에 너무 지친 나머지 더 이상 긴장하기가 싫어져버렸다. 언제인지 분명치 않지만 여왕에게서 하사받았다는 찻잔. 삼 대를 걸쳐 내려와 이제 톰에게 물려준다던 찻잔. 그녀는 가족들이 지켜보는 가운데 모멸감에 휩싸인 채 몸을 숙여 하나하나 작은 조각까지 주웠다. 가족들 앞에서 곧바로 쓰레기통에 버릴 수 없었던 그녀는 남은 힘을 짜내 조심스런 몸짓으로 조각을 차곡차곡 쌓아 주방 한편에 올려놓았다. 이런 일이 마냥 편치만은 않았을 가족들도 끝까지 예의를 잃지 않고 모든 과정을 마친 뒤 하나하나 그녀의 뺨에 입을 맞추고 돌아갔다.

설거지를 마치고 앞치마를 벗는 그녀에게 톰이 다정하게 입을 맞추었다.

— 오늘 수고 많았어. 너무 어려워 말고 하나씩 배운다고 생각해.

그 말은, 이제 그만 느슨해지려고 천천히 풀어지는 가슴을 예고도 없이 퍽 때리는 것 같았다. 톰의 뒤를 따라 침실로 가다가 그녀는 순간 걸음을 늦추었다. 그리고 주방 조명 아래에서 빛을 발하는 찻잔 조각을 보게 되었다. 그녀는 자기도 모르게 찻잔 조각 앞으로 다가갔다. 영국 여왕의 하사품이라. 영국의 전통적인 문양, 영국인들의 영혼이 깃든……. 한 조각을 집어삼켰다. 그녀의 눈빛이 그때 탐욕스러웠는지, 절망스러웠는지 그건 말하지 않아서 모르겠다.

그녀는 발레를 버리고 떠나왔던 그날을 떠올리며, 식도를 찢으면서 내려가는 찻잔의 비릿함을 억지로 삼켰다.

*

톰이 미조를 만난 것은 동아시아 습지의 변화에 대한 취재를 막 끝내고 나와 함께 미조의 무용 연습실 문을 열어젖히면서였다. 겨우내 한반도의 습지를 돌고 온 환경 운동가 톰은 두 다리를 쭉 뻗어 차며 허공을 가벼이 가르는 스물여섯의 미조를 보았다. 그의 입에서 탄식과 함께 짙은 입김이 낮게 흘러나왔다. 톰은 마침 전 세계적으로 급격한 몰락을 맞은 고니를 따라 이동하면서 형편없이 줄어든 개체 수에 대해 애석해 마지않던 참이었다. 그는 미조라는 이름 또한 새와 관련이 있다는 것을 알고 둘의 만남을 운명처럼 여겼다. 마치 희귀조를 보듯 바라보는 톰에게 소개했다.

— 맨발의 이사도라야.

'맨발의 이사도라'는 미조 스스로 붙인 그녀의 아이콘이었다. 미조는 스물다섯이 넘도록 발레를 했지만 발레리나로 성공하기엔 상체가 너무 두툼하고 다리가 가냘픈 신체 조건 때문에 어쩔 수 없이 현대 무용으로 갈아타게 되었다. 그러고는 토슈즈를 벗어던지고 클래식에서 훌쩍 모던으로 날아가 맨발로 자신을 이슈화했던 이사도라 덩컨처럼 얇은 덧신조차 신지 않겠다고 버텼다. 단원 모두가 살색 타이즈를 입고 발바닥에 얇은 가죽을 댄 덧신을 신을 때조차 그녀는 타이즈의 발목 부분을 잘라내버렸다. 연습실과 달리 바닥이 거친 무대에서는 발을 다치기 쉬워서 그건 치기에 불과한 일임에도 그녀는 고집을 꺾지 않았다.

펑계인지 모르겠지만, 그녀를 계속해서 들어 올리다가는 몇 년 안에 허리 끝장나고 춤꾼 생활 접어야 할 거라고 파트너들이 불평을 해댔다. 선생으로부터도 체중 감량을 줄곧 요구받았다. 그러던 중에 그녀를 들어 올려 돌리던 파트너가 그만 힘을 놓아버렸다. 그녀는 바닥에 내동댕이쳐졌다. 허리가 아니라 가슴으로 바닥에 떨어졌다. 털썩. 머리를 높이 들어 올렸지만 길게 미끄러지면서 턱을 마룻바닥에 부딪혔다. 갈비뼈와 턱에 금이 가고, 그녀는 몸을 다쳐서가 아니라 가슴을 다쳐서 춤꾼으로서의 삶을 심각하게 고려해야 했다. 단원들과의 트러블은 그렇게 사소한 것에서부터 치명적인 것들까지 골고루 망라되었다. 혼자서도 무대를 장악하던 이사도라 덩컨에의 꿈은 결코 그녀의 것이 되지 못했다.

— 로열발레단에 들어가는 게 꿈이었어. 내 라이벌은 마고트 폰테인 하나뿐이었는데.

춤꾼으로서의 삶을 완전히 포기하고 난 뒤에야 그녀는 그렇게 말했다. 열네 살 무렵에 로열발레단에 들어갈 수 없다는 것을 알게 되자 국립발레단원이 되기 위해 하루 열여덟 시간을 토슈즈를 신고 죽도록 연습했다. 스무 살이 넘어가자 국립발레단도 물 건너갔다는 것을 알았다. 그녀는 스물여섯이 끝나갈 즈음 통곡을 쏟아놓았다.

— 볼쇼이에서는 여섯 살에서 여덟 살 아이들을 심사해. 그 나이면 앞으로 어떤 몸으로 자랄지 가늠할 수 있거든. 볼쇼이는 오랜 역

사를 통해 정확한 통계를 갖고 있어. 여섯 살 아이의 가슴둘레가 몇 센티이고 다리 모양이 어떠하면 열여섯 살 때, 스물두 살 때 어떤 체형으로 성장할지 알고 있지. 내가 여섯 살 때 내 몸이 어떻게 자랄지 알았다면 단지 춤추고 싶다는 열망만으로 여기까지 와야 할 이유는 없었을 거야. 원한다면 춤을 출 수는 있겠지. 하지만 적어도, 이렇게 모든 걸 바치지는 않았을 거란 말이지.

그러나 그녀에게 정작 부족했던 것은 신체적 결점이 아니라 신체 깊은 곳으로 감정을 농밀하게 모을 줄 모른다는 점이었다. 그렇게 감정을 모을 줄을 모르니 그녀가 아무리 훈련된 대로 손발을 움직인다 해도 관객들이 무용수의 감정에 빠져들지 못하는 것은 당연했다. 게다가 가끔 그날의 감정이 여과 없이 어수선하게 때로 발작적으로 표출되기도 했다. 간단하게 말하면, 연기력 부족에 절제력 부족이라는 거였다. 선천적으로 고집이 세고 감정의 진폭이 큰 그녀는 그것을 알아채지 못했다. 남들이 불평하고 지적하는 것의 이면을 읽지 못하고 신체적 결점을 훈련으로 만회해보려 했지만 당연히 쉽지 않았다. 세계적인 발레리나가 아니래도, 웬만한 발레단의 발레리나라면 신체뿐만 아니라 심리적인 절제력도 큰 능력이라는 것을 그녀는 몰랐던 것이다. 모든 가능성이 닫히고 나서야 겨우 알아챈 건, 단원들이 두툼한 그녀의 신체를 핑계 대는 편이 발레리나로서의 가장 최종의 관문인 연기력 부족을 탓하는 것보다 편했었겠구나, 하는 것이었다. 그녀는 그렇게 통곡하고 나서 발레를 떠났다.

춤을 버리자마자 망설일 겨를 없이 다른 세계로 훌쩍 날아가버
릴 수 있다는 점이, 그녀가 톰을 택한 가장 큰 이유였는지 모른다.
여기 남아서 자기가 배척당한 세계를 계속 지켜봐야 했다면 견딜
수 없었을 거라고 말한 적이 있다.

그녀는 이렇게 말했다.

— 영국에 가면 로열발레단이 이웃에 있는 발레 학원처럼 느껴
질지도 몰라.

*

그녀의 위장은 잘 열리지 않았다. 진득한 점액질로 뒤덮인 근육
은 이미 힘을 다 잃어서 축 늘어져 있었다. 그래서 자꾸 손에서 미
끄러졌다. 위장을 열어가던 둥근 메스는 또, 멈췄다. 무언가가 칼을
막아섰다. 그녀는 음식물 대신 무얼 그리 먹어댔단 말인가. 위장은
텅 비어 있었으나 또한 가득 차 있었다. 나는 다시 뾰족한 삼각형의
메스로 바꿔 알 수 없는 물건을 감싼 근육을 날카롭게 저몄다. 조명
이 쨍한 내 손바닥에 냉큼 올라앉은 건, 버버리의 금색 단추.

눈부신 빛을 타고 내려오던 로라가 점액과 혈액으로 미끄덩거리
는 금색 단추를 들고 있는 내게 물었다.

— 모로코에서 먹었던 거야. 그걸 왜 먹었을 거 같아?

　　　　　　　　　　　　*

　톰은 첫 파티를 끝낸 밤, 울며 토하는 로라를 보면서 견문을 넓혀 줘야겠다는 생각을 했다. 그가 보기에 로라는 좁은 한국에서만 살아와 문화의 차이를 잘 이해하지 못하고 고통을 받는 것 같았다. 로라는 처음에 소리 죽여 울다 보니 가슴을 크게 들썩거리게 되었고 그것 때문에도 가슴께의 통증이 점점 더 심해졌다. 그녀는 이물질을 먹었다는 것을, 엉겁결에도 말하지 못했다. 그리고 웬일인지 시간이 지날수록 실토를 할 기회가 오지 않을 것 같다는 사실을 깨달으며 '가슴이 타는 것 같아'라는 말만 되풀이했다. 울다가 토하면 점액에 피가 배어 나왔다. 톰은 그녀가 그렇게 감정을 고스란히 드러내는 것을 보고 무척 당황했다. 고통스러운 점이 있어도 상대방을 배려해서 혼자 몰래 울거나 슬픔을 감추고 웃음을 띠는 것이 진보적인 방식 아닌가. 한국 여자들은 통곡을 잘한다더니 역시 그렇군. 겨우 그만한 일 가지고 이렇게 울어대다니. 이래서는 더욱 적응하기 어려울 뿐이야. 이렇게 거침없이 울어대는 여자를 본 적도 없고 어떻게 대응해야 하는지 모르는 톰은, 더구나 문제를 해결하는 방법을 찾아야만 하는 남성으로서의 톰은, 그녀의 부적응을 위로하는 대신 갓 깎아놓은 사과처럼 똑바로 앉아 그녀를 어떻게 바꿔놓을 것인지 곰곰 궁리했다.

　그들은 긴 시간에 걸쳐 유럽 여행을 시작했다. 톰이야 어차피 세계를 돌며 환경의 변화에 관해 조사하고 보고하고 교육시키며 유엔에 대책을 촉구하는 일을 하는 사람이었다. 로라를 데리고 다니며 척박하거나 풍요롭거나 엄격하거나 자유롭거나, 각국의 다양한 문화를 경험하게 하면 변화가 일어나리라.

톰은 평범한 동양 여자였던 로라가 조금은 뒤떨어진 공동체 의식에 머물러 있다고 판단했을지 모르겠다. 그리고 이른바 넓은 세상을 주유하면 그녀가 익혀온 촌스런 관습과 의식으로부터 벗어날 것이라 생각했을지, 그것도 지레짐작할 수는 없다. 어쨌든 로라는 유럽을 돌고 있었다. 가장 먼저 프랑스를 들렀겠지. 그녀가 맨 처음 본 것은 파리 뒷골목 주택가에서 소녀들이 발레 하는 모습이었다. 근처 교습소에서 훈련을 하다가 나왔는지 소녀들은 발레복을 입은 채 보도에서 가로등 기둥을 안고 빙글 돌기도 하고, 친구의 허리를 감아 도는 장난을 치기도 하며, 서성거리다가 저희들끼리 키득거리다가 했다. 지나가는 사람들은 웃음 띤 얼굴로 소녀들에게 눈인사를 하기도 하고 비켜 가기도 했다. 노란 햇살이 나긋나긋 소녀들의 하얀 드레스에 내리고 있었다. 그 시기의 미조, 그녀가 바닥을 박차고 그랑제테로 날아오르는 게 보였다. 울퉁불퉁한 보도블록과 고풍스런 건물들이 점점 멀어지면서 마침내 소녀들의 대열에서 완전히 이탈하는 것을 보았다.

로라는 정작 영국에서 로열발레단은커녕, 발레 하는 소녀조차 하나 보지 못하고 목덜미에 눅눅하게 내려앉는 짙은 안개를 훔치며 기대에 차서 꽃을 심던 자신을 떠올렸다. 영국에서는 정말이지

발레가 아무것도 아닌 게 되어버렸다. 그녀 앞에는 매번 새로운 상황이 놓이곤 했다. 그러면 한동안 새로운 도전에 몰두하게 되었지만, 그것마저 커다란 기대를 품고 새 땅에 꽃을 심었다가 뽑혀버리는 사건의 연장이 되어버리고 말았다. 이러저러한 실수는 되풀이되었다. 심지어 맘 놓고 어울렸던 프랑스 친구들과 함께한 파티에서도.

그녀는 한국에서 함께 어울렸던 톰의 친구 블랑슈를 만나자 너무 반가웠던 나머지 애정을 듬뿍 담아 쌈을 싸서 입에 넣어주었다. 그 친구는 어리둥절했지만 입 가까이 들이민 그녀의 쌈을 피할 수 없었다. 톰은 그녀에게 정중하게 화를 냈다.

— 로라, 내 친구를 유혹하려는 거야?

— 아니! 왜 그렇게 생각해?

— 왜 내 친구에게 쌈을 싸서 준 거야.

— 반가운 친구에게 쌈을 싸준 게 어때서?

— 그건 딥 키스와 같은 의미란 걸 몰랐어? 그런 건 한국에서나 통하는 거야.

한국에서나 통하는 것. 세상의 거의 모든 나라들에서는 쌈을 싸주는 행위가 한국과는 다른 행위로 비친다는 것을 그제서야 알았다. 그녀는 한국에서 어머니, 이모, 작은어머니, 언니, 오빠들이 흥겨운 자리에서 서로에게 쌈을 싸주던 것을 기억했다. 블랑슈는 유들유들하고 농담을 입에 달고 살아서 톰과 처음 만나 어색했던 자리를 편안하게 만들어줬던 친구였다. 그 당시 우리 넷은 불고깃집으로 자주 몰려가 서로에게 쌈을 싸주며 이렇게 편안한 한국이 좋다고 어깨동무를 했었다. 톰은 얼굴을 굳히고 그녀의 눈 바로 앞에 검지를 높이 세워 안 돼, 라며 주의를 줬다. 여기서는 안 돼!

톰은 그녀가 왜 자꾸 원점으로 돌아가는지 몰랐다. 그러나 실패해도 다시 익히면 언젠가는 세련된 유럽인이 되리라 생각했다.

그녀는 도시를 돌아다니는 것에 지쳤다. 도시에서는 그냥 거리를 걷고 있어도 지켜야 할 것들이 너무 많았다. 낯선 사람과는 아무리 좁은 장소에 있어도 팔 길이 하나만큼의 거리를 지켜야 하는 것과, 저 앞에 대단한 것이 있고 그것을 보고 싶다고 해서 다른 사람의 시야를 함부로 가려서는 안 되는 것과, 또……

해변이 아름다운 것은 아무도 서로를 간섭하지 않기 때문이었다.

행여 자기의 그림자로 누워 있는 그녀를 가릴까 싶어서, 지나가는 사람들은 하나같이 조심조심 비켜 가곤 했다. 하루 종일 누워 있어도 그녀에게 일어나라고 하는 사람도, 옆자리로 바짝 밀치고 들어오는 사람도, 조심성 없게 모래를 끼얹는 사람도 없었다.

해변은 역시 아름다웠다. 톰이 바닷속 모래를 일정한 양만큼 퍼서 미리 표시한 병에 담고 바닷물도 시약이 담긴 병에 담으면서 공언한 대로 이 바다는 거의 훼손되지 않았다. 그녀가 보기에도 그래 보였다. 아무도 해변에서 음식물을 함부로 버리지 않았고, 불을 피우고 고기를 구워 먹지도 않았으며 모래를 걷어차거나 시끄럽게 뛰어노는 애들도 없었다. 간혹 집시 소녀 둘이서 허름한 옷차림으로 바닷물에 들어갔다 나왔다 하며 조개인가 무언가를 줍고 있을 뿐이었다.

해변은 지나치게 아름다웠다.

나른한 낮잠에서 깨어 주변을 돌아봤을 때 발아래로 열 걸음 정도 떨어진 곳에 허름한 작은 담요로 무언가를 덮어놓은 게 눈에 띄었다. 더 자세히 보니 담요 밖으로 머리와 발임 직한 신체의 일부가 튀어나와 있었다. 맨바닥에 누군가 누워 꼼짝 않고 있으며 담요 같은 것으로 그 신체를, 더구나 얼굴을 덮어놨다면, 그렇다면, 그것은 누군가의 주검? 며칠 동안 바닷가에서 오가던 집시 소녀들이 보이지 않았다. 옆에 누워 책을 보고 있는 톰을 돌아보았다. 톰은 낮잠을 자지 않은 것 같았다. 아침부터 읽기 시작했던 책의 페이지가 한참 넘어가 있었다. 톰은 몸을 받치고 있던 팔이 저린지 자세를 바꿔 누웠다.

옆에 있는 커플에게로 시선을 돌렸다. 젊은 남녀인 그들은 키스를 주고받으며 햄버거를 맛있게 먹고 있었다. 다른 쪽에 있는 남자를 바라보았다. 그 남자는 멍하니 먼 바다를 보고 앉아 있는데 그 시선은 집시 소녀들의 주검을 넘어선 어디였다. 조금 권태롭고 조금 나른한, 잠에 빠져들기 직전의 평온한 표정이었다. 어떤 여자가 바다에서 나와 웃으며 달려오고 있었다. 뜨거운 한낮, 거기 작은 백사장에서는 아무런 일도 벌어지지 않았다. 그저 작은 소녀 둘이 물에 빠져 죽은 것일 뿐.

로라는 파도 소리조차 거의 묻혀버린 정적과 금방 아이들이 빠져 죽은 바다에 아무렇지도 않게 들락거리는 무관심 속에서 어떻게 해야 할지 알 수가 없었다. 왜 아무도 소녀들에게 가지 않는 거지? 톰이 책을 읽는 자세 그대로 피크닉 바구니로 손을 뻗어 빨간 사과를 꺼냈다. 그걸 입으로 가져가는 순간 로라는 자기도 모르게 소리를 질렀다.

— 어떻게 그걸 먹을 수 있어요!

톰이 깜짝 놀라 그녀를 쳐다보았다. 그녀는 아차, 싶어서 한 손으로 입을 가리며 다른 손을 뻗어 소녀들을 가리켰다. 톰이 사과를 든 채 주검을 돌아보고 다시 왜? 하는 표정을 지었다.

— 쟤들 죽은 거예요?

— 응. 그런데 왜 사과를 먹지 말라는 거야?

— 시체를 앞에 두고 그걸 먹고 싶은 마음이 나요? 저 애들, 너무 불쌍하잖아요.

— 경찰이 와서 해결할 거야.

— 그냥 저렇게 놔둔단 말이에요?

— 그럼 어떻게 해줘?

걱정하지 마. 프랑스는 시스템이 잘되어 있는 나라야. 경찰이 와서 시신을 수습할 거고, 보호자를 찾을 거야. 보호자가 없다면 시에서 시신을 적법하게 처리할 거야. 괜히 왁자지껄 모여들어서 시끄럽게 떠들어대고 대책은 하나도 없는, 그런 나라가 아니야. 그러나 믿을 만하다는 경찰은 한참이 지나도 오지 않았다. 저 소녀들이 프랑스인이었어도, 백인이었어도 이렇게 무관심할 수 있었을까. 소녀들은 이 뜨거운 태양 아래 보자기 하나 뒤집어쓰고 익어가고 있었다.

로라는 해변에 불시착한 고래를 다시 바다로 돌려보내기 위해 몰려드는 환경 운동가와 마을 주민과 카메라를 들고 쫓아오는 기자들을 떠올렸다. 얼마 전 프랑스의 어느 해안에서 고래 한 마리 돌려보내기 위해 이백여 명의 사람들이 몰려들었다는 기사도 읽었다. 그녀는 고래가 떠내려왔다면 톰은 이 자리에서 어떤 행동을 할까 생각하며 물끄러미 바라보았다. 그녀의 시선을 느낀 톰이 몸을 돌려 그녀를 다독였다. 당신이 걱정할 게 아니야. 당신이 할 수 있는 것보다 경찰이 할 수 있는 게 훨씬 많아. 그러고는 읽던 책을 펼치느라 손을 냉큼 도로 가져갔다.

로라는 톰과의 관계에서 견딜 수 없는 게 하나 있었다. 그녀를 만지는 톰의 손길이 그것이었다. 손길이 마치 다림질 같다고 할까? 지나치게 반듯하게 편 그의 손은 몸의 굴곡에 따라 모양새가 달라지지 않고 그대로여서 그녀의 맨몸을 쓸어내릴 때나 그녀에게 무언가를 설명하느라 제스처를 쓸 때나 전혀 차이가 없었다. 혹시 내가 모르는 껍질이 피부 위에 한 겹 더 있는 게 아닐까, 톰은 그것을 쓰다듬는 게 아닐까, 싶은 적도 있었다. 아주 예전, 잠시 특강을 해주던 영국인 선생의 손짓도 비슷했다. 그 선생은 동작과 자세를 잡아줄 때 마치 재단사처럼, 재단용으로 쓰는 길고 휘어진 자로 몸을 재듯 등과 허리 라인을 잡아주었다. 도대체 느낌이라는 게 담길 수가 없는 손이어서 사실 아주 편하기도 했다. 젖가슴 바로 앞에서 그 날렵한 콧날을 파묻을 것처럼 어른대고, 사소한 움직임에도 감정을 담은 것처럼 느껴지는 손으로 팔과 겨드랑이의 각도나 허리 라인을 잡아주었다면 교육이 제대로 되지 않았을 테니까.

그런데 톰의 손길이 바로 그랬다. 맨 처음 나무를 뽑아내라고 했을 때의, 군더더기 없이 내리긋던 손짓에서 얼핏 그 선생의 손을 보았다. 선생의 손도 톰의 손도 비난이나 질책, 화 등 그 어떤 감정도 담겨 있지 않았다. 저걸 뽑아내라는 신호, 정확히 그것뿐이었다. 그러나 그 손짓을 결코 담담히 받아들이지 못하겠던 그 심정은 또, 어떻게 해볼 수 없는 것이었다. 게다가 그의 뺨에 밴 그 예의 바르고 의례적인 미소까지. 로라가 의례적인 거리를 지켜야 하는 타인인 것처럼 입술 끝만 올리는 그 미소는 정말이지 보고 싶지가 않았다. 그러나 그것 또한 뭐라고 말할 수 없는 것이기도 했다.

그녀는 사과를 들고 있는 손과 책장을 넘기는 너무나 평상적인 톰의 손을 바라보다가 착잡해졌다. 젖은 옷으로 바구니 하나씩 든 채 바닷물에 잠겼다가 나타나고 다시 잠겼다가 나타나던 소녀들이 떠올랐다. 둘 다 피부가 가무잡잡했고 몸집은 가냘팠으며 큰 애는 검은 눈이 아주 애잔했고 작은 애는 당돌해 보였다. 언뜻 가까이 지나갈 때 그 가무잡잡한 종아리에 바닷물이 말라붙어 허연 가루가 일어나 있던 것도 기억났다. 하도 물에 잠겨 있어서 허옇게 불어 있던 맨발도. 아이들의 주검은 섬뜩할까, 그냥 잠든 것 같을까.

바다 끝에서부터 해변 끝까지 휘 돌아보았다. 아무도 규칙을 어기지 않고, 아무도 서로를 간섭하지 않는 바다는 지나치게 아름다웠다. 조개껍데기가 부서져 이루어진 새하얀 모래톱. 조금도 오염되지 않는 바다. 따가운 햇살 아래 외로운 시신이 누워 있었다. 그곳에 있는 한 로라, 그녀도 규칙을 지켜야 했다. 그녀는 손에 짚이는 순결한 모래를 한 움큼 집어 먹었을 뿐이었다. 목이 메어서 탄산수를 벌컥벌컥 들이마셨다. 소녀들의 몸에서 흘러내린 바닷물로 축축해진 모래를 먹었으면 부채감을 조금은 더 덜 수 있었을까.

그리고 모로코였다.

카사블랑카에서의 마지막 날, 카페 아메리카나에서 와인을 기울이며 흑인 가수의 〈As time goes by〉를 들었다. 두 사람은 잉그리드 버그먼과 험프리 보가트의 못다 한 사랑을 대신하기라도 할 듯 서로를 꼭 끌어안고 나왔다. 그들을 태우고 스페인으로 돌아갈 배 시간에 맞춰 버스가 기다리고 있었다. 그들은 버스 안에서도 꼭 끌어안은 채 잠이 들었다. 로라의 머리는 톰의 어깨 오목한 곳에 아주 잘 들어맞았다. 오랜만에 로라는 톰의 어깨가 따뜻하게 느껴졌다. 버스가 흔들려서 쇄골에 제법 부딪히는데도 톰은 그녀의 머리를 치우지 않았다. 언제 어느 때나 몸가짐에 흐트러짐이 없는 톰은 그

녀가 다리를 아무렇게나 그의 무릎에 턱 걸쳐놓으면 조심조심 도
로 들어서 내려놓고 다독이곤 했는데 그 다독임은 어쩐지 애정보
다는 몸가짐을 단정히 하라, 또는 채신없이 행동하지 마라, 하는 잔
소리처럼 느껴졌다. 그는 잠잘 때조차 똑바로 자는 사람이었다. 아
무렇게나 트림을 하고 방귀를 뀌는 일은 더더구나 없었다.

　버스 밑창에서 무언가 쿵 부딪히는 소리가 들리더니 차체가 크
게 흔들렸다. 그녀의 머리가 톰의 턱에 부딪혔다. 그녀는 미안해서
얼른 머리를 들고 그의 턱을 쓰다듬었다. 톰이 괜찮다며 그윽하게
바라보더니 그녀의 이마에 입을 맞추었다. 밑창에서 무언가가 질
질 끌리는 것 같았지만 버스는 그대로 달렸다. 끌리는 소리가 계속
들렸다. 운전사는 하는 수 없이 오 분쯤 지나 차를 멈추더니 투덜대
며 내려갔다. 재수 없다는 표정이 역력한 얼굴로 앞뒤 옆으로 왔다
갔다 하며 아래를 살피는 시늉을 하고는 담배를 하나 빼 물었다. 잠
시 뒤에 경광등을 울리지도 않고 경찰차가 왔다. 관광객들이 우르
르 내리고 톰과 로라도 내려가보았다. 어떤 사람이 버스 밑창에 매
달린 채 머리를 크게 다쳐 죽어 있었다. 주검을 본 톰의 얼굴이 단
박에 굳어졌다. 손을 맞비비다가 턱에 갖다 대며 난감한 표정을 지
었다. 로라가 무슨 일인지 조그맣게 물었다.

　― 밀입국자야.

　차가 출발하기 전에 운전사가 끝에 거울이 달린 기다란 막대기
를 버스 아래로 집어넣어 한참 동안 비춰보던 게 이런 일 때문이었

구나, 로라는 몸서리를 쳤다. 그들이 영화 속의 배우나 된 양 와인 잔을 기울이고 흑인 가수의 기름진 목소리에 빠져 있는 동안 저 밀입국자는 버스 밑창에 온몸을 감고 있었다. 그렇게 힘겹게 매달려 달리다가 점차 테이프가 느슨해져 도로의 과속방지턱에 머리를 받혀 죽어버렸다.

— 저렇게 죽는 사람이 한두 사람이 아니야. 하지만 넘어가는 데 성공하는 사람은 훨씬 많지. 매년 칠만 명쯤 되니까.

경찰들이 밀입국자를 끌어내 도로가에 털썩 던져놓았다. 아스팔트에 썩은 계란 하나 던져놓는 것처럼. 그렇잖아도 깨진 머리가 땅바닥에 퍽 부딪혔다.

— 너무하는군!

톰이 더운 김을 뱉으며 휙 나섰다. 로라가 얼른 그를 붙잡았다.

— 불법은 불법이에요. 경찰이 이미 와 있잖아요. 우리가 해줄 수 있는 게 아무것도 없어요.

이런 상태에서 톰이 할 수 있는 일은 경찰을 부르는 것 외에, 있을 수가 없었다. 그런데 경찰은 이미 와 있잖은가. 저 밀입국자는 올리브 농장에서 열매를 수확하는 일을 하고 최저 임금조차 안 되는 돈을 가져가기 위해 버스 밑창에 매달렸다. 걸핏하면 불법 체류자의 신분을 이용해서 임금을 떼어먹는 농장주들에게 가기 위해서 말이다. 올리브 수확 철이면 모든 국경은 밀입국자를 색출하는 사람과 몰래 통과시키는 사람들 간의 실랑이로 시끌벅적했다. 관광객은 올리브나무의 짙은 녹음과 나뭇가지에 매달린 노동자들을 관광하며 지나간다. 톰은 밀입국자를 막을 수도, 그들이 적법하게 입국하도록 도와줄 수도 없었다. 우리는 관광객일 뿐이야, 그녀는 생각했다. 그리고 불법은 불법일 뿐이었다. 여행의 끝에서 그녀는 자기도 모르게 톰이 하던 말을 그대로 하고 있었다.

톰은 고개를 절레절레 흔들었다.

— 저들을 구제할 수 있는 제도를 만들어야 해.

— 그래요, 그래요.

그녀는 톰의 말이 공허해지지 않게 무게를 실어주었다. 그가 무겁게 걸음을 뗐다. 그녀도 그의 품에 안겨 걸음을 옮겼다. 그의 품이 아까와는 다르게 휑하게 느껴졌다. 심장은 느리게 뛰고 이미 온기도 힘도 잃었다. 그녀가 그의 품에서 벗어날 때 무언가가 바닥에 톡 떨어졌다. 어두운 아스팔트 위에서 노란 단추가 반짝 빛났다. 그의 트렌치코트에서 떨어진 단추였다. 그녀는 단추를 주워 무심코 들여다보았다. 음각된 버버리 상표가 또렷했다. 주머니에 넣었다. 그를 뒤따라 걸어가면서 슬그머니 단추를 꺼내 입에 넣었다. 항구에 정박한 배로 버스와 자동차 들이 관광객들을 앞서 줄지어 올라갔다.

＊

유럽을 돌고 난 끝에 그녀는 한국에 들어와 한 달가량 머물렀다. 지방에 있는 작은아버지 집에 가서 인사를 하고 나를 비롯한 친구들이 있는 서울에서 남은 시간을 보냈다. 그녀는 가끔씩 우리들이 하는 짓에 미간을 찌푸리며 마뜩잖아했다. 많이 자제하는 것 같았지만 간혹, 한국은 이래서, 라든가 아직도 이런 일이, 라는 말을 하곤 했다. 예전처럼 허물없이 어깨동무를 하고 속에 있는 말을 다 털어놓으며 울고 웃던 미조가 아니었다. 그녀는 우리의 채근에 의해서인지, 외국 생활에 대한 보고를 해야 한다는 어떤 의무감에선지 우리를 떠나 겪었던 일들을 툭툭 던지듯이 들려줬다. 꽃이며, 찻잔이며, 죽은 소녀들이며. 그녀의 얘기 끝은 어딘가 석연치 않은 데가 있었지만 그렇게 이상한 적응에 대해 어렴풋이 추측을 할 수 있었을 뿐 대놓고 물어볼 수는 없었다.

그녀는 영국으로 돌아가 애버딘에서 십 년을 살았다. 백합이 다 죽어버리면, 톰과 헤어질 수 있을 거야, 라고 생각했었다. 백합과 관련한 내색은 하지도 않았건만, 톰은 무얼 아는지 모르는지 그 꽃을 애지중지 길렀다. 그의 정원에서 백합은 꺾어도 꺾어도 생장하고 만발했다. 긴 목이 우아하던 라벤더와 히아신스는 백합 등쌀에 시들시들 죽어가더니 해를 못 넘겨 뿌리를 뽑히고 말았다. 백합은 그 자리까지 차지했다. 울타리를 따라서는 팬지와 스위트피, 프리지어 같은 작은 꽃들이 오밀조밀 소복이 자랐다. 그녀는 왜 라벤더와 히아신스가 죽으면 그를 떠난다고 생각하지 않고 백합이 죽으면, 이라고 마음먹은 것일까. 그러면 너무 일찍 떠나는 게 되어서일까, 아니면 그렇게 핑계를 대고라도 더 살아보고 싶어서였을까. 백합이 죽지 않고 오랫동안 살아 있을 것을 알아서 그랬을까. 백합은 어쨌거나 그녀가 심고 톰이 키운 것이다. 그렇게 정성을 다 받고도 백합이 죽어버리면, 떠날 구실이 될지도 몰랐다.

톰은 그녀가 깨뜨려서 짝이 비어버린 왕실 전용 찻잔을 자주 사용했다. 그의 찻잔이라고 해야 하나. 그녀의 찻잔이라고 해야 하나. 그녀는 깨뜨린 찻잔을 이미 먹어버렸기 때문에 남은 찻잔에 차를 마시고 싶어 하지 않았지만 톰은 그녀의 기분을 맞춰주기 위해 꽃을 꺾어 식탁에 올리고 그 찻잔에 차를 따라 그녀에게 가져오곤 했다. 백합의 무자비한 향기를 마시며 왕실 전용 찻잔으로 홍차를 마셨다. 그녀는 차를 마시는 게 아니라 매일 찻잔을 먹는 기분이었다. 정말이지, 충분히 먹었어. 그런 생각까지 들었다. 차를 마시는 그녀의 가슴은 전혀 색다른 이유 때문에 항상 뜨겁게 탔다.

그녀는 그때 이미 충분히 영국인이 되었던 것일까.

*

무엇이 또 그 작은 장기에 박혀 있을까 싶어서 예민한 손가락으로 터진 주머니 같은 위장을 자근자근 눌러보고 쭉 훑어 내리고, 가

까이 들여다보았다. 빛을 타고 반쯤 내려온 로라가 타는 듯이 아프
다며 가슴을 쿵쿵 두드렸다. 거침없는 하얀빛 속에서 그녀는 거의
투명한 몸이 되었다.

— 열이 오르는데 얼음주머니 좀 목에 대줄래?

*

학회 참석차 영국에 갈 일이 있어서 나는 몇 해 전 여름, 톰과 로
라를 찾게 되었다. 로라의 집 앞에 도착했을 때 그녀는 창밖을 내내
살피고 있었던지 버선발로 뛰어나왔다. 고국에서 온 오빠의 품에
안기듯이 내 품에 한참 안겼다가 뺨을 맞대 인사를 했다. 로라는 고
국에서 누구라도 찾아오면 다시는 돌려보내지 않을 것처럼 맞아주
었다. 고명딸이었던 탓에 형제가 없고 부모가 일찍 돌아가셨기 때
문에 간혹 사촌이나, 이모, 오촌들이 방문하면 친형제자매처럼 반
가워했다. 집안의 장손이었던 그녀의 아버지에게는 항상 거둬야
할 친척이 있게 마련이었다. 사업이 잘못되어서 작은아버지가 몸
을 감춰야 했을 때 그 가속의 살림살이는 당연히 아버지의 몫이 되
었고, 나중에 아버지가 돌아가신 뒤에 그녀를 돌봐준 이도 당연하
게 작은아버지였다. 친척이 아닌 나도 마찬가지였다. 그녀를 톰과
맺어준 나는 친척도 친구도 애인도 아닌 애매모호한 사이였다. 하
여 이렇게 말했다.

— 당신은 내 먼 친척이야. 그러니 내 집에서 묵어.

그녀는 그렇게 간단히 나를 친척의 범주에 넣어버렸다. 로라의 얼굴은 거의 백인이 되어 있었다. 세로 주름이 가득한 푸석푸석한 뺨으로 지그시 웃으며 이야기를 강요했다. 그녀는 검고 긴 생머리를 그대로 간직하고 있었는데 머리칼이 흔들릴 때마다 이미 생기를 잃은 얼굴과 어울리지 않아서 약간 기이한 느낌을 주었다. 또렷한 눈매에 깃들어 있던 고집은 부드럽게 풀려 있었다. 부드러우나 힘을 잃어버린 그 눈이 미조의 눈은 아닌 것 같았지만 이야기를 재촉하는 그녀에게 입을 다물고 있을 수가 없었다.

그녀와 나 사이엔 만발한 한여름의 꽃과 커다란 접시에 담긴 베이컨, 볶은 버섯, 그릴에 구운 토마토와 따끈한 토스트, 여러 과일을 섞어 갈아놓은 스무디, 그리고 우유를 넣은 홍차가 있었다. 나는 그녀가 식탁 가득 차려낸 영국식 요리를 먹으며 내가 아는 모든 사람들의 이야기를 해야 했다. 부드럽고 주름 가득하며 어딘가 고독이 깊은 눈이 움직이지 않고 나를 바라보고 있었다. 내 이야기를 통해 사람들을 바라보고 있었다. 이러저러한 한국에서의 일들을 얘기하면 오래전 얘기를 듣는다는 듯이 저런, 저런, 아직도? 하며 고개를 살래살래 흔들었다. 포크를 들고 있었지만 그녀의 접시는 비워지지 않았다.

내가 그녀를 보고 웃으며 말했다.

— 영국 사람 다 된 거 아냐? 비 맞은 사람 같네.

— 먹고사는 게 달라지면 사람은 어떻게든 변하는 거야.

간단하게 말을 정리하는 버릇은 여전했다. 먹고사는 게 달라졌다고 말할 때 뺨이 살짝 경련을 일으키더니 무심코 목덜미를 훑어내리고는 가슴을 콩콩 쳤다. 먹고사는 게 달라졌다고 말은 했지만 그녀는 차만 마실 뿐 자기 앞의 접시에는 손을 대지 않았다.

커피 한 잔씩 들고 어깨동무를 하면서 소파로 갔다. 앉을 자리에는 내가 가져온 지하철 타블로이드 판 신문이 놓여 있었다. 나는 보던 면을 펼쳐 테이블 위에 놓았고 로라는 대강 훑어보았다. 중국인 불법 체류자 여러 명이 해변에서 시간당 1파운드를 받고 조개를 줍다가 밀물에 휩쓸려 떼죽음 당했다는 보도가 눈에 띄었다. 법으로 보장된 최저 임금은 4.3파운드였다. 내가 내용을 중얼거리며 읽자 로라는 불체자들 때문에 벌어지는 일이 한두 가지가 아니야, 그들의 존재 자체가 불법이기 때문에 어떤 보호도 받을 수가 없어, 라면서 신문을 덮어버렸다.

그러고는 곧바로 이런 뉴스 들어봤냐고 묻더니 소파 위에서 발을 구르며 깔깔 웃어댔다. 어떤 일본인 컴퓨터 프로그래머가 말야. 여자 친구 로봇을 만들었대. 청소도 잘하고, 1300개의 문장을 입력했으니 자기와 대화를 나눌 수도 있고, 아, 물론 자기가 듣고 싶은 대답만 들을 수 있는 거니까, 대화라고는 할 수 없겠다. 섹스도 하고, 오르가슴도 느낄 수 있대. 그러면서 환상의 여자 친구라는 거야. 남자들은 피그말리온처럼 자기가 만든 여자여야만 진실한 사랑에 빠져 죽을 수도 있다고 생각하는 거 같아. 그걸 보니까 어디서 갈비뼈 하나 주워다가 옜다, 네 갈비뼈다, 하면서 던져주고 싶더라니까. 자기 갈비뼈가 맞는지 아닌지 테스트해보느라 얼마나 용을 쓸까. 그러고는 역시 로봇이 제일이야, 라고 하겠지? 로라는 그날 처음으로 손을 내저으며 웃어댔다.

애버딘을 떠날 때 그녀는 백합을 한 다발 꺾어주며 지나가는 말로 이랬다.

— 그 사람들, 죽지 않고 이십 년만 영국에서 머물면 영국인 돼. 죽지만 않으면 돼.

*

그녀가 톰과 헤어지게 된 건, 오직 그녀의 뜻이었다. 톰은 끝까지 그녀와 헤어지려고 하지 않았다. 그는 도무지 이해할 수가 없었다. 그와 그녀는 십 년 동안 잘해왔었다. 그녀는 이렇게 톰을 설득했다고 했다.

— 당신의 사랑을 잘 알아. 당신은 내게 잘못한 것이 하나도 없어. 단지 숨이 막힐 뿐이야. 난 당신처럼 자로 잰 듯이 살 수가 없어. 나는 아마도 태생이 어수선하고 무질서한 사람인가 봐. 내 감정이 그 어떤 규정보다 중요해.

헤어진 뒤 로라가 말했다.

— 그런데 말이야. 죽어도 떠나지 않을 것 같던 톰이 말야, 갈 때는 싹 쓸어가지고 가더라. 자기 먼지까지 끼고 가더라.

싱싱하게 살아 벙글거리는 백합을 두고 두 사람은 헤어졌다. 로라는 유들유들한 프랑스 친구 블랑슈와 얼마 동안 같이 살았다. 그러다 잘생긴 필리핀인 남자를 만나게 되었다. 새 남편 마이클 브랜든과 함께 산 기간은 길지 않았다. 마이클 브랜든은 영국에서 유학하고 필리핀과 한국에서 사업을 하고 있으며 필리핀에 가족들이 있었다. 그녀는 마이클이 한국에서 사업을 하고 있다는 점이 가장 마음에 든다고 했다. 그는 영국, 프랑스, 한국과 합자하여 마닐라의 스카이라인을 바꾸는 고층 건물을 짓고 있었다. 한국에 왔을 때 몇 차례 만난 적이 있는데, 오래 보지 않았어도 마이클이 아주 활기차고 세련된 사람이라는 걸 알 수 있었다. 그런데 그녀는 그가 쾌활하게 좌중을 이끌 때면 간혹 지나치다 싶을 정도로 실수를 지적하고 나섰다. 이런 식이었다.

— 허풍 좀 떨지 마. 모르면 그냥 모른다고 해.

누군가 어떤 문제에 부딪혔다고 얘기를 꺼내면 대체로 마이클은 자기가 알아봐주겠다고 하는 편이었다. 그럴 때면 또 어김없이 낮게 깔린 목소리로 시큰둥하게 말했다.

— 왜 당신이 그걸 알아봐줘야 하는데? 필리피노들은 이런 점이 있어. 자기가 다 짊어지고 가려고 해.

외국인들의 각양각색의 관습에 대한 얘기가 나올라치면 그녀는 또 비아냥거렸다.

— 왜 이 사람들은 일가친척 중에 한 사람만 잘되면 다들 벗겨먹으려고 하는지 몰라. 자식이 번 돈이면 자기 돈인 줄 알아. 형제들도 마찬가지고, 사촌, 오촌도 마찬가지야. 아무 때나 연락도 없이 우리 집에 들락거리고, 온갖 일을 다 부탁하고 맡기는 걸 어찌나 당연하게 여기는지, 이해할 수가 없어. 도대체, 나와 남이 분리가 되어 있질 않아.

그렇게 느닷없는 반격을 받을 때면 마이클은 어이가 없어 입을 떡 벌린 채 그녀를 멍하니 바라보고 나는 그 자리를 수습하기 위해 없는 유머를 짜내야 했다.

추운 겨울, 마침 김이 설설 오르는 선짓국을 받는 우리를 보면서 어떻게 선짓국 같은 걸 먹는지 모르겠어, 아무리 소의 피라도 그렇지, 피를 먹다니……, 라고 그녀가 투덜댔다. 그녀는 마지못해 불고기 백반을 시켜놓은 상태였다. 나는 분위기를 띄우기 위해 이 얘기, 저 얘기 늘어놓았다. 식인종이 전쟁에 이긴 뒤 사로잡아온 적장의 머리를 먹는 것은 적장의 용기와 지혜를 섭취하기 위해서라는 둥, 어느 인도인이 바늘을 지속적으로 섭취하고 몸에 찔러 넣은 것은 아무리 날카로운 바늘이라 해도 이미 신이 된 자신의 몸에는 아무런 해가 되지 않는다는 것을 보여주고 싶었기 때문이라는 둥, 그녀가 인상을 찌푸리는 것을 보면서도 주절주절 늘어놓아야만 했다. 마이클도 내 이야기에 동조하며 여전히 쾌활하게 웃어주고 대답을 기대하지도 않으면서 웃음거리 삼아 묻기도 했다.

— 밥 대신 유리를 계속 씹어 먹는 사람도 있던데 그 사람은 유리의 영혼을 섭취하는 것인가요?

— 모르죠, 투명 인간이 되고 싶은지. 하하하.

로라가 구역질을 하며 자리에서 뛰쳐나갔다.

*

그녀에게 구토 증상이 생긴 게 그즈음이었다. 자주 먹은 것을 토하곤 했다. 그녀는 친구들과 오랜만에 만나서도 음식을 들지 않았다. 마지못해 차만 홀짝거릴 뿐이었다. 음식이 입에 안 맞아서, 라고 했지만 아무것도 먹지 않았는데 구역질을 하며 자꾸 무언가를 올렸다. 구토 물은 위액과 혈액이 전부였다. 나는 병원에 가보는 게 어떻겠느냐고 조심스럽게 말했다. 내 병은 내가 잘 알아, 그녀는 그렇게 노인네 같은 소리를 했다. 나는 위암을 의심했다.

마이클에게 그녀를 병원에 데려가라고 강력히 권고했을 때는 두 사람이 이미 헤어질 것을 합의한 상태였다. 마이클은 그녀가 고집이 너무 세서 자기 말을 전혀 듣지 않는다고 고개를 절레절레 흔들었다. 마이클은 무슨 말인가 할 듯 말 듯 망설였다.

— 그녀와 헤어지려는 건, 그녀가 자꾸 제 목을 조르기 때문이야. 구역질을 하다가 가슴이 타는 듯이 아프다면서 제 손으로 목을 졸

라. 하루 종일 구역질 소리가 들려. 솔직히 말하면, 난 더 이상 견딜 수가 없어. 처음 봤을 때처럼 아름다운 그녀가 아니야.

로라는 그즈음 이미 바짝 말라 있었다. 체중 조절을 강요당할 만큼 가무잡잡한 건강체였던 그녀는 지방이라곤 조금도 고여 있는 부분이 없이 하얗게 바랬다.

마지막으로 보았을 때 같이 밥이나 먹자는 내게 말했다.

— 아, 이젠 아무것도 먹고 싶지 않아. 예전에 먹은 것도 다 토해버리고 싶어.

그게 무슨 말인지, 로라, 너를 열면서 나는 비로소 알았다. 너의 몸에서 나온 영국 왕실의 찻잔 조각과 버버리의 단추는 우연한 일이 아니었다. 위장 깊숙이 박혀 있던 모래알들까지. 그것 말고도 너는 얼마나 많은 것을 삼켰는지, 네가 왜 그것들을 먹어야만 했는지, 톰과 마이클과 나는 너무 늦게 알았다.

그녀는 아직 빛을 타고 내려오는 중이었다. 그녀는 아직, 그 어느 곳에도 정착하지 못했다.

퍼펙트
블루

기이한 죽음에 관한

세 가지,

혹은

한 가지 사례

1. 슈퍼스타 M을 죽이게 된 전말에 대한 고백

나는 나를 찾는 모든 사람을 편안히 쉬게 해주는 벨라도나. 태곳적부터 수많은 사람들이 나를 찾아 지상의 모든 꽃밭을 헤맸지만 나를 제대로 찾아내는 사람은 몇 되지 않는다. 사람들은 그 어느 때보다 총명함 속에서, 때로 살짝 정신을 놓은 채, 종종 술에 취한 채, 내가 곧 연기처럼 스며들 것을 바라며 노래를 불렀다. Oh, Belladonna, never knew the pain. M은 고통의 한가운데서 나를 찾았다. 마른 입술을 달싹이며 떨리는 손을 내민 그를 어떻게 잠재워야 할지 나는, 잘 안다.

오늘 M은 그 어느 날보다 유난히 안절부절못하고 있다. 그는 지금 대한민국에서 가장 큰 호텔 로비에서 'M과 함께 떠나볼까요'라고 쓰인 커다란 플래카드 아래 앉아 여행 사진집 출판 기념 사인 행사를 하고 있다. 그의 사진이 가득 실린 책에 사인을 받아 간직하려는 팬들이 아직도 한참이나 남아 있었지만 그는 실신 상태를 간신히 참아내면서 줄곧 짓고 있던 미소를 잃지 않으려고 애쓰는 성실한 스타의 외양을 유지한 채 결국 자리를 뜰 수밖에 없었다. 뒤처리는 물론 그의 몫이 아니다. 그런 것 따위 지금 생각하고 말고 할 여유가 없다. 당연히 팬들은 몇 시간 동안 기다리다가 바로 자기 앞에서 사라져버린 그를 원망할 것이고 기획사 직원들은 진심을 다해 그들을 달래야 할 것이다. 직원들을 믿고 M은 매니저의 부축을 받으며 호텔을 빠져나와 전속력으로 집을 향해 달렸다.

톡 쪼개진 하늘에서 햇살이 화사하고도 날카롭게 그의 머리 위로 쏟아지다가 뚝 끊겼다. 높다란 대문 안에 주차하고 서너 발짝 뛰다시피 걸은 뒤 현관으로 훌쩍 들어섰기 때문이다. 현관에서 신발을 벗기도 전에 M은 바지를 홀렁 벗어 내렸다. 끈으로 조여 묶은 워커부츠에 걸려 바지가 잘 벗겨지지 않았다. 뒤늦게 신발 끈 풀랴 무릎 아래로 내려간 바지마저 벗으랴, 바둥거리면서 한시라도 빨리 바지를 벗어 던질 수만 있다면, 그럴 수만 있다면, 바랐다. 그러면서 마음속의 간절함과 달리 애꿎은 매니저에게 소리를 질러댔다. 빨리, 빨리 물 채워! 물! 아, 아파 죽겠어. 그의 뒤를 따라 허겁지겁 집으로 뛰어든 매니저는 메고 온 가방을 아무 데나 집어 던지고 욕실로 달려갔다. 욕조 바닥을 때리며 쏟아지는 물소리가 들렸다. 그는 허리를 한껏 틀어 종아리 뒤쪽 오금을 내려다보았다. 깨끗이 다려진 하얀 셔츠 아래로 회초리에 여러 대 맞은 것처럼 붉은 줄들이 가로로 죽죽 그어져 있었다. M은 울고 싶었다. 그리고 눈물이 가득 차오르는 것을 느끼며 입술을 깨물고 욕실로 갔다. 그를 품어주는 게 죄는 아닐 성싶다. 나라면 그에게 안식을 줄 수 있을 테니까.

얼마 전부터 그는 다리 뒤쪽에서 가시 같은 게 자꾸 찔러대는 걸 느꼈다. 처음에는 그저 약간 따끔거리는 정도였는데 최근 들어서는 날카로운 회초리에 얻어맞는 것처럼, 아주 가늘고 예민한 칼에 죽죽 베이는 것처럼, 불도장이 찍히는 것처럼, 그래서 시간 차를 두고 뒤늦게 벌건 속을 드러내며 벌어지는 살이 뜨겁게 아팠다. 따뜻하고 친절하며 자상한 미소를 모든 팬들에게 일일이 지어주며 사인을 하고 있었지만 그는 죽을 지경이었다. 인사하고 고개를 들면 어김없이 바지 자락에 오금이 쓸렸다. 의자에 앉아 있었기 때문에 고개 좀 숙였다 들었다고 해서 바지가 딸려 올라가는 것도 아닌데 이상하게도 꼭 그랬다. 행여 무슨 세균이라도 묻어 있을까 봐 세탁된 것을 다시 한 번 뜨거운 다리미로 다려 입은 바지였다. 도서히 참을 수 없어 중간에 한 차례 갈아입었지만 마찬가지였다. 사인회를 하는 이틀 내내 그랬을 뿐만 아니라 벌써 몇 달째 이 난리를 되풀이하고 있었다. 그러니 바지에 문제가 있는 건 아닌 게 분명했다.

증상은 여행 사진집을 작업하던 중반 즈음 기와장이와 인터뷰

할 때 처음 나타났다. 그때는 며칠 동안 시골의 풀숲을 헤치고 돌아다녔던 터라 어디서 쐐기풀이 붙었겠거니 했다. 집에 돌아와서 보니 오금에 가로로 붉은 상처가 생겨 있었다. 욕조에 몸을 푹 담근 채 한동안 졸다가 나왔을 때 다행히도 옅은 생채기만 남고 아픔은 가셔 있었다. 그런데 그 뒤로 그때 입었던 바지를 입은 게 아닌데도 증상이 반복되었다. 집에 돌아와 쉬고 나면 조금 낫는 듯하다가 다시 여행을 나설 때면 어김없이 같은 증상이 재발했고 작업 막바지엔 아주 심해져버렸다.

그는 몸이 델 만큼 뜨거운 물속에 앉아 샤워를 맞는다. 뜨거운 물로 몸을 세차게 후려쳐서 전신의 살갗을 화끈거릴 만큼 뜨겁게 만들면 뜨거운 고통이 잊힐까. 매니저가 옆에 있다는 것을 깜박 잊고 쏟아지는 물줄기에 머리를 디밀고 눈물을 실컷 쏟는다. 문득 매니저의 아무렇게나 걷어 올린 바짓가랑이를 보고서 오일 클렌저를 덜어 지저분해진 화장을 지운다. 또 폼클렌저를 손바닥에 덜어 하나 가득 거품을 일군다. 두 손에 나눠 쥔 거품을 양 뺨에 댄다. 이제 조금 기분이 풀리려 한다. 그러나 바로 다음 순간 물에 잠긴 오금이 욱신거리면서 불끈불끈 일어서려고 한다. 아픔을 빨리 가라앉히고 싶었던 그는 아직 눈물이 가시지 않은 눈으로 욕실 선반에 죽 늘어선 오일들을 더듬으며 심신을 풀어줄 오늘의 미녀를 찾았다.

위 선반에 놓인 캐모마일, 라벤더, 멜리사, 발레리안 같은 허브들은 이제 거의 찾지 않는다. 아래 선반에는 한 병에 두 가지 서로 다른 색깔이 이중으로 나뉘어 담긴 오라 소마가 조르르 늘어서 있다. 부드럽게 일렁이는 오일들은 자연 상태에서는 서로 뒤섞이는 법이 없어서 정확히 반으로 이등분되어 위아래로 층을 이룬다. 각각의 오일은 무슨 색이라고 딱히 단정 지을 수 없는 오묘한 빛깔들이다. 군청과 꽃등심의 마블링 같은 미황색, 노랑과 초록색, 주황과 미황색, 빨강과 오렌지색, 파랑과 미황색들이 신비롭게 정렬되어 있다. 뿌옇게 뒤덮인 수증기 속에서 매니저가 조금 짜증스러운지 무게중심을 이쪽 다리에 두었다 저쪽 다리에 두었다 하며 M의 명령을 재촉하고 있었다. M은 아직 미간에 주름을 풀지 않은 채 피로한 손가락을 뻗어 오일 병들을 가리킨다. 저거, 저거, 저거. 세 가지 오라 소마가 욕조 팔걸이에 놓인다.

오라 소마를 여러 번 흔들어서 두 가지 서로 다른 액체를 뒤섞으면 빛을 반사하는 기포가 차츰 균일하게 섞이면서 미묘한 빛깔이 된다. 뜨거운 수증기가 피어오르는 물에 흠뻑 떨어뜨리고 귀밑에 찍어 바르고 손목에도 바른다. 욕조 가장자리에 머리를 눕히고 귀밑에서 날아오르는 향기를 들이마신다. 심신을 느슨하게 풀어준다는 에센스 오일이다. 매니저가 수건을 도톰하게 접어서 살며시 머리 밑에 받쳐준다. 혼동으로 얼룩진 심신을 가라앉혀야 한다. 병 표면에 쓰인 대로 이 작은 오라 소마가 이퀄리브리엄을 가져오리라 믿는다. 오라 소마, 오라 소마, 그는 입을 달싹여 주문을 외우듯 반복해서 뇐다. 샤워 물이 그의 입속으로 튀어 들어간다. 『멋진 신세계』에서 소마에 취한 사람들이 소마를 달라고 좀비들처럼 지배자들에게 달려들던 장면이 스쳐갔지만 그를 각성시킬 수는 없었다. 대중을 우매하게 만들어 완전한 피지배자로 만드는 그 소마와 심신을 안정시키는 오라 소마는 다를 거라고 그는 생각한다.

오라 소마가 듣지 않으면 보다 강력한 진정제를 먹어야 한다. 나는 오라 소마가 제발, 그의 오늘을 잠재워주기를 바란다. 로라제팜 같은 마녀를 쓰는 일이 벌어지지 않기를 간절히 바란다.

매니저가 조심스럽게 문을 닫고 나갔다. 그는 얼마나 재빠른 사람인지 옷을 갈아입고 씻는 걸 초스피드로 치른다. 그리고 자리에 앉아 노트북을 들여다보며 오늘 일을 보고하고 내일 일정을 확인하고 새로 전달되는 정보들을 체크하는 일과 M의 욕실을 주시하는 일을 빠짐없이 꼼꼼하게 해낸다. 매니저가 항상 앉아 있는 자리에서는 M의 방과 욕실, M의 옷방과 서재, 작은 바, 주방 등이 한눈에 바라다보인다. 그는 M이 욕실에서 얼마 만에 나오는지 시간을 잰다. 그리고 나왔을 때의 상태를 면밀히 살핀다. 그가 수면을 이룰 정도로 안정됐는지, 오라 소마만으로는 오늘을 무사히 보낼 수 없을지, 눈동자 크기 하나로 가늠할 수 있다.

그런데 오늘 매니저는 이상한 기분을 느꼈다. 컴퓨터 화면을 주시하고 있는데 눈앞에 커다란 먼지 뭉치가 아른거리는 것 같았다. 그도 요즘은 M의 이상 증세 때문에 너무 피곤해서 자주 시야가 흐려지곤 했다. 그뿐 아니라 온 집이 불길에 휩싸이는 꿈을 꾸곤 했다. 그 불길이란 게 붉게 활활 타오르면 좋은 징조로 받아들이겠는데 높은 길 위에서 큰 기세로 몰아친 화력에 집이 그냥 한순간 까맣게 재가 되어버리는가 하면 숨어서 날름날름 피어오르던 불길을 발견하고 살펴보면 어느새 온 집이 까맣게 불에 탄 자국만 남아 있는 것이었다. 그런 꿈을 꾸고 나면 M의 피곤이 그대로 자신의 피곤이 되는 것 같아 뒷골이 당기곤 했다. 지금은 먼지 뭉치같이 흐릿한 덩어리가 눈앞에서 아른거리며 그의 주의를 끌더니 이쪽으로 둥실 옮겨 갔다가 저쪽으로 둥실 옮겨 갔다가 결국 어깨 위에 내려앉았다. 어깨를 더듬거렸지만 아무것도 잡히지 않았다. 그래도 그쪽 어깨가 무거웠다. 잠시 머물렀던 먼지 뭉치가 다른 쪽 어깨로 옮겨 앉았다. 그는 다른 쪽 어깨도 더듬거렸다. 역시 아무것도 잡히지 않았다. 조금 뒤에 그게 머리 어디에 내려앉는 것 같았다. 그는 또 머리 위도 더듬거렸다.

그리고 아차 싶어서 욕실을 바라보니 그쪽은 뿌연 필름 같은 것으로 시야가 차단되어 있었다. 고개를 왼쪽으로 쭉 뽑아서 바라보았다. 욕실 문은 보이지 않고 그 옆 침실 문만 온전하게 바라다보였다. 다시 오른쪽으로 몸을 길게 늘여 바라보았다. 역시 욕실 문은 보이지 않고 와인 바만 보였다. 물론 침실에도 와인 바에도 M은 없었다. 아직 욕실에서 나오지 않았으니까. 매니저는 생각이 느려지는 걸 깨달았다. 상황이 이상하다는 것 역시 깨달았지만 몸을 일으키지는 않았다. 그때 욕실 문을 열기만 했어도 아직 희망은 있었을 것이다.

　매니저는 피곤이 너무 극심해서 휴가를 얻어야겠다고 생각했다. 하다못해 교대 근무를 요청하든가. 아냐, 아냐, 멀리 휴가를 다녀와야 해. M이 없는 곳으로. M이 없는 곳이면 어디든 괜찮겠어. 그는 휴가 계획을 느리게 진행시키면서 먼지 뭉치가 내려앉은 머리 위를 쓰다듬었다. 아무것도 잡히지 않았지만 그게 다시 그의 몸 어딘가로 옮겨 갈 것을 알고 있었다. 잠시 뒤 등허리에 뭔가 달라붙는 걸 느꼈다. 등허리를 더듬거리며 아무래도 당장 휴가를 얻어야겠어, 하고 사장에게 메일을 보내려고 컴퓨터를 들여다보다가 그는 눈을 세게 비볐다. 눈이 몇 분 사이에 더욱 침침해졌다. 휴가를 가면 매콤한 걸 먹으며 기운을 차려야지, M 때문에 항상 싱겁고 덤덤하고 달착지근한 음식만 먹어야 했던 그는 원래의 식성이 매섭게 되살아나면서 순간 눈앞이 화끈해지고 날렵한 햇빛 한 조각을 받아 마신 것 같은 느낌을 받으며 탁자 옆으로 스르르 드러누웠다. 그래 이 맛이야. 머리에 땀을 흠뻑 흘리며 매운탕을 한 냄비 먹고 나면 사는 맛도 좀 날 거야.

　나중에 매니저는 말했다.

　― 그게 M의 영혼이었나 봐요. 생기를 남김없이 다 빼앗겨 흐릿한 먼지 뭉치로 남은 M이었나 봐요.

　물속에 들어앉은 그의 몸이 천천히 풀어진다. 팔이 두둥실 물 위로 떠오르고 무릎도 적당히 들린다. 뼈마디가 느슨해졌다. 지금 당장은 제대로 풀려가는 것 같았다. 그러나 생생히 되살아나는 통증에 대한 기억, 그 통증을 다시 되풀이해서 겪을 거라는 자각은 신체가 편안히 이완되어가는 중에도 급박하게 떠오르곤 했다. 완전히 잠이 들 때까지 마음을 놓을 수 없다. 나는 그가 로라제팜 같은 몹쓸 년을 부르지 않기를 원한다. 로라는 잠을 제대로 재우지도 못하고 신경을 가라앉히지도 못하면서 뿌옇게 헝클어버리기만·한다. 그 몹쓸 년은 잠든 몸 한구석에 형형한 전등 하나 밝혀두기 일쑤여서, 저에게 취한 그가 눈을 감은 채 옷방으로 걸어가 팬티 하나 걸친 몸에 중절모를 쓰고 부츠를 신게 만든다. 더 심할 때도 있다. 그년을 먹고 잠이 든 듯 만 듯한 그를 스르르 일으켜 더듬더듬 벽을 따라 3층 발코니까지 올라가게 만든 적이 있었다. 그는 집에서 가장 높은 발코니에서 날아올랐다.

그의 날개 아래 하늘이 펼쳐졌다. 그는 높이 떠 찬란하게 반짝이는 태양을 향해 날아갔다. 사람으로서 가장 아름다운 그를 보고 생활의 피곤에 젖은 여자 입가에 미소가 번졌다. 어느 추레한 여관방에서 방문을 닫아걸고 약봉지를 털어 넣으려던 두 명의 어린 여고생이 그의 위로에 여관방을 나왔다. 못된 남편의 매질에 지쳐가던 여자가 자기 딸은 그런 남자를 만나지 않으리라는 꿈을 가졌다. 몹시도 차가운 연인 사이를 이어가던 여자도 새로운 꿈을 꾸게 되었다. 그의 날개는 태양을 향해 높이높이 날아갔다. 그의 아름다운 날개를 모든 사람들이 칭송했다.

발코니 난간에 다리를 걸치던 그는 어느 순간 눈을 떴다. 까마득한 어둠이 그를 둘러쌌다. 그는 추락에 대한 공포 때문에 얼어붙어버렸다. 다리가 발코니 난간에서 떨어지지 않아 뒤늦게 달려온 매니저가 다리를 떼어내는 데 애를 먹었다. 매니저는 그날로 발코니 문을 폐쇄해버리고 말았다. 그는 이제 더운 여름밤에도 발코니에서 맥주를 들이켜지 못한다.

M은 아직 괜찮다. 몸이 너무 무거워서인지 목덜미까지 물에 잠겼지만, 아직은 괜찮다.

M이 자꾸 화를 터트린다는 말을 전해 듣고 사장이 그에게 직접 말했다. 마음 상태는 금방 겉으로 드러나요. 자꾸 화를 내 버릇하면 어느새인지 모르게 인상이 변해갈 거고 M씨의 이미지에 타격을 입게 될 거예요. 마음을 다스리……. 그는 사장의 말이 채 끝나기도 전에 주먹으로 책상을 내리치고 사무실을 나왔다. 그들이 이젠 마음까지 간섭하려 들었다. 회사의 구조는 사장의 집무실을 중심으로 원형의 좁은 복도들이 뻗어 있었으며 각각의 사무실은 출입문이 통유리로 되어 있어서 환히 들여다보였다. M은 그동안 특별히 눈여겨보지 않았던 사무실 구조를 뒤늦게 알아차리고 정나미가 뚝 떨어지고 말았다. 사장이 지켜보는 것을 알면서 일부러 사무실들의 투명한 유리문마다 발길질을 해대며 나왔다. 자꾸만 눅눅해지는 기분을 풀 수가 없어 진한 선팅으로 가려진 차창 안에서 밖을 향

해 인상을 구겨보는데 그 순간을 비집고 떠오른 사장의 말이 급속히 힘을 빼버렸다. 얼굴의 근육이란 근육은 다 늘어뜨리고 차가 흔들리는 대로 마냥 흔들리다가 집에 들어왔다. 무심코 매니저의 방 앞까지 갔다가 돌아섰을 때 집 안의 구조가 사무실의 구조와 똑같은 것을 깨닫고 그는 어질머리를 느꼈다.

여행 사진집을 기획하고 작업에 들어가 삼분의 일쯤 진행되었을 무렵, 그러니까, 정확히 기와장이와 인터뷰를 하고 처음 오금에 상처가 났던 그때였다. 로라제팜에 취해 잠을 청하던 그에게 며칠 전 갑작스럽게 죽은 세계적인 슈퍼스타 K가 찾아왔다. 그는 M의 귀를 잡아당기더니 다짜고짜 이야기를 쏟아놓았다.

— 나를 사랑하는 사람이 나를 아는 전 세계 인구의 절반이라면 나를 혐오하는 사람이 나머지 절반이었지. 그런데 죽음이란 인간에게 불가항력적인 변화를 불러일으키는 것이라서 내가 죽자마자 나를 혐오하던 사람들 열 명 중 아홉이 언제 그랬냐는 듯이 애끓는 연민을 토했어. 그들은 평소 나를 사랑하던 사람들보다 더욱 열렬히 자신을 자책하고 자신만큼 나를 사랑하는 사람이 없다며 내 진심을 알지 못한 자신을 용서해달라고 울부짖기도 했지. 나는 그것을 죽음의 신비라고 불러. 이런 일이 가능한 것은 비명에 죽은 내가 스타이기 때문이야. 그리고 평소 오해가 많이 쌓이면 쌓일수록 그 변화의 폭은 커지지.

내가 죽던 날 밤, 리허설은 성공적이었어. 마지막으로 빔을 집중적으로 쏘아 나를 끌어올리는 장면에서 조명 장치와 리프트가 약간 말썽을 부린 것을 제외하면 거의 완벽하다고 할 수 있었거든. 리프트에서 내려왔을 때 모든 스태프들이 나를 둘러싸고 환호성을 질렀어. 나는 비틀거리며 한시라도 빨리 집으로 돌아가기를 원했을 뿐이야. 서 있을 수조차 없을 정도로 아팠으니까. 스태프들은 모두 내 어깨를 감싸 안고 성공을 약속했지.

그런데 한 가지, 스태프들이 머리를 모아야 할 게 있었어. 그것은 내가 푸른색이라는 점이야. 마지막 무대에서 고장 난 것은 푸른 빔이 리프트가 올라가는 속도에 맞추지 못한 건데, 그건 내 몸에 쏘여지자마자 격렬하게 부서지는 푸른 광선이 나를 공중으로 띄워 올리는 효과를 내는 것이었거든. 그런데 내 푸른 몸에 푸른 빔이 쏘아지자마자 내가 사라졌고, 반사되는 사람을 따라 움직이게 프로그래밍 된 기계 장치가 나를 찾지 못해서 주변을 빙빙 돌다 결국 멈추고 말았어. 나는 리프트가 끌어올리는 대로 혼자 검은 공중을 향해 날아갔지. 기분이 좋기는 했어. 나는 그 누구의 눈에도 띄지 않는 어두운 공중에서 두 팔을 활짝 벌리고 비로소 큰 숨을 쉬었어. 그런데 그 순간 와이어가 당겨지면서 겨드랑이를 파고들었어. 아, 내게 안식이란 지금껏 얼마나 멀고도 먼 이름인지.

얼마 전까지 나는 하얀색이었다. 오랫동안 나는 블랙 아니면 화이트였지. 그런데 지금, 온통 파란색이야. 하얀 피부 위에서 핏줄들이 두드러지기 시작하더니 누군가가 혈관에 푸른 잉크를 강제로 밀어 넣은 것처럼 점점 푸른 혈관이 길어지고 굵어지더군. 어느새 푸른 핏줄이 굼실굼실 기어 다니듯 커져갔어. 그리고 마침내 온몸을 뒤덮고 말았어. 푸른색은 아마도 색을 전부 날려버리는 특징이 있는 모양이지. 짙푸른 어둠이 걷히는 새벽 무렵 첫 빛에 색이 증발하듯 조금씩 조금씩 피부에서 색이 날아가고 있어. 이제 점점 투명해지는 중이야. 그래서 곧잘 사라지곤 했어. 한밤중 텔레비전에서 쏟아지는 푸른 파장에도 나는 사라졌지. 내 곁에서 한시도 떠나지 않고 나를 돌봐주거나 감시하던 비서와 매니저가 바로 곁에서 나를 잃어버리고 당황한 적이 한두 번이 아니었어. 나조차 나를 잃었는데 그들이라고 오죽할까. 나는 점점 더 없어져가는데 그들은 나를 언제까지 알아볼 수 있을까. 그것을 알아챈 스태프들이 조명이 내 몸을 투과하지 못하도록 내게 화장을 더욱 진하게 할 것을 요구했어.

화장을 진하게 하는 것은 아무런 부담도 안 돼. 까짓 거 얼마든지 두껍게 칠할 수 있어. 내가 죽도록 싫어하는 것은 내 몸에 와이어를 칭칭 감아야 한다는 거야. 태형이라는 형벌을 아는지. 동남아에서 아직도 종종 선고되는 태형은 내가 와이어를 감고 하늘로 날아오를 때 받아야 하는 형벌과 아주 비슷해. 쇠줄로 만들어진 채찍 같다고 할까. 낭창낭창한 회초리로 벌거벗은 엉덩이를 내리쳐. 가늘고 탄력 있으며 날카로운 회초리는 범법자의 엉덩이에 닿는 순간

살 속으로 깊이 파고드는 거야. 그리고 곧바로 하늘로 튀어 오르는데, 엉덩이의 살점을 가득 붙이고 날아오른다구. 삼십 대의 태형을 선고받은 범법자는 처음 다섯 대만 맞지. 첫 회초리는 죽을 만큼 아프지는 않아. 다섯 대를 맞고 그는 감방으로 돌려보내져. 그런데 죽을 맛인 건 아무도 상처를 치료해주지 않는다는 거야. 상처는 곪고 진물을 흘리며 간신히 꾸덕꾸덕 아물어가지. 반쯤 아물었을 때 그는 다시 형장으로 불려 나가게 돼. 이젠 두세 대만 때릴 뿐이야. 겨우 아물어가려던 상처 위에 다시 회초리가 내리쳐지지. 회초리가 하늘로 튕겨 오를 때마다 긴 회초리만큼 살점이 뜯겨 나가는 거야. 이 아픔은 모든 신경 끝에 전극을 붙이고 고문하는 것과 다름없어. 며칠 뒤에 그는 또 불려 나가야 하지.

형 집행과 형 집행 사이엔 아무 규칙도 없어. 파인 살점은 다시 차오를 새가 없고. 더욱 죽을 맛인 건 이틀 뒤에 형 집행이 있을 거라고 미리 귀띔을 해주는 경우야. 범법자는 이틀 동안 차라리 목을 자르라고 간청을 해. 그렇게 오랫동안 범법자는 회초리를 맞아야 한다는 거야. 삼십 대를 다 맞기도 전에 그는 미쳐가지.

나는 공연을 준비하는 일 년 동안 두고두고 회초리를 맞는 범법자 같았어.

다들 알다시피 나는 태어날 때부터 검은색이었지. 그런데 정상을 달리던 이십여 년 전, 손끝부터 하얗게 변해가기 시작했어. 처음 손이 하얗게 변했을 때 하얀 장갑을 착용하기 시작했어. 그때는 그저, 하얀 손을 감추려 했을 뿐이야. 발도 마찬가지였다. 얼룩덜룩한 발목을 감추기 위해 하얀 양말을 덧신었던 거야. 단 한 차례 리허설 무대에서 그것들을 착용했을 때 어두컴컴한 무대를 훑던 광선이 비춘 하얀색의 튀어 오름은 성공을 예감하게 했고, 예감대로 대단한 성공을 이루었어. 그 뒤로 검은 양복 끝의 하얀 장갑과 하얀 양말은 나의 특허처럼 되어버려서 대놓고 나를 패러디하는 경우가 아니면 다른 누구도 착용할 수가 없었지. 다들 알다시피 전 세계는 내 독특한 패션과 특별한 춤에 열광했어.

나의 경우엔 병의 진행이 빨라서 온몸이 하얗게 되는 데는 얼마 걸리지 않았어. 그렇게 되기까지에는 물론, 멜라닌 세포를 파괴하는 화학 약품을 도포했던 데도 원인이 있었겠지만. 솔직히 말하자면, 그래. 나는 백인이 되고 싶었어. 넓은 콧구멍을 줄이고 두툼한 입술을 잘라내버린 뒤로 손의 살갗이 벗겨지기 시작하자, 신이 내 모든 소망을 들어주고 있다고 생각했어. 햇빛을 쪼이지 않고 사는 건, 그리 어려운 일이 아니야. 나는 자외선 차단제를 살 수도 없고, 햇빛을 가리는 기구도 없는 아프리카의 가난한 아이가 아니잖아. 아버지의 조련에 의해서 노래를 불러대던 가난하고 어린 가수가 아니잖아.

그래서인지 나는 피부가 무척 예민하고 약해. 와이어를 겨드랑이와 사타구니에 감고 공중으로 떠오르는 장면은 내가 제일 몸서리쳐 하는 것이야. 그러나 그들, 그 악마 같은 프로모터들은 그것을 꼭 집어넣어야 한다고 우겼지. 슈퍼스타가 하늘로 날아오르는 것은 당연한 일이라는 거야. 헬리콥터를 동원해 그 다리에 매달려 날아오르는 것을 주장했던 녀석의 모가지를 비틀어버린 것으로 그나마, 위험도를 한 단계 낮추게 된 거지.

그들은 공연을 준비하는 연습 컷을 가끔 미디어에 뿌리는 것만으로도 홍보는 물론이고 돈이 된다는 것을 알고 있고, 과장된 장면에 의해서 더욱 큰 효과를 얻는다는 것을 잘 알지. 그런데 그들이 왜 나를 하늘에 매달지 않겠는가. 세상에서 가장 발달한 테크놀로지가 최고의 무대를 만들어줄 텐데.

이번 월드 투어는 십 년 만에 계획한 것이야. 오 년 전에 한 번 시도했지만 그때 런던에서 단 한 번의 공연으로 끝을 내고 말았어. 목소리가 전혀 나오지 않았어. 또다시 실패를 할 수는 없어.

재기를 위한 공연을 준비하는 지금은 파란색이 되어 있어. 나는 이제 밝은 낮에는 아주 잠깐이라도 밖에 나갈 수 없다구. 공식 석상에 나타나야 할 때는 우스꽝스럽게도 검은 우산을 펼쳐 들었지만 연습장에 갈 때는 머리끝에서부터 발끝까지 덮는 검은 비옷을 입은 채 차에서 차로 이동하곤 해.

— 이러다가는 정작 공연 무대에선 사람은 없고 옷만 보이겠어요! 알루미늄이 들어간 화장품을 두툼하게 발라서 하얗게 만드세요!

그들이 소리치는 건 당연해. 관객들은 나를 보러 오는 것이지 내 옷이 살아 움직이는 것을 보러 오겠다는 건 아니니까. 나는 태양이 사라진 검은 밤에만 발코니에 나가 맥주를 마신다. 맥주 한 잔을 들고 검은 별들에게 브라보! 하고 외치지. 그걸 찍어서 내다 판 사람도 있더군. 외로운 K, 혼자서 맥주를 기울이며 허공과 대화하다, 어쩌고저쩌고.

내게는 매일 밤 찾아오는 마녀가 있다. 프로포폴이 그녀야. 그녀는 사랑스런 외양을 하고 내게 와서 마법을 부리지. 선망이 가득한 눈으로 내게 속삭여. 당신은 성공할 수 있어요. 당신은 다시 전 세계를 손에 쥘 수 있어요. 수많은 사람들이 당신의 새로운 동작을 따라 할 거예요. 우리는 당신을 기다리는 사람들을 위해, 내일 다시 연습해야 해요. 상상해보세요. 당신을 기다리며 당신의 노래를 따라 부르는 사람들을. 나는 진작 그 마녀를 벽난로에 차 넣어버렸어야 했어.

오늘 밤에도 역시, 그녀가 왔어. 그녀는 나와 사랑을 나누고는 아직은 죽을 때가 아니라고 속삭였어. 사랑 가득한 표정으로 뺨을 맞대고 내게 편안히 잠들 수 있을 거라고 속삭이는 거야. 영혼을 쉬게 해줄게요. 그녀의 속삭임을 어떻게 거절할 수, 젠장, 있단 말인가. 영혼이 불안에 떨어온 수십 년, 그 어느 작은 방에서도 나 혼자만으로 살아갈 수 없었던 수십 년. 잠들지 못한 십 년. 단 한 순간만이라도 모든 걸 잊고 자게 해달라고 신께 빌어온 십 년.

그녀가 내 팔뚝의 혈관을 타고 심장으로 들어갔다가 관상동맥을 타고 오른다. 양쪽 귀밑을 팔딱거리게 만들더니 목을 점점 세게 압

박해 들어온다. 목이 졸린다. 숨이 막혀 죽을 것 같다. 이러다 정말 죽어버릴 수도 있다는 생각이 스친다. 누가 온 힘을 실어 목을 조르는 것 같다. 숨을 들이쉬어야 하는데 숨이 쉬어지지 않아 눈을 크게 뜬다. 깊이 들이쉬세요, 더 깊이, 요구하는 목소리가 들린다. 요구에 따라 나는 가슴을 크게 들어 올린다. 가까스로 숨이 깊이 들어온다. 한 번 더! 목소리가 들린다. 나는 가슴을 크게 들어 올린다. 마취제는 비로소 중추신경계에 가 닿았다. 목 아래로는 아무것도 느껴지지 않는다. 다만 목을 짓누르는 느낌만이 점점 심해지고 그냥 그대로는 숨을 들이쉴 수 없어서 크게 가슴을 움직여 억지로 숨을 들인다. 세 번, 네 번, 숨을 깊이 들이쉰다. 어느 순간 비로소 아득해진다.

아득해진다는 말은 이럴 때나 쓰는 말이야. 정신을 잃을 때에야 비로소 아득함의 진수를 느낄 수 있지. 내 몸을 찢거나 가위로 오리거나 살갗을 벗겨내도 전혀 알 수 없는 지경. 이것에 이르는 과정이 바로 아득해진다, 라구. 그리고 아득해짐의 끝, 정신을 잃기 직전, 휘황한 빛이 퍼져나가면서 몸이 완전히 이완되는 쾌감을 느끼는 거야. 그 직전까지 이러다 죽는 거 아닌가 싶을 정도로 꽉 조여졌던 숨통과 족쇄에 묶인 듯한 몸이 일시에 풀리기 때문에 그 쾌감은 선연해. 자연 상태에서는 이렇게 선연한 이완을 느낄 수가 없어. 그 쾌감은 너무 짧아서 서운해할, 더 누리고 싶다고 말할 여유조차 주지 않아. 쾌감 뒤엔 곧바로 죽음만큼 깊은 잠으로 빠져들게 되어 있어. 약 일 초 정도의 시간 동안 나는 인생의 최고에 올라섰다가 가

장 깊은 곳으로 떨어진다. 그런데, 내 사십 년 생이 그 일 초와 다를
게 무어란 말인가?

내 생애 최고의 리허설이었다. 그리고 내 생애 최고의 죽음이었다.

마지막 순간, 벨라도나가 내게 속삭였어. 프로포폴이란 년만 아
니었음 너를 이렇게 만들지는 않는 건데. 그년과 나는 앙숙이거든.
우리를 함께 사용하면 죽는 수밖에 없어.

이렇다, 로라제팜이란 년이 하는 짓은. 세계적인 슈퍼스타 K가
그에게 속삭인 말들은 언제 어느 때, 어느 곳에서건 예고 없이 그를
습격했다. M은 미간에 참을 수 없는 통증을 느끼고 물속으로 몸을
밀어 넣었다. 머리끝까지 잠겼다가 겨우 코만 내밀고 중얼거렸다.
제발, 나를 잠들게 해줘. 몸이 밀려 내려가자 무릎이 수면 위로 떠
올랐다. 오금의 상처가 다시 찢어지는 듯 아파왔다. 그는 참지 못하
고 로라를 입에 털어 넣었다. 나는 그 몹쓸 년에게 욕을 퍼붓는다.
그를 내버려둬! 그렇잖음 제대로 재워주든가!

언제부터인가 그는 자기가 새하얀 피부를 지니게 된 것을 깨달
았다. 그는 원래 가무잡잡하고 건강한 피부를 지니고 태어났다. 지
금의 그를 있게 해준 그 드라마를 찍기 전까지 그는 평범하고도 건
강한 대한민국의 평균치 남자였다. 그런데 그 드라마를 찍으면서
새하얗고 귀공자스러우면서 섬세하고 자상한 이미지를 구축해가
기 시작했고, 그것은 전국적인 열광을 불러일으켰으며 그를 드라

마 속의 인물과 혼동하는 사람들이 폭발적으로 늘어갔다. 뭐, 처음엔 그다지 어렵지 않았다. 배우라는 게 드라마나 영화를 하는 동안에는 배역 속의 인물에 푹 빠져 살곤 하니까. 그런데 그는 그 후로도 십 년 동안 그 얼굴 그대로 살아야 했다.

얼마 전, 한 톱 여배우가 소속사에게 휴대폰마저 도청당하고 있으며 당사자인 여배우 역시 그것을 기꺼이 허락했다는 뉴스가 떴다. 한창 주가를 올리고 있는 가수 출신 배우는 스스로 휴대폰을 갖지 않겠으며 그 어떤 사생활을 갖지도 않겠다고 선언하고 모든 것을 소속사에 맡기고 성실히 일만 수행하고 있다고 해서 화제가 되기도 했다. 그는 차츰 식어가는 물에 잠긴 아래턱을 벌려 중얼거렸다.

— 벨라도나. 내가 어렸을 때 살았던 집을 아니? 가겟집이었어. 차들이 오고 가는 길로 가게 문이 활짝 열려 있었지. 가게에는 방과 부엌이 딸려 있었고 부모님은 항상 거기서 기거하셨지. 가게 뒤편으로 작은 집이 하나 딸려 있었어. 가겟집과 붙어 있었지만 또 따로 있다고도 말할 수 있었지. 마치 가겟집과 안집이 서로 엉덩이를 맞대고 반대편을 보고 있는 모양새였어. 나와 여동생은 거기서 살았어. 창호지 바른 문을 열면 바로 작은 마당이었지. 비가 오는 맑은 여름날, 작은 댓돌에 부딪히는 빗방울이 얼굴로 튀어 올랐어. 나는 미소 지으며 마당가에 핀 채송화를 바라보았지. 그곳에서는 항상 맑은 여우비가 내렸다고 기억해. 빗방울은 햇살과 함께 튀어 올랐어. 아주 조용한 곳이었지. 어스름이 깃드는 때를 기억해. 그 작은

마당으로 어슴푸레한 그늘이 밀려와 창호지 틈새로 스며들지. 그곳에서 나는 꿈을 꾸었어, 지금의 나를.

그는 느린 손가락으로 현관 밖을 가리켰다.

— 벨라도나. 지금 우리 집은, 아니 내 집은 집 안으로 차가 들어와. 나는 그 누구의 눈에도 띄지 않게 생활하고 있어. 누가 드나드는지도 전혀 알 수 없지. 나는 신비한 남자거든. 내가 행여 파란 추리닝을 입고 동네 가게에 갔다는 게 알려지기라도 하는 날이면 내 이미지는 그냥 추락이야. 나는 캔 커피 하나도 맘대로 사러 나다니지 못해.

그가 몸을 조금 일으키며 언성을 높였다. 그러나 허리를 받치는 힘이 없어 곧바로 미끄러지고 말았다. 몇 년 동안 함께 지냈던 매니저라 해도 그의 말을 알아들을 수 없을 정도로 혀가 풀어졌다. 그러나 나는 알아듣는다. 나는 언제라도 M을 안을 수 있도록 바짝 다가앉는다.

— 거리의 남자로 변신했을 때 기억하지? 검은 가죽 재킷에 검은 장갑을 끼고 오토바이를 몰고 거리를 내달리는 영화를 한 편 찍기로 했지. 물론, 회사 사람들이 모두 머리를 쥐어짜서 대대적인 변신을 기획한 것이었어. 이제 이런 초식남 같은 이미지는 생명이 다했다고 판단했던 거야. 근데, 어땠어. 영화 홍보 포스터가 여기저기 내걸리자 내 팬들이 비명을 질러댔지. 우리 M을 돌려줘, 이건 M이 아니야! <u>흐흐흐</u>. M이 아니라는 거야. M이 아니래. 나는 언제까지 변치 않는 남자여야 한다는 거야. 불만이 일자 나는 곧바로 가죽 재

킷을 벗어 던지고 그녀들 앞에 나타나 친절하고 섬세하고 자상한 미소로 걱정 마요, 그건 내가 아니었어요, 나 여기 있어요, 하고 안심시켜줘야 했어. 영화는 없던 일이 되었어. 나는 이제 탁 트인 바닷가에서조차 거칠게 숨을 내뿜으며 달리지 못해. 나는 그저 크림 담뿍 넣은 달콤한 커피를 들고 은은히 흐르는 보사노바 멜로디 속에 서서 멋지게 창밖만 내다봐야 한다구.

십 년이라면 주름살도 늘고 볼도 늘어지고 머리숱도 좀 성글어져야 했건만 그는 안간힘을 써서 다시 M으로 돌아와야 했다. 그래서 그들은 살짝 우회하기로 결정했다. 자상하고 친절하며 귀공자스러움을 여전히 간직한 채 자유로운 영혼을 지닌 성숙한 남자로 이미지를 변신하기로 했다. 이 새로운 이미지는 동시대인들의 공통된 꿈과 이상, 취향과 욕구를 투영하기에 아주 적합하다나. 그러니까 자유로운 이미지를 추구하지만 그것은 어디까지나 상대방을 깊이 배려하고 애정 가득한 인간으로서의 자유로움인 것이지 히피적 자유로움이나 집시적 자유로움과는 다르답니다, 여러분, M은 여전히 당신들의 M이랍니다, 라는 것이었다.

그 첫번째 프로모션으로 한국의 곳곳을 돌아다니며 장인들을 소개하는 사진을 찍어 전시회를 하기로 했다. 새로운 이미지의 골자를 보자면 그는 이런 남자다. 자유로우나 배신하지 않는 남자. 자유로우나 결코 상처를 주지 않는 남자, 사랑에 대해 깊은 책임감을 갖고서도 자유로운 남자. 그런 남자 보았는가? 만난 적이 있는가? 그들은 있다고 말한다. 그리고 그를 '가져다가' 그녀들 앞에 세운다. 그녀들은 그의 얼굴을 보고 손을 잡으면서 마침내 환상을 이루었다고 느낀다. 그 역시 새로운 변신을 반겼다. 어쨌건 들녘을 쏘다닐 기회를 얻었다는 것에 기뻐했다.

들녘을 쏘다닐 준비가 다 갖춰진 날, 카메라를 건네주며 매니저가 멋쩍은 웃음을 지었다. 어떤 시인이 간곡한 기계라고 불렀대요. 그는 카메라를 간곡하게 어루만졌다. 카메라는 그 어떤 꽃보다, 그 어떤 사람보다, 그에게 간곡하게 와 닿았다. 그것이 그를 밖으로 나가게 해줄 것이었다. 그 간곡한 기계에 대장장이, 도자장이, 기와장이의 주름 속의 빛과 그림자에 삶의 굴곡을 섞어 담을 것이다. 그러면 간곡한 기계가 그것들을 다 풀어내줄 것이다. 그러나 기획사의 계획은 무자비했다. 그가 찍어온 것들 중에서 기획에서 벗어난 것들은 가차 없이 폐기되었다. 기분이 상했지만 그 역시 함께 결정한 새로운 이미지인지라 이제 와서 거부할 수도 없었다. 장이들과 얘기하며 서리서리 접어두었던 속내들을 찍고 적어 넣고 싶었지만 그는 중절모 아래 멋진 미소를 띠고 트렌치코트를 입은 채 흙바닥에 엎드려 장이들이 그릇을 빚고 물레를 돌리는 모습에 카메라를 들이대는, 장면을 찍혀야 했다. 그를 찍는 사진가가 항상 그와 동행했다.

그가 무언가로 찔리는 듯한 증상을 처음 겪었던 곳은 무형문화재로 지정된 기와장이의 작업장에서였다. 기와장이는 얼굴을 찍히기 싫어했다. 그의 눈은 짝짝이였는데 한쪽 눈을 자세히 보니 거의 실명한 듯했다. 손으로 만들어요. 손이 다 기억하지, 눈은 쓸데없어요. 기와장이가 말했다. 그는 그날 기와장이가 흙더미를 쌓아놓은 곳에서 파란 비닐을 들추고 흙을 한 덩어리 가져오는 데서부터 줄곧 따라다녔다. 새벽에 내린 이슬이 파란 비닐 위에서 또르르 굴러 민들레꽃에 톡 떨어졌다. 주변에 민들레가 하도 많이 피어 있어 기와 조각과 함께 찍기도 하고, 나풀 날아오르는 홀씨도 찍었다. 그리고 작은 나무 둥치에 옹색하게 앉아 헛간 구석 그늘 아래에 널어 말리는 중인 기와도 찍고, 헛간의 이모저모를 여러 각도로 찍어댔다.

M은 기와장이가 기와를 빚는 헛간 같은 작업실에 그 어느 때보다 오래 머물렀다. 그는 기와를 빚기 시작하는 기와장이의 얼굴과 손을 꼭 남겨야 한다는 생각으로 마음은 더없이 초조했지만, 얘기를 나누면서부터는 간곡한 기계만 어루만질 뿐, 이상하게 그 얼굴과 손 어디에도 기계를 들이댈 엄두를 내지 못했다. 기와장이는 글로 옮길 수 없고 사진으로 찍을 수 없는 얘기만 했다.

— 지금 내 기와 쓰는 사람 거의 없어. 심지어는 문화재 복원한다는 데서도 내 기와 안 써요. 일일이 손으로 빚어 구운 건 비싸니까. 다들 틀로 찍어낸 것을 쓰지. 나는 간신히 입에 풀칠해요. 문화재청에서 문화재만큼은 내 걸 쓰라고 정하려 해도 기계로 찍는 사람들 반발 때문에 그것도 못 해. 우리나라는 정말 이상해. 기술이 특별하다고 이름만 붙여주고 규제만 많지 실제로는 아무 도움도 안 주거

든. 이름 붙여줬으니 알아서 장사해 먹어라, 하는 거지. 형평성 때문이라나. 가끔 돈이 진짜 많은 사람들이 멋 부릴 때나 쓰지. 이름은 아무짝에도 쓸데없어요. 오히려 이름 때문에 팔고 싶어도 못 파니까.

이름 때문에 못 파는 것이 있다니. 이렇다 할 이름이 붙으면 날개 돋친 듯 팔려야 하는 것 아닌가. 바로 그때 쪼그려 앉은 다리에 찌르는 듯한 통증이 느껴졌다. 그의 사진집에 이런 글을 쓸 수는 없었다. 허구로서의 이름을 가진 사람들, 자부심을 느낄 수도 없는 사람들, 탁 트인 들판에 산다고 자유로울 수는 없었다, 그들이 가진 건 환상으로서의 자유로움일 뿐이었다, 라고 말이다. 그는 간곡한 기계를 내던져버렸다. 아니, 내던지고 싶었다. 그러나 언젠가는 진정으로 간곡함을 담을 수 있기를 바라며 장롱 깊숙이 집어넣고 오래 쓰다듬었다.

사진가는 기와장이의 모습을 남겨야 하니 제대로 자세를 잡아보라고 요구했다. 그는 그 요구를 듣지 않았고 결국 기와장이는 책에 실리지 못했다. 기와장이의 찌그러진 눈두덩과 관절 마디마다 휘어져 변형된 손가락들이 잦아드는 수증기 아래로 내려와 물 위에서 떠돌았다. 그는 다리를 움직여보려고 했다. 물에서 벗어난 다리가 다시 찢어지게 아파왔다.

그의 심장이 극심한 불안에 휩싸였다. 아무리 애써도 끊어지지 않고 이어지는 생각은 그를 공포의 한가운데로 몰아넣는다. 그는 참지 못하고 드디어 나를 불렀다. 내가 그를 안식으로 이끄는 게 잘 못인가?

그의 머리가 물속에 잠겼다. 그가 마지막으로 말을 남겼다. 아름다운 성모님, 내 영혼을 받아주소서. 벨라-아름다운, 도나-성모인 나는 그의 영혼을 품에 안았다.

매니저가 늦도록 열리지 않는 욕실 문을 열었다. 매니저는 오랫동안 윤기 나던, 그를 사랑하는 많은 사람들이 따라 했던 헤어스타일의 머리카락이 둥실둥실 물결 위에서 떠도는 것을 보았다. 나는 그의 영혼을 안고 아직 김이 서린 욕실에서 한참을 머물렀다. 보다 길고 충분한 안식이길 원하며.

2. 세계적인 슈퍼스타 K를 죽이게 된 전말에 대한 고백

K에 대한 고백은 위의 속삭임으로 대신한다. 그의 영혼에 삼가 위로를.

3. 아무도 모르는 M2씨에 대한 고백

M2가 나를 찾은 건 오래되지 않았다. 그는 M의 옷이 가득 쌓인

골방에서 내게 고백했다. 처음에 그는 누런색이었다고. 그가 태어난 동아시아 지역 사람들 대부분의 색깔 그대로였다고. 그런데 얼마 전부터 하얀색이 되었다가 지금은 푸른색이 되어 있더라고 말했다. 이런 기현상에 대해 그가 어떤 스타에게 열정적으로 집착한 나머지 자기 색깔을 잃고 이렇게 되어버렸다고 의사가 진단을 내렸다고 했다.

M2는 컴퓨터 앞에서 M의 근황을 검색하며 하루를 다 보내고 자기 방에 이어진 작은 골방으로 가서 푸른빛이 돌 정도로 검은 가발을 쓴다. 거울을 보니 눈썹을 가리며 늘어진 머리카락 덕분에 창백한 피부와 부드러운 눈매가 더욱 돋보였다. 길이가 좀 길다 싶은 검은 코트를 입고 두툼한 목도리를 두른다. 그리고 유리 공예로 유명한 작은 도시의 배경 사진 앞에 선다. 눈 내리는 깊은 밤, 도시에 점점이 떠 있는 노란 유리등 불빛이 오랜 기억을 되살린다. 그는 부드럽고도 쓸쓸하고, 만족스러우면서도 어딘가 허전한 미소를 지어본다. 그리고 눈 덮인 산 위에서 그녀를 향해 두 손을 모아 외쳤던 말을 읊조린다. 잘 지내나요!

오래전 떠나간 여자를 기억할 수 있는 한 기억해주기 위해서 그는 할 수 있는 한 자주 그녀와 함께 보냈던 시간을 이렇게 되살린다. 그녀는 기억해줘, 우리가 죽더라도 나를 기억해줘, 라고 부탁했다. M2는 땀이 배어오는 등과 목덜미를 칭칭 감아 맨 것들을 살며시 들추며 자기가 죽더라도 그녀를 기억할 수 있는 방법을 생각해본다. 심장을 꺼내 팔딱거리는 근육에 그녀 이름을 새기면 될까. 그건 외과 의사의 도움 없인 좀 어려울 거 같고, 어딘가 내가 알지 못하는 먼 나라에 사는 어린아이에게 그녀와의 사랑 이야기를 적어서 오래 간직해달라고 편지를 보내면 될까.

등허리로 땀이 줄줄 흐르고 열기가 치솟아 가발 속의 두피가 따끔거리기 시작했지만, M2는 목도리와 코트를 입은 채 마치 순교자와도 같은 심정으로 몇 가지를 생각한다. 그 첫번째는 오래전 헤어진 그녀의 얼굴이고, 그 두번째는 M도 이렇게 했겠지, 하는 생각이고, 그 세번째는 M의 〈눈사람〉과 나란히 진행되었던 그녀와의 사랑이었다. 참 우연스럽게도 그녀와의 사랑은 M의 드라마와 함께 비슷한 사연으로 시작되었고 드라마가 진행되는 동안 그들의 사랑도 진행되었고, 드라마가 끝나갈 때쯤 드라마와 비슷한 사연으로 끝이 났다. 그리고 M이 드라마 속의 그녀에게 약속한 것처럼 M2 자신도 그녀와의 약속을 영원히 지키리라 결심했다.

의사는 그가 그 드라마를 따라 한 것이지, 우연히 그 드라마와 같은 일이 벌어진 게 아니라고 했지만, 그는 어떻게 그 복잡한 인생사를 자기가 복사할 수가 있겠느냐고 반발했다. 그는 상담 초기부터 의사란 작자의 말이 거슬렸는데 결정적으로 틀려먹었다는 것을 깨달은 게 바로 그 지점이었다. 의사와 얼굴을 맞대고 요즘 이런 일이 있었다느니 그 결과 이런 꿈을 꿨다느니 하며 사생활을 털어놓는 건 더 이상 가치가 없다고 판단하고 상담을 끊어버렸다. 은을 먹기 시작한 지 이 년은 지났을 때였을까.

M2는 M이 하얗고 반듯한 귀공자스러운 외모를 위해 은을 먹고 있다는 얘기를 들었다. M2는 바로 그것이라고 무릎을 탁 쳤다. 그래, M도 예전에는 누르뎅뎅한 얼굴이었어. 근데 언젠가부터 그렇게 뽀얀 얼굴이 되었다구. 은이었구먼, 그게. 약간은 창백하고 약간은 우울하면서도 한없이 부드럽고 섬세한 표정은 바로 은에서 나왔던 거야. 그래서 그는 은을 먹기 시작했다. 그는 머잖아 완전히 M이 될 것이라 희망했다.

결정적 계기가 있었다. M2는 은을 상복하고 얼마 지나지 않아 한적한 고속도로를 달리던 중 자동차 사고를 겪었다. 이차선으로 달리던 그가 일차선으로 나가려고 깜빡이를 켜며 흰 점선을 밟는 순간 뒤에서 냅다 달려온 차가 그의 차문을 부수고 지나갔다. 그리 큰 사고는 아니었는데 하필 왼쪽 다리를 차문에 바짝 대고 까딱거리며 달리던 중이라 차문이 우그러지는 바람에 무릎이 꺾이고 말았다. 사고를 낸 운전자는 곧바로 차를 세우고 달려왔다. 그리고 차창 안의 그를 보고 깜짝 놀라 머리를 조아리며 쩔쩔맸다. 아이고, 이거 정말 어쩌지요. M씨! 그는 무릎 관절이 어긋나서 생긴 통증과 무엇보다도 처음 겪는 사고에 너무 당황한 나머지 상대 운전자가 뭐라 하는지 새겨들을 경황이 없었다. 그저 다리를 움켜쥔 채 목덜미로 치솟는 화끈한 열기를 느끼고는 또 다른 곳을 다쳤을지도 모른다는 두려움에 수도 없이 고개를 조아리는 상대에게 문을 열라는 손짓만 다급하게 했을 뿐이다. 사고 운전자는 차문을 조심스럽게 열고 그를 부축해서 밖으로 나오게 하면서 연신 주절거렸다. M씨, 이거 죄송해서 어쩌지요, 아이고, 참.

사고 운전자는 응급차를 불렀고 그는 응급차 소속의 지방 병원 응급실로 실려 갔다. 운전자는 응급실에 도착하자마자 영화배우 M씨가 다쳤다며 큰 소리로 응급실 직원들에게 알렸다. 그때서야 M2는 운전자가 아까부터 뭐라고 주절거렸는지 깨닫게 되었다. 응급실에서 일하는 직원들이 다 뛰어나와 그를 맞았다. 다른 환자였더라도 그처럼 미소를 짓고 반겨줬을까. 그는 아연 긴장했다. 순간 어떻게 된 일인지 그들의 미소에 미소로 답하면서 아픈 만큼 아프다는 표현도 못 하는 자신을 발견했다. 응급실 직원들은 사고를 대하는 게 아니라 이벤트를 여는 것처럼 들떠서 무릎 엑스레이를 찍는다, 혈액을 채취한다, 하면서 그를 끌고 다니더니 아이고, 빼먹었네, 하고는 다시 전신 엑스레이를 찍는다, 어쩐다 하며 신나했다. 그는 어리둥절해하면서도 공중에 붕붕 떠서 옮겨지는 게 기분이 좋았다. 결국 영화배우 M씨가 이렇게 작은 병원에서 치료를 받을 수는 없는 일이라며 큰 병원으로 옮겨 가시지요, 라는 제안을 받기에 이르렀고, 그는 부드럽고도 세련된 표정으로 호의를 고맙게 받아들이고 당연히 큰 병원으로 가겠다며 응급차를 타고 나왔다. 나올 때 주민등록증을 돌려주며 야간 원무과 직원이 아, 본명은 N씨로군요, 라며 본명을 입속으로 외우는 것을 보았다. M에 대해 친형제나 아주 친한 친구 같은, 아니 쌍둥이 형제 같은 친밀감이 확 밀려오는 걸 느꼈다. 이제 M과 그는 남이 아니었다.

은을 먹은 효과를 확인하게 된 계기였다. 모든 사람들이 그를 M으로 알아보았다. 그는 가끔 M에 대한 소소한 가십거리가 뜨면 이것이 자신이 벌인 일인지 진짜 M의 일인지 헷갈리곤 했다. 그런 일이 있고 얼마 뒤면 M의 소속사에서 근거 없는 루머라며 해명을 하곤 했다. 자신 때문에 쌍둥이 형제 같은 M이 곤란을 겪는다고 생각해서 그는 M처럼 몸을 감추기 시작했다. 길을 나설 때면 야구 모자와 선글라스를 착용했다. 그래도 간혹 알아보는 사람들이 있었다. 그를 알아보는 사람들은 입매만 보고도 알아볼 수 있어요! 라며 좋아들 했다.

그는 한강변에서 야구 모자와 선글라스를 쓰고 조깅을 하다가 한 여자와 부딪혔다. 여자는 물가를 따라 고개를 숙인 채 걷던 중이었고 그는 하필 여자 곁을 스쳐 뛰던 그 순간 다친 다리가 삐끗했다. 그래서 여자를 밀치게 되었고 여자는 콘크리트 경계 밖으로 몸이 심하게 기울었다. 그는 두 팔을 활짝 들어 올려 중심을 잡으려는 그녀를 안고 주저앉아버렸다. 두 사람의 몸은 사실상 길과 물의 경계를 넘어선 상태여서 콘크리트 경사 아래로 일이 미터쯤 굴렀다. 다행히 느린 경사면이었고 불룩불룩 튀어 오른 돌기가 있어 더 이상 구르지 않고 멈출 수 있었다.

그렇게 그녀를 만났고 그녀는 처음에는 자기를 안고 구른 그가

M인 줄 알았다가 M이 아닌 걸 알면서도 그를 만나게 되었다. 그는 그녀를 만나야 할지 만나지 말아야 할지, 그녀를 만나는 내내 고민했다. 그에게는 이미 평생을 잊지 않아야 하고, 죽은 뒤까지도 잊지 말아야 할, 그의 심장에 관한 한 선취권이 있는 여자가 있는 것이다. 그런데 이 여자도 그의 심장에 방 하나를 만들어달라고 보채고 있었다. 여자가 그의 셔츠 단추를 하나씩 풀면서 단추 하나에 입술 하나씩 살포시 대면 그는 아찔했다. 단 한 번도 이런 일을 겪은 적이 없는 심장처럼 심장은 온 힘을 다해 뛰어올랐다. 젖가슴에 와 닿는 여자의 부드러운 입술과 감겨드는 나긋나긋한 손가락에 그는 예전 심장일랑 그냥 여자의 입속으로 빨려 들어가 없어져버렸으면 좋겠고, 이 여자와 깊은 사랑을 나누고 싶었다.

하지만, 그는 부드럽고 세심하며 친절하고 자상하게 그녀를 달래곤 했다. 이 이상은 어쩔 수 없다고. 그래서 왜 자기를 거부하냐며 우는 여자와 한참을 실랑이하다 집에 들어오면 골방으로 가서 가발을 쓰고 코트를 입은 채 거울 앞에 숙연히 무릎 꿇고 앉아 정신을 집중해 묻곤 했다. M이라면 어떻게 했을까. M, 너는 어떻게 할 거니. 그러면 M이 어김없이 대답해줬다. 우리는 약속을 지켜야 해. 세상이 다 변해도 우린 변하지 말아야 해. 우리를 믿어주는 사람들이 있잖아. M2는 새 여자에게 홀려 심장이 자기 복제를 하지 않도록 이를 악물었다.

그래서, 여자에게 헤어지자고 했다. 여자는 절대 허락할 수 없다며 도리질을 했다. 그리고 마치 어린 여자애들이 스타의 집 앞에서 밤을 새우듯이 한동안 그의 집 앞에서 그를 기다렸다. M2는 마지막이다 싶은 마음으로 나가 가슴이 찢어지게 아프지만 옛 여자를 저버릴 수 없다고 말했다. 여자가 그의 뺨을 때리고 돌아섰고 그것을 마침맞게 지켜보던 어떤 사람이 그 장면을 사진으로 남겼다. 그래서 M은 구설수에 휘말렸다. 자기가 한 일이 아닌데도 M은 진심을 담아 팬들에게 사과를 하고 모든 행적을 감추었다. M2는 M의 의도를 알아차렸다. M은 자신의 팬은 절대 비난하지 않는다는 원칙을 철저히 지켰다. M2의 존재를 비난하지 않는 M에게 그도 보답을 해야 했다. M2도 집 안에 틀어박혔다. 여자와 헤어지는 게 큰일인 줄 몰랐는데 그에게는 큰일이 되었다.

게다가 자신의 몸이 점차 푸른색이 되어가더니 자꾸 몸과 몸 아닌 것이 혼동되기 시작했다. 그즈음 은을 너무 많이 먹으면 푸르게 된다는 것을 알았다. 푸른빛인 그의 몸은 자주 사라졌다. 새벽빛에도, 깊은 밤 빛에도, 너무 환한 빛에도, 너무 어두운 빛에도. 그는 이제 M의 옷을 걸칠 때 자기 몸을 잃어서 어디에 모자를 얹고 어디에 코트를 걸쳐야 하는지 한참 더듬거리곤 했다. 그 의사에게 물으면 틀림없이 그러겠지. 스타에 너무 몰입한 나머지 M2 자신을 잃고 말았다고. 그는 이래저래 집 밖에 나갈 수가 없었다.

그가 집 안에 틀어박혀 산 지 벌써 오 년째였다. 그 오 년 동안 M은 신비하게 아주 가끔씩만 자신을 보여줄 뿐 출입문을 닫아걸고 살았다. 그동안 M2는 무수한 날들을 골방에서 지내며 무수히 M에게 물었다. 비 오는 날 포장마차에서 소주를 기울이며 노래를 부르고 싶을 때는 어떻게 하지? 여자를 만나 질탕하게 놀고 싶을 땐 어떻게 하지? M이 대답했다. 나를 사랑하는 팬들에게 실망을 안겨줘서는 안 돼. 그는 M의 확고한 대답에 고개를 끄덕거렸다. M이 평생 변치 않을 줄 알았다.

그런데 M이 이제 자유로운 여행자가 되어가고 있다는 것이다. 골방에 새로운 옷이 추가되었다. M2는 중절모와 짙은 색 트렌치코트를 샀다. 발목이 높이 올라오는 끈으로 묶는 부츠도 샀다. 육중한 카메라도 샀다. 그는 중절모와 트렌치코트를 입고 부츠를 신었다.

그러나 M2는 새로 산 옷을 입고 저 들판으로 나갈 수가 없었다. 간신히 제 몸을 찾아서 모자를 쓰고 코트를 걸치면 무릎이 뚝 부러져버렸다. 처음 사고가 났을 때처럼 한 걸음도 걸을 수가 없었다. 걸어서 저 확 트인 들판으로 나가야 하는데, 다리가 이렇게 부러졌으니 한 발짝이라도 나갈 수가 있나. 그는 두 눈이 빨갛게 될 때까지 다리를 움직여보았다. 걸어보려고, 걸어서 저 들판으로 나가보려고.

그는 부러진 다리로 간신히 버텨 서서 뷰파인더에 눈을 밀어 넣고 거울에 비친 자신을 찍었다. 카메라에 가려져서 얼굴이 보이지 않았다. 간곡한 기계가 그를 가렸다. 간곡한 기계는 자기를 잊은 M2를 찍을 수 없었다. 그저 텅 빈 옷만 찍었을 뿐.

그는 M의 새 옷을 입은 채 옷이 가득 쌓인 골방에서 나를 피우다
가 스르르 드러누웠다. 첫 연기는 속으로만 올라간다. 코로도 입으
로도 새어 나오지 않는다. 오롯이 심장에 차오르는 아편 연기는 후
두를 거치고 숨골을 거쳐 줄기줄기 멋지게 뻗어 오른 중추의 가지
들로 번져간다. M2는 생전 처음으로 지극히 황홀한 지경에 빠져들
었다. 거짓과 환상으로만 유지되는 잔인한 세상 속의 M2. 나는 그
의 몸속에서 한참을 휘돌다가 그의 한숨과 함께 중절모 위로 피어
올라 쏟아질 듯 쌓인 옷자락을 타고 올라갔다. 휘황한 불길, 까맣게
타오르는 연기, 무너지는 옷들의 커튼. M2는 웃으며 온몸으로 연
기를 피워 올렸다.

해설

서울 기행: 잃는 세계를 앓기

허희 (문학평론가)

1. 병든 서울―인간

　서울이 병든 지 오래다. 온통 해방의 환희에 들뜬 가운데, 홀로 오장환이 "병든 서울, 아름다운, 그리고 미칠 것 같은 나의 서울아"(「병든 서울」)라고 절규한 해부터 이미 그러했다. 그로부터 30여 년이 흐른 뒤, 병은 더욱 깊어졌으나 사람들은 외려 무감각해진 모순적인 상황에 맞닥뜨려 이성복은 이렇게 썼다. "모두 병들었는데 아무도 아프지 않았다"(「그날」). 이후 다시 그만큼의 세월이 지나 오늘에 이르렀다. 아직 생명이 다하지는 않았으나 그렇다고 치유될 기미도 없이 여전히 서울은 '앓는' 중이다. 병든 서울이 인간을 병들게 하여―혹은 역으로 병든 인간이 서울을 병들게 하여―병든 인간만이 그곳에 남아, 불치병에 시달리는 환자가 점점 회복에의 열망을 포기하듯 무엇인가를 하나둘씩 '잃은' 채로.

예컨대 방현희는 7편의 소설을 통해 서울에 사는 우리가 꿈을, 기억을, 자유를, 가족을, 사랑을, 자신을, 삶을 상실하고 있음을 섬세하게 적시한다. 사라지는 대상들은 떼려야 뗄 수 없는 관계로 얽여 있어 개별적으로 씌어진 단편임에도 불구하고 연작처럼 긴밀하게 읽힌다. 서울을 차치한 중국·일본·영국의 어느 지방을 배경으로 삼고 있다고 해도 이 소설집의 일관된 기조는 전혀 흐트러지지 않는다. 여기서 서울은 한국의 수도라는 특수한 '공간(space)'이 아니라 (탈)근대 도시의 보편성을 함의한 '장소(topos)'를 대유하기 때문이다. 중립적으로 외재화된 공간과 달리, 감각과 지각이 매개된 장소는 신체와 내밀하게 연동한다. 즉 공간을 지양하고 장소로서의 서울을 천착하는 작업은 현재를 사는 우리 자신에 대한 탐구로 이어진다는 뜻이다.

잘 알려진 대로 방현희는 인간의 심리를 묘파하는 데 탁월한 역량을 발휘하는 소설가다. 그러나 그 사실만으로 단순하게 그녀를 정의한다면 심각한 규정적 오류를 범하는 것이라는 지적을 피할 수 없다. 일견 방현희의 작품이 개인에 침잠하고 내면성으로 수렴하는 듯 보이지만 그 과정은 항상 바깥의 장소와 교호하며 진행되는 연유이다. 따라서 그녀의 전작 『바빌론 특급 우편』에서 "아쉬운 점이 있다면 그가 동성애에 대한 편견이 사라지기 위한 사회적 조건을 전혀 탐구하지 않는다"(김형중,「교환 가능한 사랑」)라는 해설은 이제 수정될 필요가 있다. 심리적 조건과 사회적 조건을 나누는 낡은 도식은 양자의 구분 불가능성을 사유하는 작가에게는 적용될 수 없는 헐거운 틀에 불과하다.

　본격적으로 방현희의 소작(所作)을 살펴보기에 앞서, 나 자신이 병든 서울에서 나고 자란 병든 주민임을 고백해야겠다. 애초부터 철저한 거리 두기를 할 수 없었으므로 이 글은『로스트 인 서울』의 해설이라기보다는, 줄곧 앓으며 동시에 어떤 것을 잃어가는 서울에 대한 병리적인 심상지리(imaginative geography)임을 미리 밝혀둔다. 하여 어설픈 치유의 가능성을 타진하지는 않을 작정이다. 방현희 또한 헛된 기대 따위는 품지 않고 있다. 기약 없는 구원을 기다리기보다 구원 없이 살아가는 방법을 모색하리라. 냉정한 비관주의라고 여길지도 모르지만 우리는 그것이 진실에 보다 가까워질 수 있는 삶의 방법론이라는 신념을 가진 리얼리스트의 일원이다. 도무지 가망성 없는 이에게 요원한 희망을 불어넣는 것이야말로 실은 가장 무책임한 행위이지 않은가. 덧없는 것을 덧없다고 하고, 그 덧없음조차 덧없어하면서『로스트 인 서울』의 초입에 선다. 벌써 표제에서부터 경고하고 있는바 이 안으로 들어가면 길을 잃기 십상이다. 그러나 방황조차 또 다른 길이라고 믿는 이라면, 기꺼이 오라, 병든 서울로.

2. '나'라는 도플갱어들

'서울 기행'을 시작하면서 먼저 이국 여성과 만나기로 한다. 그녀의 이름은 '그렉안나', 우즈베키스탄 출신으로 한국어를 공부하러 온 대학생이다. 그렉안나는 지적이면서도 성적인 매력을 갖추어 뭇 남성의 관심을 독차지한다. 그렇지만 서울이라는 엄혹한 룰렛판에 던져진 "룰렛 구슬처럼 그녀도 그녀 앞의 삶이 어떻게 전개될지 모른다."(「로스트 인 서울」, 13쪽) 아니, 룰렛이 참가자를 필패로 몰아넣는 도박이라는 점에서 우리는 뻔히 결과를 짐작할 수 있다. 예상한 대로 그렉안나는 몰락의 수순을 밟아간다.

그녀가 출연하는 방송업체를 운영하는 남자 강이 그녀의 몸값을 높여주었다. 그리고 자기와 함께 살기를 제안했다. 한강이 내려다보이는 고급 아파트를 그녀에게 줄 것이며, 그녀가 지금까지 가져보지 못한 많은 것들을 주겠다고 했다. 강은 아주 늠름했다. 그는 아내와 아들이 있었다. 하지만 충분히 자유로워 보였다. (중략) 그녀는 한국인을 조금 더 깊이 알기 위해 강과 함께 살기로 했다.(28~29쪽)

우연을 가장한 룰렛판의 법칙에 따르면, 그렉안나는 반드시 '강'이 아니더라도 오만한 부자와 만날 수밖에 없는 운명이다. 그녀에게 강은 완벽한 남자인 듯 보였다. 그렇지만 결벽증 환자인 강이 모든 것을 자신의 소유물로 간주하려는 독점욕을 드러내면서 그렉안나는 구속에 시달리며 피폐해진다. 여기까지는 전형적인 통속 소설의 양상이다. 그러나 그렉안나가 아파트 내부에 "내 주인, 그 사람을 피해 혼자 쉴 수 있는 공간"(21쪽)을 만들어달라고 인테리어 디자인 업자인 '나'에게 의뢰하면서, 〈사랑과 전쟁〉 같은 불륜 드라마의 상투성을 단번에 깨뜨리는 기이한 파문이 발생한다. 비밀의 방에서 "나는 그렇게 가끔 두 사람(강과 그렉안나—인용자)을 엿보게 되었"(33쪽)던 것이다. 방현희 소설의 진경은 이 지점부터 펼쳐진다.

나는 관음증적인 시선으로 강과 그렉안나가 벌이는 성애와 폭력의 면면을 지켜본다. 그리고 강이 가버린 뒤에 그렉안나를 안으며 "나는 강에게 맞아서 멍든 곳을 일일이 찾아 입을 맞추고, 새로 젖가슴을 깨물어 내 흔적을"(36~37쪽) 남길 뿐, 상황을 변화시킬 어떠한 행동도 취하지 않는다. 나는 그렉안나와의 만남을 "사랑은 그것을 갈망한 사람에게 온다고"(24쪽) 편하게 단정 짓지만, 종국에는 "내 사랑이 과장되었던 것은 아닌지."(42쪽) 하고 초라하게 되물으며 아무런 선택도 하지 않고 방기해버리는 것이다. 그러니 그 어느 누구보다 이 사람을 눈여겨보라. 왜냐하면 나는 무책임을 긍정하기로 되뇌는 '윤희중(김승옥, 「무진 기행」)의 후예'로서 「로스트 인 서울」만이 아니라 이 소설집을 포괄하는 원형적 인물이기 때문이다. 실제로 7편의 소설에 등장하는 각각의 '나'가 전부 익명화되어 있음을 염두에 둔다면 이들이 서로의 '도플갱어'임을 눈치챌 수 있을 것이다.

「그 남자의 손목시계」의 ‘나’도 마찬가지다. 내가 어렸을 때부터 성인이 된 지금까지 아버지는 가족을 가혹하게 폭행해왔다. 그러한 아버지를 도저히 아버지라 부를 수 없었으므로 나는 그를 타인처럼 “그자”라고 칭한다. 얼핏 보면 이 작품은 아버지에 대한 아들의 ‘복수극’의 형태로 전개되는 것 같다. 나는 “어머니, 기다리세요. 내가 어머니를 도와줄 거예요.”(120쪽)라고 다짐한다. 그렇게 어머니를 위하는 마음을 갖고 있다고는 하지만, 정작 도움을 주어야 하는 순간에 “나는 벽장 속에 숨어”(141쪽) 있을 따름이다. 어머니를 구타하는 아버지를 막기는커녕 회피해버리고는 그저 구석에 웅크려 있는 채로 나이를 먹은 것이다. 몸만 커진 이 아이는 어머니를 돕는 일이 결국 그자를 죽이는 거라고 단순하게 결론 내린다. 어른의 입장에서 최대의 복수는 그자가 애지중지하는 권위의 상징물인 ‘시계’를 모조리 부숴버리는 것일 텐데도, ‘비성년’의 “나는 아버지의 금고를 박살 내고, 그러나 시계들은 그대로 두고”(148쪽) 만다. 게다가 본래 계획했던 ‘아비 살해’의 실행도 계속해서 유예된다. 나에게 ‘책임’은 무엇과도 비견될 수 없는 공포 그 자체다. 책임지지 ‘않는 것’이 아니라 책임지지 ‘못한다는 것’은 의지를 벗어난 금기의 영역에 속한다. 달리 말해 ‘할 수 없음’은 무의식적인 깊은 병듦의 징후이기도 하다. 그것이 행동을 포기하게 하거나 결단을 미루게 하는 지연의 태도를 초래한다. 가령 다음과 같은 ‘나’의 독백은 어떠한가.

나는 내가 어떻게 해서 내 몸속의 내장을 모두 도망시키고도 감옥
에서 빠져나가지 못했는지 이제부터 말하려고 한다. 나는 치밀하게
계산했다. 내 계획에 어떤 허점이 있었던 걸까. 그것을 돌이켜보려
한다.(「탈옥」, 81쪽)

주가를 조작하는 이른바 "작전" 세력을 주도하던 나는 "그까짓
돈 2억 때문에 영감의 분신을 막지 못한"(99쪽) 탓에 "초현대적인
감시 시설과 서비스 정신을 갖추었다는 감옥"(82쪽)에 갇힌다. 당
장 자신이 지휘하지 않으면 그동안 계획했던 것들이 물거품이 되
는 상황. 나는 '탈옥'을 하기로 결심한다. 그 방법은 병든 내장을 절
제하는 수술을 받는 병원에서의 도주다. 하나 위에 인용한 대로,
"치밀하게 계산"한 몇 차례의 시도는 다 실패로 끝나고 만다. 아마
도 눈치 빠른 '간수'가 톱니바퀴같이 구성된 탈옥 구상을 어그러뜨
리는 변수였을 것이다. 마지막 장면에서 그는 나를 내려다보며 빈
정댄다. "나는 알고 있었어. 네가 이렇게 하나씩 하나씩 감옥을 빠
져나가고 있다는 것을. 하지만 넌 영원히 빠져나가지 못할 거야. 네
내장을 송두리째 다른 곳으로 도망시킨다 해도."(114쪽)
그러나 간수를 포함한 외부적 요인은 내가 탈옥을 하지 못한 결
정적인 이유가 아니다. 문제의 근본적인 원인은 "내 계획에 어떤
허점"이 다름 아닌 '나 자신'이었다는 데 있다. "어느샌가 무의식중
에 움직여도 내 행동은 규칙에서 벗어나지 않게 되었다. (……) 하

지 말라는 짓을 하면 그 톱니바퀴가 어떻게 작동하여 고발이 되고 어떻게 다시 자신에게 처벌로서 돌아오는지 수감자가 더 잘 안다.”(91쪽) 언제부터인가 감옥의 시스템에 철저하게 길들여진 나는 규율권력에 잠식되어 스스로의 행동을 검열하고 있는 상태다. 탈출하리라는 의식의 기저에는 이곳을 결코 벗어날 수 없다는 “무의식”이 견고하게 자리 잡고 있는 것이다. 서울을 떠날 수 없고, 떠나지 못하는 인간의 은유적인 예증이다.

이토록 지난한 삶이다 보니 어쩌면 간간이 죽음을 떠올리며 위안을 찾을지도 모르겠다. 『로스트 인 서울』의 맨 뒤에 실려 있는 「퍼펙트 블루」를 본다. 슈퍼스타 M과 K, 그리고 M과 같이 되기를 선망하던 M2가 갑작스럽게 세상을 떠난다는 이야기다. ‘기이한 죽음에 관한 세 가지, 혹은 한 가지 사례’라는 부제처럼, 이것은 세 가지의 단독적인 죽음이자 하나로 연결되어 있는 인생의 사례다. 이들은 약물중독에 의한 사망이라는 사인 외에도 생존 당시 몸이 ‘푸른색’으로 변해가면서 다른 사람에게 자신이 보이지 않게 된다는 공통분모를 갖고 있었다. “자신의 몸이 점차 푸른색이 되어가더니 자꾸 몸과 몸 아닌 것이 혼동되기 시작했다.”(259쪽)라는 M≒M2의 서술과 “나는 점점 더 없어져 가는데 그들은 나를 언제까지 알아볼 수 있을까.”(239쪽)라는 K의 우려는 마치 한 사람의 독백처럼 들린다. 피부색이 변하면서 그들의 삶은 푸른색처럼 화려하게, 한편으로는 시체처럼 창백하게 바뀌어간다. 그런데 이상하게도 살아 있되 죽어 있다는 모순적 사태에 대해 우리는 별다른 위화감을 느끼지 않는다. 이러한 역설이 비단 세 사람에게만 해당되는 예외적인 레토릭이 아니라는 방증이다.

앞에서 잠깐 언급했지만 과연 그러한지, 외국을 배경으로 하고 있는 세 편의 단편을 참조해보자. 「세컨드 라이프」는 "중국의 가흥"(45쪽)을 무대로 삼고 있다. 아내와 "결혼 십육 주년 기념으로 여행 온"(52쪽) '나'는 구 년 전 이곳에서 형과 같이 살았던 기억을 회상해낸다. 생생한 추억을 두서없이 중얼거리던 나는 아내로부터 따끔한 핀잔을 듣는다. "십육 년 전부터 당신은 나와 한집에서 살았어. 그보다 전부터 우린 사귀어왔었고. 당신은 구 년 전에 여기 산 적이 없단 말이야."(55쪽) 아내의 말이 사실임에도 불구하고 나는 일어난 적이 없는 일들에 대한 상기·상상을 멈출 수가 없다. 무엇보다 그 안에는 죽은 형이 존재하고 있기 때문이다. 형의 투신자살에 대한 나의 죄책감은 "착종된 기억이라 할지라도 이렇게 한정 없이 기억 속에서 살고 싶었다."(58쪽)라는 언술을 이끌어낸다. 현재에서 숨 쉬고 있지만 과거에만 머물러 있겠다는 죽은 자로서의 삶을 고집하는 것이다. 그럼에도 이 늦은 참회는 새퉁스럽다. 머릿속에서 벌어지는 환상은 진심 어린 애도라기보다 현실에서 아무것도 책임질 수 없는 자신을 합리화하는 방식에 지나지 않는 까닭이다.

「로라, 네 이름은 미조」는 "서울에서 스코틀랜드로, 세계를 돌아 다시 영국으로, 파리에서 마닐라로, 마닐라에서 다시 서울로"(188쪽)

오게 된 '로라·미조'에 대한 기록이다. "먹고사는 게 달라지면 사람은 어떻게든 변하는 거야."(219쪽)라고 생각하는 그녀는 정말로 되고 싶은 것을 표상하는 물건을 집어삼킨다. 하지만 영국의 찻잔 조각, 버버리의 금색 단추 등은 위장 안에 그대로 남아 있을 수밖에 없다. 이를 소화시켜 흡수하는 일은 불가능하므로 미조는 로라가 되지 못한다. 그녀도 먹을 수 없는 것을 먹는 행위가 무모한 집착임을 인지하고 있으나 그만둘 수는 없다. 이와 같은 '자해'야말로 온 세계와 자신이 함께 병듦을 증명하는 유일한 수단이기 때문이다. 미조는 고통을 통해 삶을 지탱하면서 파멸해가는 역설적 인간의 면모를 여실히 보여준다.

두 쌍의 연인이기도 한, 네 명의 친구가 부산에서 후쿠오카로 요트 여행을 떠나는 「후쿠오카 스토리」로 '서울 기행'을 마무리하고자 한다. 사랑을 재확인하기 위해 출발한 모험은 아이러니하게도 '위급상황에서의 이별에 관한 섬세한 보고서'라고 덧붙여진 제목처럼 이별로 끝이 나고 만다. 항해를 지휘하는 리더를 잃고, 배까지 새는 절체절명의 위기가 닥치면서 서로가 억눌러왔던 본심이 폭발하듯 터져 나왔던 것이다. "태양이 넘어가는 속도는 너무나 빨랐다. 관계가 깨지는 속도도 너무나 빨랐다. 팔 년간의 사랑은 순식간에 깨질 만큼 언제나 위험했다. 우리는 그 사실을 아마 팔 년 내내 알고 있었을 것이다."(183쪽) 그러므로 느닷없이 도래하는 최후는 없다. 단지 우리가 알아차리지 못할 뿐 또는 모르는 척할 뿐, 삶-사랑

에는 죽음-이별이라는 파국이 늘 예비되어 있다. 살아가면서 죽어
간다는 것은 놀랍지도 않은 당연한 전언이다. 한 번 더 강조하지만
여기는 병든 서울, 모두가 앓는 도시다.

3. 방황하는 자가 속지 않는다

여태까지 갈팡질팡하며 『로스트 인 서울』을 헤매었다. 사실은
지금도 정처 없이 헤매는 중이다. 단언하건대, 어떤 방향을 택해서
달려가든 서울을 벗어날 수는 없다. 더 이상 이 시대에 자본주의의
바깥이 남아 있지 않게 되면서, 서울이라는 도시의 외부도 같이 사
라져버렸기 때문이다. 윤희중은 무진을 떠나 서울로 돌아가면서
‘무진 기행’을 마친다. 반면 귀환할 곳이 없는 우리의 ‘서울 기행’은
종결될 수 없다. 「탈옥」의 감옥처럼 어디에도 출구가 없는 서울을
빠져 나갈 수 있다는 것은 가당치 않은 말이다.

할 수 있는 일은 그다지 많지 않다. 그중 한 가지는 함부로 희망
과 절망을 입에 올리지 않고 묵묵히 ‘서울을 살아내는 것’일 테다.
배회하는 동안 이리저리 부딪히면서 다치거나 심지어 죽을 수도
있다. 그러나 병든 서울에 사는 한, 가진 무엇인가를 조금씩 잃어
가는 것은 어쩔 수 없는 숙명이다. 하나도 잃지 않으려는 자는 분
명 방황하지 않을지도 모른다. 대신 자신을 포함한 전체를 지독하

게 기만해야 한다. 그래서 우리는 라캉의 세미나 제목 "속지 않는 자가 방황한다(Les Non-dupes-errent)"의 어순을 도치시킨 기치를 내세워본다. '방황하는 자가 속지 않는다.' 차라리 순정한 방황을 택할지언정, 누구도 속이지 않고, 누구에게도 속지 않으리라. 그러다 보면 비록 사소할지라도 아래의 그녀처럼 환하게 웃을 수도 있을 것이다.

포그르, 바람이 빠져 바닥에 널브러졌던 비닐봉지가 다시 바람을 받아 수면으로 오르는 해파리처럼 붕붕 떠올랐다. 나는 캠코더로 비닐봉지를 따라갔고 그녀는 봉지를 따라 뛰어다니며 웃었다. 비닐봉지라. 은행잎도 풍선도 아닌, 쓰레기에 불과한 비닐봉지를 따라가며 웃는 그녀라니. (중략) 우리의 캠코더는 비닐봉지가 점점 멀어지는 것을 계속 따라갔다. 누군가는 죽을 것이고 죽은 누군가는 이처럼 가벼운 영혼이 되어 풍풍 날아다닐 것이다. 마침내 우리가 따라갈 수 없을 때까지.(「그 남자의 손목시계」, 149~150쪽)

누군가는 죽어 그 영혼이 비닐봉지처럼 날아다니는 서울의 하늘에 그녀의 웃음소리만이 맴돈다. '해변의 묘지'와도 같은 병든 서울. 그러니까 이렇게 바람이 부니, 어쩌랴, 살아야겠다.

언제부터였나. 갑자기 내 노후가 두려워졌다.

나는 무엇보다 내 방 안에서 홀로 소설을 읽고 영화를 보며 그 나머지는 글쓰기로 채우는 나만의 시간을 가진, 세상에서 가장 자유로우며 가장 훌륭한 것들을 소유한 사람이라고 의기양양하게 자랑하고 다니는 사람이었다.

어둠이 깊어질 때까지, 더 이상 글을 읽을 수 없을 정도로 어두워져 작은 등을 켜야 할 때까지 누군가의 소설을 읽는 그 즐거움을 무엇과도 바꿀 수 없던 터라, 모쪼록 어둠 속에서 소설 읽기에 아무 문제 없도록 노안이 오지 않기만을 바랄 뿐이었는데 어느 날, 문득 내가 소설 쓰기를 언제까지 할 수 있을까, 하는 생각이 들었다.

나는 늙어 죽을 때까지 소설을 쓰고 싶고, 그것을 하지 못한다면 소설 읽기와 영화 보기가 무슨 소용이 있으랴, 싶었으며 작은 방 안에서 전 인생을 보내고 있는 나로서는 소설 쓰기는 내 인생의 모든 것이므로, 그것을 못하는 날, 더 이상 세상에 있을 필요가 없을 것이기 때문이었다.

갑자기 그런 두려움이 들었던 것은, 다른 무엇도 두려워하지 않고 글쓰기에만 몰입할 수 있었던 '육체적 힘'이 어느샌가 줄어들고 있음을 깨달았던 때와 일치했다. 지속적으로 문제의식을 지니고 쉼 없이 글을 쓸 수 있을 만큼 육체적 에너지가 충분하다고 믿어왔건만, 어느 날부터 나는 에너지가 바닥으로 곤두박질치고 있는 것을 깨달았다.

그것은 평소와 다름없이 책상 앞에 앉아 쓰다 만 원고를 들여다보고 있지만 실제로 내 눈은 글자 하나도 제대로 포착하지 못하고 하루 종일 가야 자판 하나 두드려 문장 하나 만들어내지 못하고 멍하니 앉아 있는 것으로 증명되었다. 정신 차려보면 내 머릿속은 텅 빈 공간에 파리 한 마리가 무료하게 날아다니고 있었던 것이다.

언제나 육체의 힘이 정신을 좌우한다고 믿어왔던 터라, 에너지가 달린다는 느낌은 말할 수 없는 위기감을 불러일으켰다.

운동을 열심히 해서 다시 에너지를 불러일으켜야 했고, 밥을 잘 챙겨 먹어야 했고, 커피를 하루 종일 마셔서 심장의 박동 수를 올려야 했고, 안 먹던 비타민을 챙겨 먹고, 밤을 새워도 아무렇지 않던 습관도 바꾸도록 노력해야 했으며—그래도 그건 끝까지 고쳐지지 않아서 매일 아침에야 잠드는 습관은 바뀌지 않을 것이라 포기했고—야채를 좀 더 먹어줘야겠다며 식단을 바꾸려고 노력했고, 무엇보다 사람들을 덜 만나야겠다고 마음먹었다.

성격상 어느 자리에 누구와 있어도 상대방에게 열렬하게 집중하는 나로서는 사람들을 만나 머릿속을 그 사람들로 채우고 오면 그동안 젖먹던 힘까지 짜내서 집중하여 만들어내던 인물이 흐려져버렸기 때문에 어쩔 수 없이 선택한 고육지책이었다.

그래서 요즘, 사랑하는 사람들로부터 상당히 비난을 받고 있다. 좀, 나와라, 얼굴 좀 보자, 라고들 한다. 그러나 나는 믿는다. 내가 사랑하고 나를 사랑하는 그들이니만큼 나를 좀더 기다려줄 것이라고. 아, 어쩜 그럴 것이라고 우기는지도 모른다.

이쯤 쓰고 보니 내가 가진 것이 더 있었다는 걸 깨닫는다. 소설 읽기와 영화 보기와 소설 쓰기, 그리고 사랑하는 사람들. 그게 내가 가진 가장 좋은 것들이다.

내 육체의 변화를 인지한 지금, 당분간은 이런 생활방식을 지키며 다시 에너지를 끌어올릴 생각이지만, 언제 어떻게 변할지는 나도 모르겠다. 당분간 해야 할 작업이 많이 있느니만큼 나는 내 힘에 집중할 것이다.

또 하나, 고백해야 할 게 있다. 나는 참으로 편집자 복이 많은 사람이다. 단 한 번도 내 책이 내 마음에 들지 않게 나온 적이 없다. 편집자가 내 마음에 들지 않았던 적도 없다. 나는 이상하게도 내 책을

맡은 편집자를 무턱대고 좋아하게 된다. 이 소설집의 편집자는 내
게 특별히 중요한 인물이다. 내 첫 소설 『달항아리 속 금동물고기』
를 편집했던 하지순 씨이기 때문이다. 순하고 따뜻했던 그녀를 만
나 나는 참 편안했다. 나 때문에 고생하는 모든 분들께 고맙다고, 평
생 사랑할 거라고 말씀드리고 싶다.